www.bbulmedia.com

SpecTator

스펙테이터

스펙테이터

1판 1쇄 찍음 2014년 6월 3일
1판 1쇄 펴냄 2014년 6월 9일

지은이 | 약먹은인삼
펴낸이 | 정 필
펴낸곳 | 도서출판 **뿔미디어**

편집장 | 이재권
기획 · 편집 | 주종숙

출판등록 | 2002년 9월 11일 (제1081-1-132호)
주소 | 경기도 부천시 원미구 상동로 117번길 49(상동) 503호 (우)420-861
전화 | 032)651-6513 / 팩스 032)651-6094
E-mail | bbulmedia@hanmail.net
홈페이지 | http://bbulmedia.com

값 8,000원

ISBN 979-11-315-1982-0 04810
ISBN 979-11-315-0000-2 04810 (세트)

BBULMEDIA FANTASY STORY

SperCator

스펙테이터

약먹은인삼 퓨전 판타지 소설

4

Contents

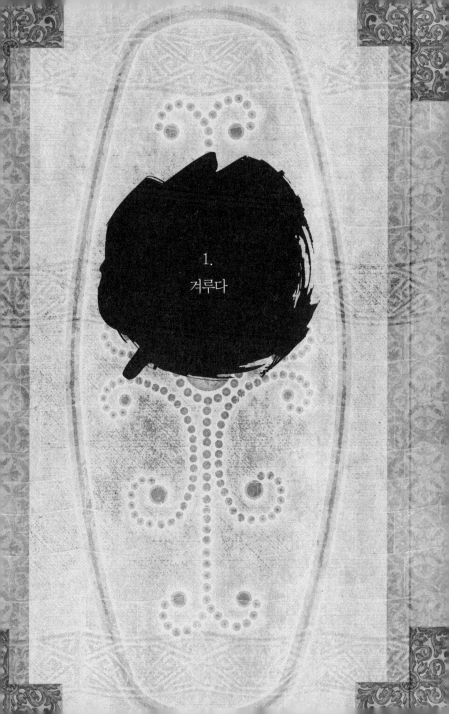

1.

겨루다

"다녀왔습니다~"

"어머? 얘가 오늘따라 왜 안 하던 인사를 이리 얌전하
게……."

"어머? 엄마, 제가 언제요~"

슬쩍 낮게 깔리는 목소리에 정혜란은 우리를 보았다.

"아아~ 하성 씨랑 상현 군이네요. 호호. 반가워요."

느닷없는 방문에도 반가이 맞아 주었다. 마침 저녁때인 터
라 구수한 된장찌개 냄새가 가득 퍼져 있었다.

"캬아~ 가는 날이 장날이라더니 내가 타이밍 하나는 기가
막히게 맞추었구나."

쿵쿵 냄새를 맡으며 함박웃음을 짓는 그에게 정혜란은 싱
긋 미소를 보였다.

"놀이터에서 시간 보내는 거 다 보이던 걸요?"

"들켰던가요?"

"요즘 부쩍 자주 들르기도 했으니까요."

"하하. 말도 마요. 집사람 음식 솜씨가 어찌나 엉망인지, 내가 오죽하면 이리로 도망쳐 오겠습니까? 정말이지 이 집 음식에 비하면 우리 집 음식은 그야말로……."

설레설레.

정혜란이 고갯짓했다. 하지만 강하성 소장의 넉살을 막기에는 역부족.

그때 화장실 변기 물 내려가는 소리가 들렸다.

"그야말로?"

한 중년의 여성. 뽀얗다 할 정도로 빼어난 피부가 돋보이긴 하지만 스타일이나 외모는 흔히 볼 수 있는 파마머리에 앞치마다.

그녀는 만면에 가득 웃음을 지었다.

"그다음은 뭐야?"

목소리를 들으며 작게나마 놀랐다.

아나운서가 연상될 정도로 정확한 발음에 영롱한 목소리인 까닭.

강유나의 몽환적이며 끈적끈적한 매력과는 비교할 수 없었지만, 실로 목소리만 따진다면 어떤 성우 못잖았다.

"마, 마누라!"

반면, 그 좋은 목소리를 들은 강하성 소장의 표정은 딱딱하게 굳어 버렸다.

"여긴 어떻게……?"

"하루가 멀다고 오는데 모르면 내가 닭대가리게? 그보다 여보~ 이어서 말해 봐. '우리 집 음식은 그야말로' 다음은 뭘까?"

바늘로 콕콕 찌르듯 또렷하게 귀에 꽂히는 목소리였다.

"끝내줘!"

척!

엄지를 들었다. 양손에 들고 있던 쥐포와 소주 팩을 순식간에 넣고는 양 손가락을 높이 올렸다.

"아주 죽여주게 좋다는 거지. 암!"

"정말?"

"무, 물론! 내가 마누라 음식을 제대로 느끼려고 맛없는 음식을 먹으러 이렇게 돌아다니는 거잖아. 캬아. 원래 비교 체험 극과 극이라고, 그래야 우리 사랑하는 마누라 음식을 더 맛있게 먹을 수 있지!"

"어머~! 자기~ 진짜야?"

"다, 당연하지! 암!"

"우리 여보는 언제나 사람이 될까?"

두 손을 맞잡고 깜짝 놀라는 표정을 지으며 그녀가 다가왔다.

"우리 말로 하는 게 어떤지…… 헉!"

파마머리 사이에서 무언가를 뽑아 들자 강하성 소장의 낯빛이 파랗게 질렸다.

그리고,

쐐액-!

팍!

예리하게 날아드는 물건이 있었으니, 그것은 바로 젓가락.

강하성 소장이 놀라 홱 고개를 돌림과 동시에 신발장에 척 박혀서 쇠젓가락이 파르르 떨었다.

"남편~"

그는 고개를 숙였다.

"미안해요, 여보. 그게 사실은 다 어쩔 수 없는 이유가…… 악!"

"우리 남편~ 요즘 말이 참 많아졌죠?"

다시금 쇠젓가락이 쾌속으로 날아들었다. 아슬아슬하게 강하성 소장의 볼을 스쳐 가는 정교함이 돋보였다.

강하성 소장의 뒤에 있던 나는 그를 통과. 내 옷깃을 지나려는 젓가락을 낚아챘다. 엄지와 검지 사이에서 싱싱한 물고기처럼 젓가락이 요동쳤다.

'젓가락도 충분한 무기구나.'

두 번째인 터라 이번에는 제법 상세히 볼 수 있었다. 호흡과 함께 눈과 미간을 타고 마력이 길을 형성한 것을. 실낱같은 그 경로가 정교함을 증폭시켰다는 사실을 말이다. 척 보기에도 이용택 관장의 숨법이 다른 방식으로 전해진 것 같았다.

"아줌마는 한의사예요."

한나는 주영순이라는 이름과 직업을 귀띔했다.

'그게 끝?'

눈으로 몇 번이나 되묻는데, 빤히 보는 순진무구한 그녀의 볼이 조금 빨개지기만 할 뿐이었다. 고작 이름과 한의사라는

12　**스펙테이터**

직업으로 설명이 다 됐다는 뜻일까?

도통 이해되지 않는 사고방식이다.

"남편~"

그사이 강하성 소장은 눈을 질끈 감았다.

"우리 남편이 나라면."

감칠맛 나던 목소리가 싹 가라앉고 가득 머금었던 미소가 0.5초 만에 싹 가신 탓.

"그 개소리를 믿겠어?"

"그, 그게 말이지……."

"삼백 일 동안 줄창 마늘하고 쑥만 요리해 줄까? 사람 좀 만들게?"

"미안해요, 여보. 사실 내가 밥 얻어먹으러 온 게 아니라 사업차……."

"그러세요? 무슨 사업인데? 동생은 알고 있어?"

중간에 사근사근한 목소리로 묻는 그녀.

"글쎄요, 언니."

눈짓으로 살려 달라 간청하는 강하성 소장을 사뿐히 지르 밟는 정혜란이었다.

"우리 그이의 사업 파트너는 상현 군인걸요?"

"상현 군? 아아, 소문으로 듣던 그 학생이구나. 반가워 요."

왼손으로 남편의 멱살을 쥐고 오른손으로 악수를 청해 왔다.

"맞아! 나도 파트너라구! 여보, 사실은 남자들끼리 긴히 할

말이 있어서 온 거랍니다. 상현이가 이사를 하는데 나도 알아
봐 주고 같이 옮기려는 거였어요. 용택아! 거기 있냐? 애가
아주, 아주 큰 집으로 가고 도움도 필요하다니 우리도 함께
도와주⋯⋯!"

"가만히 좀 있어요."

활로를 찾았다는 환희에 찬 그 음성은 간단히 제압되었다.
귓가에 대고 나직하게 말하는 목소리에 한이 깃든 것 같았다.

"상현 군이랑 악수하는 거 안 보여?"

"아, 예에⋯⋯."

꿩 잡는 것이 매라더니, 여유 있고 능글맞던 강하성 소장이
저리도 꼬리를 말 줄 상상이나 했으랴. 실로 먹이사슬의 상위
포식자를 마주한 생쥐 꼴이나 다를 바 없었다.

체구가 건장해서가 아니라 행동에 거침이 없어 여장부랄
수 있는 그녀는 맞잡은 내 손을 크게 흔들었다.

"그래, 상현아. 안 그래도 네 얘기는 많이 들었거든. 반가
워. 그런데 이 인간이 말한 대로 사업 얘기 때문에 온 게 맞
니?"

"사업까지 갈 건 없지만."

살려 달라 간절히 눈을 껌뻑거리는 강하성 소장.

"도움이 필요해서 온 건 맞습니다."

"그래?"

의심 가득한 눈으로 쌜쭉하게 남편을 돌아보더니만 잡은
멱살을 놓았다. 그리고 탁탁, 구겨진 남편의 옷깃을 펴 주었
다.

"가서 밥상 좀 차리세요. 상현 군이랑 얘기 좀 하려니까."

"뭐? 내가?"

"싫어?"

"에이, 설마! 진작부터 수저를 놓고 싶었어요, 여보. 맡겨만 줘요!"

당장에 팔을 걷어붙이고 주방으로 사라지는 그에게 정혜란이 자신의 앞치마를 벗어서 걸어 주었다.

"어휴, 내 팔자야."

연신 중얼거리는 강하성 소장.

정혜란이 피식 웃었다. 한나는 킥킥거렸고 주영순은 한숨을 쉬었다.

"상현 군, 조금 정신없었지?"

"조금이요."

"하지만 오빠, 재미있었죠?"

고개를 끄덕였다. 확실히 정신이 없기는 했지만, 전혀 예상못 했던 강하성 소장의 모습을 보아 즐거웠다.

"한 달에 한 번씩은 기를 죽여 놔야 저 인간이 고분고분해지거든. 하여간, 못 말린다니까. 으이구~"

주영순은 호방하게 웃었다.

"그래도 덕분에 이번엔 제대로 기죽일 수 있었어. 보통은 다른 사람들 앞에서 힘을 안 써서 저 인간이 방심하고 있었거든. 용택 씨가 제대로 귀띔해 줘서 아주 그냥 초장 박살을 낸 거야. 고마워! 나중에 제대로 살게. 술 좋아하지?"

부부가 참으로 닮았다. 내가 마력을 갈무리해서 편하게 여겨지기 때문인지도 모르지만, 분명 저건 그녀의 성격일 터다.

망설이기보다는 우선 하고 사과도 거침없이 하는 성격.

"그런데 놀랍네요. 숨법을 익히신 소장님이 저렇게 맥없이 당하시다니."

"그거? 용택 씨가 나도 가르쳐 줬어. 저 인간이 원체 말을 안 들어먹어서 말이야. 맷집은 괜히 좋아져서 도무지 들어먹질 않더라고."

"덕분에 보다 못한 그이가 언니용으로 손봐서 알려 드렸어요. 언니가 마음먹고 제대로 혈을 찌르면 눈물이 쏙 빠질 정도로 아프거든요."

"절대로 저 인간한테만 쓴다는 조건이었지만. 나한텐 그거면 됐지. 아 참, 그런데 사업차 이사를 한다니? 그게 무슨 말이야?"

"맞아요, 상현 군. 도움을 받는다는 건 어떤 건가요?"

"오빠, 함께 살아요?"

주거니 받거니 하는 두 주부와 함께 옆에서 한나까지도 궁금해하는 모습이었다.

"우선 관장님께 말씀드릴 부분이라 지금 말하긴 곤란하네요. 안에 계신가요?"

"아, 그렇다면 뭐……."

"그이는 안방에 있어요. 다 들릴 테니 그냥 들어가면 돼요."

"오빠, 꼭 알려 줘야 해요?"

이용택 관장을 거론하자 보였던 호기심을 접으며 물러서는 그녀들이었다. 나는 짧게 인사를 한 뒤 안방의 문을 열었다.

⊠   ⊠   ⊠

그의 방은 이전과 조금도 다를 바 없었다. 정련된 마력과 경계를 확연히 이루고 있는 독보적인 존재감은 여전히 압도적.

고요하게 방석에 앉아 있던 이용택 관장은 숨을 갈무리하며 눈을 떴다.

"믿기 어렵구나. 그사이 또 성장한 건가?"

나의 어디에서 어떤 부분을 감지한 것일까. 아직 나로서는 섣불리 짐작도 가지 않았다. 이로 보아, 꽤 강해진 것 같지만 아직 그에게는 미치지 못하는 것은 확실했다.

"그렇지 않아도 드릴 말이 많습니다."

"나 역시도 줄 게 있지."

마주한 방석에 앉았다. 내게 그는 소매에서 무언가를 꺼내 주었다. 그것은 청동으로 만들어진 작은 팔찌. 쩍쩍 금이 간 상태의 물건이었다.

"겁륜이다."

"예?"

"베제인인가? 퀘스트가 생겨서 진행하다 보니 묘한 놈이 가로채려고 덤비더군. 잡고 나니 그것을 떨어뜨렸다."

시비를 건 누군가에게 삼가 애도를 표했다.

잠시 묘한 정적이 지난 후, 나는 지금까지의 이야기들을 풀어놓았다. 신진권 사장을 비롯한 이들과의 만남. 몬스터 플레이어와 초능력의 비밀까지.

놀람 없이 담담히 듣던 이용택 관장은 에일락 반테스의 이야기에서 잠시 관심을 보이더니만 이내 피식 웃었다.

"신진권, 그가 제대로 호가호위(狐假虎威)하는군. 처음 볼 때부터 이상하다 싶더니만."

"관장님이 본 그는 어땠습니까?"

"오전 중에 눈에 띄는 흰 정장 차림으로 약수터에 찾아왔었지. 내게 자기 밑으로 들어오라 하더구나. 그리고는 대뜸 공격해 오기에 팔을 꺾으니 '진짜 내가 오면 너 정도쯤은 아무것도 아니다.' 라며 도망쳤었다."

왠지 '나중에 두고 보자.' 는 악당들의 전형적인 대사가 떠올랐다.

"그런데 얼마 지나지 않아 떠들썩하게 일을 벌인 게다. 바로 1,000억이나 건 일을."

"마계의 정수를 모으는 이벤트 말이시군요."

"이를 보고 나니 '진짜 내가 온다.' 라는 얼토당토않은 말이 생각나더군. 사실 도망치긴 했지만 제법 실력이 있긴 했으니 기대도 되더구나. 마치 내게 덤비라는 도전 같게도 느껴졌고."

내 소견으로는 분명하게 오해였다.

"그가 그토록 자신하는 진짜의 실력이 과연 어느 정도인지도 확인하고 싶어졌고. 겸사겸사 어차피 게임을 하는 마당이니 그가 발표한 대로 전설의 투마를 잡는 것도 괜찮은 방법으로 보였다. 해서 퀘스트를 진행 중이었었지."

플레이어의 레벨과 인원수에 맞춰서 난이도가 고정된 이벤트. 철저하게 컨트롤과 진짜 실력을 본다는 취지를 물씬 풍기고 있는 것이었다. 그 때문에 전국적으로 특보다 뭐다 하며 가열차게 떠들고 있지 않던가.

세계 유일의 가상현실 게임. 그러나 게임에 불과하다는 인식을 벗어던지지 못하고 있던 시점에 막대한 상금을 내걸었다. 더군다나 선발주자에게 무조건 유리한 것이 아니라 후발주자에게도 충분히 기회가 있다는 것이 포인트.

덕분에 new century라는 게임은 일파만파로 퍼지고 있었다. 물론, 아직 채 하루조차 지나지 않은 관계로 모르는 사람은 모르겠지만, 오래지 않을 것이다. 온라인과 오프라인 모두의 뜨거운 감자로 new century가 부상할 테니까.

"그러다 겁륜도 얻으신 거고요. 주인이 누군지 알 수 있을까요?"

"남자 도둑 계열 같았는데 나머진 모르겠다. 워낙 순식간에 죽은 녀석이라."

나는 잠시 할 말을 잊었다.

"덕분에 수월하게 하나 얻었지. 참고로 그 겁륜의 힘은 반탄이다. 세분하면 3가지가 되는데, 순간적으로 자신의 물리 방어력을 최소 100%, 최대 500%까지 급증시켜 자신을 보호하는 것이 하나. 자신의 체력만큼의 피해를 흡수한 뒤 방패에 누적시키는 것이 둘. 그 누적된 힘을 원할 때 튕겨 보내 공격력에 더하는 게 셋."

"놀랍군요."

확실히 륜과 관련된 능력들이라 그런지 일반 스킬과는 효과가 달랐다. 가히 여벌로 목숨을 가진 셈. 그뿐만 아니라 공격에도 지대한 영향을 미칠 것이고.

"그 3가지를 모두 겪으셨나 보군요."

"아니, 쓰기 전에 죽였지."

"그럼 어떻게 그리도 자세히 아시는 건가요?"

"우그러뜨리면서 물어보니 고분고분 답해 주더구나."

플레이어는 즉살시키고 겁륜을 고문했다는 뜻.

"덕분에 내 성륜도 다시 부러졌다."

"또 귀찮게 하던가요?"

"맞다. 자신에게 달라는 둥 없애야 한다는 둥 말이 어지간히 많아야지."

"아, 예."

이제는 나 역시 초월하련다. 이용택 관장의 전투력에 대해서는 그러려니 해 버려야겠다.

"여하간, 그렇게 꽤 기대를 안고 있었던 것이 바로 신진권의 진짜 실력이었다. 헌데 전설을 네가 컨트롤한다니 어이가 없을밖에. 남의 것을 자기 실력인 양 호가호위하는 꼴이니 웃길 뿐이지."

"그래도 게임적인 강함이 더해진다면 색다른 재미가 있지 않을까요?"

"그래 봐야 사자탈을 쓴 여우. 네가 몬스터 플레이를 경험하며……."

그가 고요한 눈으로 나를 보았다.

"에일락 반테스를 흡수한 것처럼."

참으로 지나친 오해이고 천만의 말씀일 따름이다. 나는 단호하게 부정했다.

"우연한 결과인 걸요."

대답하지 않고 건조한 웃음을 보이는 이용택 관장이었다. 나는 침묵을 통해 오해가 깊어질 것을 소심하게 걱정하며 본래의 목적을 꺼냈다.

"다소 그의 행실이 우습고 아메바라 불릴 정도이기는 하지만, 분명한 것은 신진권 사장의 힘을 무시할 수는 없다는 겁니다. 분명히 쓰러뜨릴 수는 있지만, 그는 계속해서 나타날 테니까요."

"뿌리째 뽑아 버리면 될 것 같다만, 성륜을 부러뜨리거나 죽여 버리면 new century의 운영에 타격이 올 테지. 이는 마지막에 선택해야겠구나."

"그래서 말인데, 관장님의 도움이 필요합니다."

"함께 이사한다는 것 말이냐?"

한바탕 거실에서 떠들썩하게 떠든 부분이니만큼 그도 충분히 들었을 터.

"관장님이 성륜을 갖고 계시니 넓은 의미에서는 우군이긴 합니다만, 신진권 사장은 신뢰하기 어려운 사람입니다. 게다가 얼마든지 복제가 가능한 탓에 약속을 분신에게 어기라 하고 자신은 시치미 떼며 재계약을 요구하기도 하지요."

메마른 그의 표정이 더욱 삭막하게 굳었다.

"저야 혼자의 몸이니 비교적 자유롭게 담판을 지었지만 100% 안전치는 않습니다. 접속했을 때는 현실의 몸이 무방비 상태가 되니까요. 그뿐만 아닙니다. 그가 사모님이나 한나를 노릴 수도 있으니까요."

"소심한 놈 같기는 했지."

무표정하게 내뱉는 말이 섬뜩했다.

"새로이 알게 된 강유나는 대단한 권력자입니다. 마음만 먹으면 나라를 마비시킬 수도 있을 정도로 모든 전산 시스템을 손에 쥐고 있지요. 숨을 수 없습니다. 피할 수도 없어요. 그러니 아예 요새를 만들고, 그곳에 공개적으로 침입하지 못하도록 선포하는 방법이 좋을 것 같습니다."

"서로의 취약점은 서로 보완하며?"

"예. 이에 대해서는 제가 그들과 담판을 짓겠습니다. 무단 침입한다면 전부를 잃을 것이라고 확실하게 각인시키겠습니다."

이용택 관장은 잠시 눈을 지그시 감았다가 떴다.

"당장은 가장 나은 선택인 것 같구나."

"게임에 대한 호기심에서 시작한 일이 이렇게까지 번지게 되어 죄송합니다."

"아니다. 너를 만난 것 자체가 내겐 더할 나위 없는 축복이자 기회였으니까. 그리고 가족에 대한 문제는 조만간 해결될 게다."

"해결이라니요?"

"new century를 경험하며 현실과 그곳의 차이를 체감했지. 그 결과, 정체되어 있던 나의 무가 진일보하게 되었다."

"그 말씀은?"

"숨법을 개량했다."

이게 뭔 소리인가. 정말로 그쪽과 이곳의 경계를 허물었다는 말일까?

"아직 완전치는 않아. 내게로의 적용만 끝난 상황이다. 다른 사람에게 전수하는 부분은 더 보완해야 해. 그렇지만, 오래 걸리진 않을 거다."

그는 무섭게 눈을 빛냈다.

"신진권이 오건 말건 아내와 딸아이도 거침없이 활보할 수 있게 될 게다. 그러니 네게는 고맙고 또 고마울 뿐이구나."

나도 그 숨법을 알려 달라고 말하고 싶을 정도였다. 대체 어떤 식으로 바꾸었고 이전과 지금에는 무슨 차이점이 있기에 새롭게 파생되는 결과가 나온 것일까.

무언가 아주 큰 단서가 있는 것이 분명했다. 그러나 차마 물을 수가 없었다. 이전에 그와 한 약속 때문이다.

호적수라고 하지 않았던가.

남자로서의 그 자존심이 나를 저어하게 한다.

그렇게 갈팡질팡하는 나를 본 이용택 관장은 짧게 고개를 끄덕이며 일어났다.

반사적으로 따라 일어나는 나.

그와 시선을 주고받았다.

양쪽 입꼬리가 올라간다. 그 속에서 작은 기대와 설렘이 보이는 것은 내 착각일까.

"나도 네 뜻과 같다."

토막이 잘려 나간 그의 뜬금없는 말.

그러나 이해가 되니 기이할 따름이다.

척. 손을 내민 그.

"한 수 나눠 보자."

숨을 가다듬는다. 일순간 요동치는 그의 마력이 경계를 넓혀 갔다.

나의 육체도 함께 호흡했다. 에일락 반테스의 경험이 그와 나 사이의 간격을 재고 거미줄 같은 경로를 뽑아냈다.

그 안에서 서로의 마력과 그 경계가 교차점을 이루었다.

확장되던 마력의 경계가 교착상태에 이르자 이용택 관장의 손이 미세한 움직임을 보였다. 그러자 에일락 반테스의 경험이 선사한 투로들이 뭉텅 줄어들었다.

투로가 자취를 감추는 만큼 심적인 압박감도 커져만 갔다.

초조함과 함께 어느덧 내 머릿속에서도 잡념이 사라져 갔다. 어쩌다 또 겨루게 되었느냐는 의미 없는 물음은 잊히고 현재 상황에 충실하게 된 것.

그리고 이제야 알 수 있었다.

'그랬던가.'

과거에는 느끼지도 못했던 작은 변화.

지금은 실감할 수 있다. 그의 경지까지도.

이대로 방치한다면 당한다. 이용택 관장의 경지는 독자적인 투로를 이끌어 내는 마스터급. 그 격에 맞춘 대련에서는 그의 말대로, 한 수만 겨루면 된다. 번잡스럽게 막고 치고 피할 것 없이 오로지 한 수를 통해 모두가 판가름 나는 것이다.

슥.

몸을 왼쪽으로 틀었다. 자세를 달리했다. 이를 통해서 새로이 투로가 파생되고 부딪치며 이지러지는 부분들 역시 보이기 시작했다.

'경계에 대한 파악과 흐름의 선도.'

이것이 핵심이다. 적어도 이 정도 수준은 되어야 그와 한 수를 겨룰 수 있다.

썩둑!

그의 손목이 살짝 꺾였다. 작은 동작에서 무섭게 투로가 잘려 나갔다. 예리하게 파고든 그의 마력이 좌반신을 점하며 밀려들어 오니 무표정하게 다가와 일 장을 때리는 환영이 언뜻 떠오른다.

이에, 무릎관절을 이완시키며 오른손가락을 닭의 부리와도 같이 모았다.

밀물처럼 밀려오던 암중의 선이 틱, 벽에 막혔다.

펑!

환영이 날아가고 이번에는 하단에서 솟구치는 나의 두터운 투로가 그 색채를 짙게 발한다. 그러자 그는 중단으로 손을 옮기며 내뻗었다.

꽝!

망치질에 기억 자로 구부러지는 못처럼 투로가 꺾여 와해.

격돌의 순간 서로의 거리가 한 치씩 줄어들었다.

경계는 더욱 확연하게 배치되고 수 싸움은 더욱 잦아든다. 그 결과 서로의 자세가 다듬어지며 일격필살의 투로를 완성했다.

'아는 만큼 보인다더니.'

네 걸음도 되지 않는 거리가 어찌 이리도 멀까. 게다가 가까워질수록 묵직하게 전해 오는 압박감이 실로 무시무시했다. 나는 유지하는 마력에 환혼력을 가미하기로 했다. 방 안으로 싸늘한 기류가 퍼져 나가며 극미하고 정교한 환혼력의 떨림이 압박감을 해결했다.

그때였다.

똑똑……

문 두드리는 소리에 이어 잠시 후 조심스럽게 방문이 열렸다.

"아빠, 식사 준비가 다…… 어?!"

교복 차림에서 일상복으로 갈아입은 한나는 자신의 입을 막았다. 그러고는 우리를 보더니 이해한 듯 숨소리조차 낮추고 살그머니 뒤로 물러났다.

하지만 그 뒤로 다른 이의 목소리가 들렸다.

"용택 씨 방에는 에어컨이라도 튼 건가, 갑자기 찬바람이 왜 이리도…… 읍?"

재빨리 영순의 입을 검지로 막는 한나. 둘의 시선이 방 안을 훑었다.

깜짝 놀라는 그녀.

"지금 쟤가 용택 씨랑 겨루는 거야?"

"네. 그러니까 지금은 쉿!"

"그럼 말려야지 왜 보고만 있어?"

"아빠 호적수래요."

"뭐?"

어처구니없어하는 목소리에 한나가 더욱 목소리를 낮추었다.

"아이 참, 그냥 조용히 보자고요. 저도 아빠가 저렇게 진지한 건 처음 봐요."

"그건 그렇지만. 세상에, 말도 안 돼!"

소곤소곤 얘기를 나누는 그사이 더욱 간격이 좁혀졌다.

산 사람은 물론 땅속까지 삽시간에 꽝꽝 얼려 버리는 에일락 반테스의 환혼력에 비하면 애들 장난인 수준이었지만 어느덧 방 안으로 싸하게 퍼지는 한기는 유리창에 성에를 끼게 할 정도가 되었다. 가시화되는 살벌함이 또 얼마나 되었을까.

"아니, 문지방 너머가 만 리 길도 아닌데 왜 함흥차사인 거여? 용택아! 된장찌개로 된장 퐁듀 만들 일 있냐? 건더기 흐물흐물해질라 그런다~"

멀찍이서 들리는 목소리. 한창 긴장하고 있는 이들에게 찬물을 끼얹는 목소리에 영순이 젓가락을 뽑아 들었다. 그리고 젓가락을 던지기 위해 그녀의 숨법이 작은 파문을 일으키는 순간.

'온다!'

상쇄되던 투로가 휘청이더니만 완전히 엉켜 버렸다. 에일락 반테스의 경험이 녹아 있긴 하지만 아직 완전하다 할 수 없는 것이 나의 상황. 그 복잡함을 수습하지 못하는 찰나, 이용택 관장의 몸이 무서운 속도로 쇄도해 들었다.

마력의 경계가 침범당했다. 흐름이 빼앗겼다. 그러나 여지없이 패할 수밖에 없는 상황이나, 내게는 구명줄이 있었다.

바로 new century의 스킬.

"쇼크웨이브!"

손을 가슴 어림에 모았다가 떨쳤다. 보라색 기류가 손끝에서 거센 파형을 일으켰다.

범위 안의 방석이 날아가고 벽에 걸린 그림들이 나가떨어지는 그 사이로 이용택 관장의 오른손이 번뜩였다.

칼날같이 예리하게 쇼크웨이브의 중심부를 정확히 찌르는 일격!

일전 new century의 레인저, 리벨이 쇼크웨이브를 잘라 냈던 것과 같았다.

그러나 결과는 사뭇 달랐다.

덜컥 멈춘 이용택 관장의 몸이 주위의 사물들과 마찬가지로 주르륵 밀려났기 때문.

"?!"

게임 속이라면 모를까 현실에서의 쇼크웨이브는 총탄조차도 정지 후 밀쳐 내는 법칙성을 갖고 있었다. 즉, 일그러진 성륜으로 이끌어 낸 쇼크웨이브가 new century의 신의 가호와 법칙 아래 있는 것과는 달리, 현실에 속한 그의 몸과 법은 존재하지 않는 신의 법칙에 속해 있는 셈이다.

그렇기에 완벽하게 대응한 이용택 관장의 몸이 밀려난 것이다.

허나, 그는 과연 놀라웠다. 얼핏 당혹감이 스쳐 감도 잠시, 이내 단숨에 방바닥을 박찬 것.

쿵! 하는 육중한 울림이 층 전체를 강타하며 주르륵 밀려나가던 이용택 관장의 몸이 둘로 분열되었다. 밀려나는 그와, 쇼크웨이브를 관통하며 눈 깜빡할 새에 내 앞에 당면한 그.

'이런 방법이!'

내심 감탄사가 절로 나왔다. 밀려나는 것을 어찌할 수 없다면, 다시 나아가면 될 일이다. 쇼크웨이브로 말미암은 물리적 피해가 없음을 간파한 그의 2차 가속인 셈.

스킬을 재사용할 틈이 없었다. 쇼크웨이브라는 다섯 글자를 말하기 전에 당할 것이 불을 보듯 뻔한 상황.

시간이 필요했다.

우선 견제하고자 세차게 걸어찼지만, 발 구르며 굳건한 기둥처럼 급정거한 그가 바람같이 나의 발을 걷어 냈다. 외려 무게중심이 흔들리게 되니, 어쩔 수 없다.

막지 않고.

'먼저 친다!'

나아가며 그를 향해 전력으로 오른 주먹을 내뻗었다. 격투술의 스킬 경험이 배어들어 전보다 안정감 있고 강해진 주먹.

꽉 들어찬 힘과 주먹이 불처럼 호쾌한 선을 그렸다. 임계점에서 풍압이 일 정도!

반면 이용택 관장은 물처럼 움직였다.

무게중심을 뒤로 옮기며 오른손으로 나의 손목을 잡아 비껴 냈다. 이어 드러난 나의 안면을 왼손으로 쳐 오는 것이 아닌가. 일렁이는 그의 마력을 느끼고 반사적으로 물러나는 나.

그것이 패착이었다.

숨을 짧게 끊은 그가 무섭게 따라붙은 것. 일순간 이제까지와는 다른 마력의 운용이 오른손에서 보였다. 격하게 떨리는 마력과 함께 젖혀졌던 주먹이 탄력적으로 뻗어 나왔다.

나의 강권과는 달리 일말의 소음조차 없는 권이 그대로 복부에 작렬하자.

-!

무겁고 깊은 충격이 내장을 뒤흔들었다.

설피 두른 환혼력을 뚫고 등줄기를 관통한 일 권이 정신을 아찔하게 뒤흔들었다.

"진보반란추(進步搬攔捶)!"

한나의 감탄사가 스치는 그 순간.

에일락 반테스의 경험이 빛을 발했다.

울렁거림 속에서 보인 이용택 관장의 빈틈.

지금까지 자신의 일격을 버텨 낸 자가 없기에 생긴 그의 작은 방심을 포착한 것.

이용택 관장으로 정확하게 이어진 투로를 향해 일말의 망설임 없이 몸이 반응했다!

발끝이 바닥을 찧고 몸 전체가 시계 반대 방향으로 회전했다.

텅!

"헛!"

팔꿈치가 이용택 관장의 관자놀이를 치려는 찰나, 그가 짧게 놀라며 손을 펼쳐 막아 냈다. 마력과 마력이 충돌하며 폭발음을 낸다.

여기까지는 예상한 바.

힘차게 내디딘 발이 층간에 육중한 울림을 남기는 사이, 나는 깊이 파고들었다. 환혼력을 가능한 집중하자 그의 몸이 멈칫했다. 이에, 주먹은 물론 팔꿈치조차 움직일 수 없는 간격에서 나의 어깨가 과격하게 그의 몸을 들이받았다.

"음!"

묵직한 신음과 함께 이용택 관장이 물러났다.

서로 묘한 웃음이 입가에 지어졌다.

"좁구나. 제대로 겨루기엔 참으로 좁아."

이용택 관장이 주위를 보았다.

꿀꺽!

한나와 주영순이 침을 삼키는 소리가 유난히 크게 들렸다. 말없이 그저 보고만 있는 두 여자.

기다렸다는 듯 와장창 떨어지는 액자들과 난장판이 된 실내가 보였다.

"뭐, 뭐여? 지진이라도 난 거냐?"

허겁지겁 달려오는 강하성 소장은 어지러운 방을 보고는 어처구니없어했다.

"이 괴수들아! 아파트 다 때려 부수냐? 밥 먹기 싫으면 싫다고 말을 하든가! 근데 여긴 왜 이렇게 추워?"

국자와 앞치마를 걸친 정혜란 역시도 눈만 깜빡이다가 이용택 관장에게 물었다.

"여보, 이게 무슨 일이에요?"

먼저 온 사람. 늦게 온 사람. 모두 의문이 가득한 그 상황에서 나는 무어라 답해야 할지 망설이고 있었다. 어쩌다 보니 제대로 민폐를 끼친 상황이지 않는가.

그런 나를 이용택 관장이 구제했다.

"여보."

"네?"

"우리 이사 갑시다."

"네에?"

엉망진창이 된 실내에 대한 변은 아무것도 없었다. 모두가 물음표를 띄우고 서로 보는 그때,

"하성이네도 같이 가도 될까?"

"물론이죠."

나 역시 대답하며 웃고야 말았다.

〈그의 추적 : 김태진 #1-(2)〉

　여유로움 속에 긴장의 끈을 놓지 않는 능숙한 여행자의 걸음. 터벅터벅 걷는 걸음 속에서 적을 참살하는 가속의 검을 자랑하는 그.

　랭킹 1위의 자리를 굳건히 하고 있는 카이져의 걸음을 멈칫하게 한 것은 맑은 기계음 뒤에 떠오른 동생의 얼굴이었다.

　자그마하게 뜬 화면 속의 현화가 혀를 쏙 내밀며 배를 쓰다듬었다.

　[오빠, 저녁인데 밥 안 먹어?]

　성숙함과 어리광이 매력적으로 공존하는 애교. 그 귀여운 웃음을 마주하면 어떤 남자가 견딜 수 있을까. 당연히 미소를 절로 머금게 될 것이다. 태진이 역시도 지금까지 그래 왔다.

　하지만 여느 때라면 흔쾌히 받아 주었겠지만, 오늘은 달랐다. 촉박하고 은연중 전해 오는 압박감이 여유를 빼앗고 있는 탓이다.

[아까 먹어서 별로 생각이 없어.]

한편으로는 계획을 다시 세우며 거절하는 태진. 그러나 현화는 하고 싶은 말과 자랑거리가 많았었다.

[그래도 엄마가 오빠 좋아하는 만둣국하셨거든. 오빠~ 그러지 말고 조금만 먹고 해~ 응?]

[속이 더부룩해서 그래. 내일 꼭 먹을게.]

[아 참, 오빠가 좋아할 만한 얘기도 있어. 짜잔~ 샤인걸스 싸인 CD들이랑 오늘 언니들 공연에서 만난 오빠 친구…….]

[미안, 현화야.]

얘기가 길어지자 결국 이를 제지한다.

[조금만 하면 끝나거든. 있다가 얘기하자. 알았지? 저녁 맛있게 먹고 엄마한테도 죄송하다고 전해 줘. 그럼, 이만.]

길어지려는 동생의 말을 끊으며 태진은 다시 의식을 집중했다.

눈을 두어 차례 깜빡이고 나자 흔들렸던 긴장의 끈이 팽팽히 당겨졌다가 호흡에 따라 풀리고 다시 조여졌다. 체감도를 조절하고 의식 자체를 바꾸는 과정. 게임에 완전히 몰입하여 카이져로 화하는 그의 의식이다.

카이져는 걸음을 재촉했다. 마음이 급했다.

'최대한 서두른다고 해도 족히 한 달은 걸려.'

현재 new century에 파란을 일으키는 란티놀 제국은 아직 멀고도 멀었다. 그가 시작한 유로타 왕국에서는 준마로 질주한다 해도 스무 날은 내달려야 국경 요새가 보일 정도로 아직 멀었다. 여기에 중간에 만나는 몬스터들까지 고려한다면 그 배는 걸리게 될 터.

텔레포트 게이트가 있기는 하지만 이는 고위 인사와 군사적 목적으로만 소수 사용될 따름이다. 한낱 여행자인 자신은 돈과 명성이 모두 부족했다.

'이럴 줄 알았으면 란티놀에서 시작했을 텐데!'

뒤늦게 후회되었다.

플레이어 랭킹 1위, 쾌속의 검.

게임 출시 이후 일주일도 지나지 않은 마당에 이룬 성장은 경이로울 정도가 분명했다.

그러나 그는 누구보다 잘 알았다. 여행자들 사이에서야 최고니 어쩌니 하지만 그래 봐야 딱 여행자의 수준이라는 것을. new century의 진정한 주인인 NPC들과 자유 네임드 몬스터들을 만나면 언제 어찌 될지 모른다는 사실을 말이다.

더군다나,

'지금 시점은 내게도 까마득하다고.'

일찍이 란티놀 제국에서 장군의 자리에까지 올랐던 그였지만 이는 4차 new century에서였다.

new century는 한 번의 초기화마다 100년의 세월이 흘러 버린다. 5년의 플레이와 흘러가는 100년. 그동안의 공헌도를 통해 보상받는 독특한 시스템은 분명 매력적이며 사람들을 열광게 하는 요소다. 고정된 공략이 없으며 뒤바뀌는 국제 정세와 각국의 문화에 따라 성장 패턴이 달라지기에 지루할 수가 없다.

하지만 지금의 카이져에게는 그 new century의 독자성과 매력이 최대 장애물이었다. 현재 new century는 그의 전성기부터 최소 400년 과거 시점이니까.

'이래서 가능한 변화를 주지 않으려 했는데!'

나비효과를 경계하는 그의 고민이 여기에 있었다. 1차 서비스가 과거와 달리 마무리된다면, 2차, 3차가 모두 엉켜 버린다.

태진은 장기적으로 계획을 세웠다.

유로타 왕국에는 [전승의 서]가 존재했다. 왕가의 무덤에 자리한 이 바위 책에는 까다로운 조건을 완수한 여행자만이 이름을 새길 수 있다.

별것 아닌 명예에 불과할 수 있는 보상. 그러나 그 숨은 의미는 절대로 보잘것없지가 않았다.

이름이 새겨지면 그 플레이어는 영원히 유로타 왕국에 종속되어 버린다. 다음 차의 서비스는 물론, 캐릭터를 재생성한다 해도 국적을 옮기는 것이나 배신행위가 모두 불가능하다. 오로지 이 나라에만 충성을 다해야 하는 제약이 있다.

대신 [전승의 서]가 존재하는 한, 대를 이어 선대의 힘을 전승받을 수 있게 된다. 1차 캐릭터의 힘을 2차의 신 캐릭터에 부여하는 방식. 전승 과정 중 태반을 잃기는 하지만 부여된 일부의 능력치와 스킬의 중첩은 횟수를 더해 갈수록 엄청난 차이를 부른다.

카이져가 주 무대로 활약했던 란티놀 제국을 포기했던 이유가 바로 여기에 있었다.

1차, 2차, 3차 서비스까지 미래에 영향을 주지 않으며 모든 능력을 축적한다. 여행자가 아무리 유명해 봐야 new century의 세계에는 모래알 던진 정도의 파문만 일 뿐이니까 크게 문제될 것은 없을 터.

그리고 그녀의 가문을 지켜보며 기다리다가 장군으로서 전성기를 누린 4차 서비스. 자신이 사랑했고 추억을 공유하는 그녀가 태어나는 그때 모든 것을 휘어잡고 평생 살아간다는 것이 계획이자 목표였다.

그랬던 것이 완전히 근간부터 흔들리고야 말았다.

'핏줄이 끊이지 않게 해야만 해.'

대가 끊어지면 미래의 그녀도 없다!

지금까지처럼 과거를 믿고 느긋하게 움직였다가는 어떻게 될지 모른다는 절박감이 짓눌렀다.

카이져는 이를 막기 위해 총력을 다하고자 결단을 내렸다. 그 구체적인 방법은 다이얀이 제시해 주었다.

― 네가 말한 드림팀. 구성원을 영웅들로 해라.

"안 그래도 100명의 랭커들 중에서 엄선해서 모을 생각이야."

― 진담은 아니겠지?

"왜?"

빠득!

― 이 멍청한 놈! 정보를 잘 쓰란 말이야!

그녀가 버럭 소리쳤다.

― 제국의 장군이 되기만 했지, 막상 전쟁 수행 능력을 보

지 못한 것이 내 잘못이구나.

"그러니까 네가 도와줘야 하는 거 아니겠어? 충분히 알았으니까 설명해 봐!"

치부를 들킨 탓에 짜증스럽게 말하자 다이얀이 차분히 설명했다.

— new century는 방대하다. 수많은 나라가 있고 수많은 종족이 있지. 그리고 그 나라만큼의 '영웅이 존재' 한다.

"아!"

퓰라는 강력한 흑마법사다. 그의 준동을 막기 위해 훗날의 랭커들로 파티를 이룬다?

터무니없는 일이요, 천만의 말씀이다. 제아무리 난다 긴다 하는 예비 랭커라고 해도 적응하는 데 시간이 걸릴뿐더러 그들은 성장도 해야 한다. 예비 영웅 따위 백 명이 달려들어도 완성된 마왕한테는 한낱 장난감일 따름.

졸병부터 차례차례 보내서 용사를 단련시켜 주는 옛날이야기 따위는 잊어야 옳다.

그러니 그의 드림팀은 모두 기록과 전설에 근거한다.

수백 년이 흘러도 기록에 남아 있는 영웅. 당대에 혁혁하게 명성을 날리고 있는 전성기의 그들을 끌어들이는 거다. 현재의 사태를 관망하고 있는 영웅들을 찾아 팀을 이뤄 퓰라를 막아 낸다. 기억과 추론에 의존해야 하지만 홀로 가서 개죽음을 당하는 것보다는 현실성 있는 대안인 터.

— 이에 근거해서 네 기억을 떠올려 봐. 누가 가장 좋지?

방향만 잡히면 적절한 답안을 떠올리는 것 정도는 할 수 있었다. 다이얀의 기대치에 못 미치긴 했지만, 엄연히 그도 랭커니까.

"우선은 오르샨 테쟈르지."

마법 왕국인 테살로드의 현자.

그는 [전승의 서]를 탐구하고자 유로타에 거하는 이였다. 말년에 깨달음을 얻기까지 머무르며 다양한 연구를 병행했는데 그의 경지는 퓰라 못지않다.

아크메이지인 것.

– 가능은 하겠지?

"물론! 공략 아이템의 숙지는 기본이야."

마법 계열의 최상위 직업이자 현자인 그를 설득한다는 것은 매우 어려운 일이지만 가능성은 있었다. 오르샨이 갈구했던 깨달음에 실마리를 준 물건에 대해서 잘 아는 까닭이다.

– 거기에 호승심을 자극하는 것도 좋겠지.

"하긴, 최고 경지에 이른 마법사와 반영웅이 있으니까."

계획을 재정립한 그들이 움직이기 시작했다.

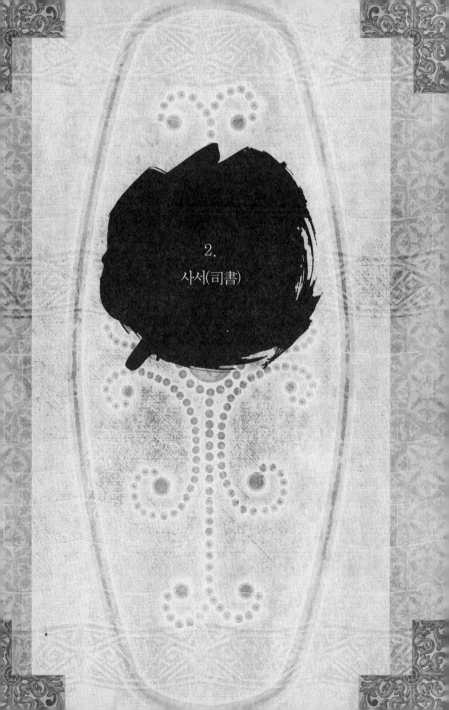

2.

사서(司書)

  자정 무렵의 거리는 조용하고 밝았다. 사람과 소음이 적기에 조용하고 곳곳을 밝히는 네온사인의 빛이 은근히 어둠을 밀어낸다. 격하고 역동적이던 마력이 조용히 규칙적으로 순회하는 것이 보였다.

  도시는 어둡긴 하지만 완전한 어둠은 어디에도 없었다. 나는 뒤돌아 조금 전까지 머무른 집을 바라보았다. 그리고 어딘가의 길로 걸음을 내디뎠다.

  되물어 본다.

  이제 무엇을 해야 할까. 어떻게 해야 할까.

  '지금처럼 쭉 해 나가야지.'

  답은 어렵지 않았다.

  회귀 이후부터 지금까지 변함이 없는 나의 목적이자 수단들.

new century를 하고 현실의 태진이를 관찰하고 신진권 사장과의 거리를 유지한다. 그러며 이용택 관장과 강하성 소장의 경우처럼 흉금을 털어놓고 모든 것을 공유할 수 있는 친구와 가족을 구하면 되는 것이다.

그게 전부였다.

행복한 식사를 끝내고 어른거렸던 훈훈한 감정에 찬바람이 스며들었다. 흉금을 터놓고 공감하며 교감할 수 있는 믿음, 그리고 신뢰를 바라는 나이지만, 역설적이게도 나의 모든 것을 털어놓을 수가 없는 것이 현실이었다.

제법 나아지긴 했지만 나는 미약한 입장이었다. 알게 모르게 계약으로 묶여 있을지도 모르니 몸을 사리고 살펴야만 하는 것이다. 그 때문에 비밀 유지는 여분의 힘이 아니라 생명줄이나 다를 바 없었다.

'웃기는 일.'

그것이 문제였다.

내 전부를 보이지 않으며 상대의 신뢰를 바라는 모순을 보일 수밖에 없다는 것.

이기적인 잣대였다. 아낌없이 내주고 보듬어 주는 가족애. 강하성 소장이 보여 준 부정(父情)을 알고는 있지만 나는 차마 행치 못하고 있는 셈이다.

"정말 웃기지."

입맛이 썼다.

돈다발 흔들고 즐거울 때 웃을 수 있는 연인과 친구가 아닌 아픔과 슬픔마저도 함께할 친구. 이를 찾기 위해서는 전부를 보여야 하거늘 나는 차마 보일 수가 없다. 그러니 애써 찾지만, 막상 찾는다 할지라도 내게는 그들과 함께할 자격이 없는 것과 진배없었다.

하지만 분명한 것은 지금의 이 선택과 실천이 현재의 내가 할 수 있는 최선이라는 사실.

달성할수록 커지는 상실감을 되새기니 문득 피로가 몰려들었다.

※　　　　※　　　　※

아파트 단지를 지나 도로를 걸었다.

시원스럽게 뚫린 대로변의 가로수, 가로등 밑의 인도로 발걸음을 옮겼다.

하루가 스치며 기억이 이리저리 부딪쳤다.

회귀 전까지는 정말 몰랐다. 내가 살아가고 있는 평범한 세상에 이렇게도 많은 천재와 능력자들이 살고 있는지. 그들이 사회에서 어떤 위치에 있는지를. 지금의 기분은 마치 현실에 또 다른 거울이 있어 그 이면에 다른 세상이 펼쳐진 것 같은 느낌이 들 정도였다.

'어쩐다.'

초월자나 악마는 신적 존재이니 두려운 것이 당연. 아울러 성륜과 검륜의 소유자들 역시도 모두가 기본적으로는 뛰어난 인재요, 특출 난 이들이다. 사회성 결여인 태진이도 new century에서만큼은 누구보다 빛나는 랭커였으니까.

각자가 저마다의 날카로움을 번뜩이는 칼날들의 연회인 셈이다. 나는 그 칼의 파티에 얼떨결에 들어온 불청객이었다. 그러니 파티가 오래가도록, 저들끼리 하하호호 웃으며 잘 놀 수 있도록 가만히 있어 줘야 했다.

그러자면 파티의 주인공과 주최 측의 의도대로 진행이 이루어져야 한다.

즉,

'태진이가 알고 있는 대로 1차 서비스가 진행돼야 한다는 건데.'

걸음을 멈추고 낯선 거리. 아무도 없는 버스 정류장 의자에 앉아서 고민했다. 습관적으로 펜과 종이를 찾았지만 없으니 어쩌겠는가.

중절모를 눌러쓰고 문서창을 열어 띄웠다.

'퓰라.'

손으로 생각을 써 내려갔다.

큰 문제가 세 가지나 생겼다. 하나는 1차 서비스 종료 시점에서 이벤트 삼아 날뛰어야 할 퓰라가 에일락 반테스에게 죽었다는 점.

두 번째는 투마 베제인 이벤트다.

내가 아무리 게임에 관심 없이 흥청망청 놀았다고는 하지만, 회귀 전에 1,000억 이벤트가 열렸었다면 모를 리가 없다. 천억이 애들 장난이겠는가. 세상천지 부자 되기 싫은 사람은 득도한 이들과 바보를 제외하고는 절대로 없다. 가난한 사람은 가난하니 부자를 꿈꾸고 부자는 더 큰 사업을 위해 자본을 바란다.

'어떻게 해야 태진이가 알고 있는 미래를 유지할 수 있을까.'

이벤트가 대대적으로 열렸으니 태진이 입장에서는 그야말로 날벼락을 맞은 셈. 놀라서 어쩔 줄 몰라 하는 모습이 불을 보듯 뻔했다. 그러니 녀석을 안심시키기 위해서, 이 파티가 계속될 수 있도록 엉킨 매듭을 내가 풀어야 한다.

그런데 말이다. 가장 큰 세 번째 문제가 있다.

"뭘 알아야지."

1차 서비스가 어떻게 진행되고 마무리되었는지 전혀 모른다는 것.

어렴풋이 기억나는 것을 따르면 1차 new century 종료 전, 란티놀 제국을 대대적으로 공격한 퓰라는 결국 실패하고 스스로 언데드가 되어 두고두고 복수하려 한다는 정도다. 그 피해로 란티놀 제국이 다음 서비스에서 란티놀 왕국으로 격하된다는 정도일 뿐.

그 퓰라가 죽은 것이다.

'Z&F가 공지로 퓰라가 마계의 문을 열었다고 했지만, 그 이후 내가 없애 버렸으니, 보스 없는 퀘스트가 되는 건가?'

게다가 보상 아이템도 에일락 반테스로 내가 다 챙겼으니 현재 남은 것은 에일락 반테스와 언데드 군단을 일으킬 수 있는 혈주와 혼주라는 아이템. 그리고 이벤트 몬스터인 베제인이었다.

팔짱을 끼고 고민에 고민을 거듭했다.

'우선 4년은 잠자코 지내다가 5년째. 서비스 마무리가 될 때쯤 나서서 란티놀 제국에 막대한 피해를 줘야겠군.'

장고 끝에 내린 결론.

첫 단추. 가운데 단추는 무시하고 끝 단추만이나마 확실하게 끼운다.

첨병으로는 빈센트 일행을 쓰고 나머지는 혈주와 혼주를 통해 되살린 군단이면 될 것이다. 말 그대로 일인 군단의 무위를 자랑하는 에일락 반테스가 적극 활동한다면 얼추 태진이가 아는 미래와 흡사해지지 않겠는가.

"4년."

글자에 동그라미를 쳤다. 괄호하고 글귀를 적었다. 그 시간 동안 해야 할 일들과 준비해야 할 일들, 현실은 물론 new century 내에서 노력할 부분 등이다. 불완전하기긴 하지만 현재로선 이것이 최선이다. 강유나를 통해 태진이의 움직임을 듣고 녀석의 의중을 파악한다면 미흡한 부분들을 제대로 채울 수 있으리라.

"우선 이 정도면 되겠지."

계획은 이만하면 됐다. 남은 것은 실행해 나가며 수정, 보완하는 일일 뿐.

생각을 마치고 거리를 보았다.

어느덧 시각은 새벽 1시. 쉬어야 할 시간이다.

"[야영]."

개인 적용의 안전지대를 설치했다. 노숙에서도 피로를 없애 주며 로그아웃과 로그인 시 플레이어를 보호해 주는 효과가 있는 기본 스킬.

극지방의 오로라처럼 유색 투명한 커튼이 사람 하나 없는 허공에서부터 내려왔다. 반경 2m를 두른 커튼은 점점 좁아지더니 앉아 있는 내 자세에 맞게 굴곡지어져 포근하게 감쌌다. 딱딱한 의자에 앉아 있음에도 푹신한 이불에 누운 듯한 육신의 편안함과 정신까지 마사지해 주는 깊은 평온이 느껴졌다.

'좋다.'

숨겨야 할 나의 무기 중 하나다. 언제고 잠든 나를 기습하는 이가 생긴다면 그에게 뼈아픈 보복을 가할 회심의 한 수가 될 것이다.

알람을 새벽 6시로 설정해 둔 나는 그 안온함 속에서 new century로 접속했다.

접속 캐릭터는 제임스였다.

⊠ ⊠ ⊠

왁자지껄한 소리와 오가는 사람들의 체취가 낯설었다. 저 앞의 길에서 마차가 굴러다니는 소리와 가방을 메고 과일을 팔기 위해 준비하는 이국적인 광경이 가득 펼쳐졌다.

넓은 세상에서 언뜻언뜻 보이는 마력의 흐름까지 생생하기만 하니 이것이야말로 그토록 사람들을 열광케 했던 진짜 new century의 세계다.

체감도 100의 세계는 말 그대로 또 하나의 현실이었다.

강유나와 시스템에서 벗어난 이후 처음 접속한 new century는 과연 달랐다. 깊은 터널을 지나 어딘가로 도착하는 느낌은 이전과 같았다. 그러나 그 과정 중 육신을 보호하며 겹겹이 감싸 주던 막의 수가 현저하게 줄었던 것.

그 차이는 매우 컸다.

'자유 NPC화되었다더니만……'

그것은, 꿈꾸는 듯 몽환적이기는 하지만 죽어도 다시 살아나는 여벌의 목숨을 가졌다는 증거였다. 헌데 지나치고 현실적인 자극으로부터 플레이어를 보호해 주던 힘이 사라지며 new century는 나에게 게임이 아닌 현실이 되어 버렸다.

그들의 감시에서 완전히 벗어났다는 점은 시원스럽지만, 왠지 야생의 밀림에 던져진 느낌이 들어 다소 섭섭한 마음이 함께 들었다.

'섭섭하다?'

작게 웃었다. 목숨이 단 하나뿐인 위험천만한 이 세상에 던져졌는데도 그저 섭섭할 뿐이라니. 확실히 옛날의 나와는 다르지 않은가. 초인종 소리만 나도 이불을 뒤집어쓰며 끙끙 앓았던 내가 이토록 초연할 수 있다니, 새삼 전보다 나아졌음을 실감했다.

나는 그 외에 이전과 무엇이 달라졌는지에 대해 꼼꼼하게 점검했다.

우선 상태창.

제임스 Lv62 (곤바로스의 사도 : 진리 탐구자)

힘 : 690

혈력 : 0

민첩 : 49

기력 : 0

지혜 : [30]

마력 : [3]

위엄 : 2

환혼력 : [1]

평정 : [30]

위압 : [30]

통솔 : [30]

투지 : [30]

현실이나 이곳이나 차이가 전혀 없었다.

'가만, 그러고 보니 보유 포인트가 사라졌는데?'

레벨업을 이룰 때 부여되는 그 포인트는 물론, 아예 상태창의 글귀조차도 증발한 상태였다.

이를 기억해 두며 다음으로 확인한 것은 스킬창.

여기에선 차이가 매우 컸다.

스킬 : 혈력 집중(Lv10) 전사의 본능(Lv2)

  : 전사의 육체(Lv2) 기력 활성(Lv1) 도둑의 시야(Lv5)

  : 도둑의 본능(Lv1) 쇼크웨이브(Lv2) 숙련도 활성

(master)

　　: 고통의 희열(master) 마력 응집(Lv1) 고요의 정신
(Lv1) 마법사의 본능(Lv1)

　　: 연주(Lv1) 요리(Lv1) 옷 수선(Lv1) 야영(master)

우선 스킬에 대한 설명이 빈약해진 것이 첫째.

이전이었다면 단순한 명칭뿐 아니라 레벨 상승 시 몇 포인트 상승의 개념으로 명확하게 표시됐을 텐데 지금은 전혀 없었다. 마치 에일락 반테스의 스킬창을 보는 것 같았다.

아울러 10레벨(master) 상태였던 혈력 집중이 더 상승할 여지를 남겨 두었다는 점이 두 번째의 차이.

플레이어였던 때보다 한계 영역이 넓어진 것일까.

'추가 포인트가 사라진 것과 연관이 있을 것도 같고.'

에일락 반테스의 스킬 수와 현재 나의 스킬 수를 비교해 보자니 답이 얼추 나왔다.

하나하나 따지고 보노라면 영웅인 에일락 반테스와 평범한 여행자, 제임스가 익힌 스킬의 숫자는 큰 차이가 나지 않는다. 그러나 무력의 차이는 컸다. 물론 레벨과 스탯의 차이도 있겠지만 내가 집중하고 있는 부분은 스킬이다.

동일 레벨이라 할 때, 영웅급 NPC를 따라잡기 위해서는 여행자들이 어느 정도의 스킬을 익혀야 할까? 같은 수의 스킬로 될까?

'게다가 혈력 집중.'

플레이어였을 때는 10레벨로 마스터여서 더 희생 경험치를

추가할 수도 없었었다. 그런데 NPC화되니 그 한계가 사라진 것이다. 반면 10Lv master 상태였던 혈력 집중과는 달리 애당초부터 레벨업 불가였던 '숙련도 활성'과 '고통의 희열', '야영' 스킬은 고스란히 master 단계에 이르러 있었다.

'융켈의 농간이겠지.'

추측하건대 다양하고 방대한 스킬 트리는 현실의 우리가 new century의 사람들보다 부족하므로 융켈이 안배한 듯했다.

그러나 여기에 한계치를 설정해 두어 플레이어의 성장을 막고 스킬을 연계 발전시켜 가는 방식으로 제한하고 있었다.

폭넓고 얕은 성장을 하게끔.

마치 신진권 사장에게 자기 복제의 능력을 주며 그 한계치를 정해 버린 것 같은 양상이다. 심도 있고 깊이 있는 깨달음에서 멀어지게 하며 습자지적인 능활함만 가득하게 양산하는 것이다.

통제를 편하게 하기 위함일까, 아니면 다른 의도가 있는 걸까.

아직은 모른다. 대신 하나는 확실했다. 농간을 부려 두었으니만큼 깊이 있는 수련을 꺼린다는 것.

그 이유는 다음을 통해 알 수 있었다.

다른 점 세 번째.

master 스킬 3가지를 봄과 동시에 내 머릿속으로 극의가 떠올랐다.

숙련도 활성의 극의는 [정교한 수정].

이는 스킬화된 것을 수련할 때 그 효과를 극대화시켜 주는 스킬이었다.

스승이 필요한 이유가 무엇일까.

잘못된 습관과 실수, 스스로는 알지 못하는 오류를 스승의 도움으로 고쳐 나가는 것이 가장 크다 하겠다.

그러나 정교한 수정을 사용하면 홀로 익힐 때에도 실시간으로 틀린 부분을 수정하며 나아가야 할 바를 제시해 준다. 내게 꼭 맞는 올바르고 제대로 연습을 하게 만들기 때문에 성취도를 배가시키는 매우 유용한 스킬인 것.

체감도 1% 때 임시로 받은 서비스 스킬이 이렇게 남아서 선물이 될 줄 누가 알았겠는가.

고통의 희열의 극의는 [망상의 희열].

지극한 고통을 통해 수련의 효과를 극대화해 주던 이 스킬의 극의는 다름 아닌 '임시적인 능력치 이동'이었다.

간단히 말해 한시적으로 690이라는 힘 능력치를 민첩으로 옮기는 것이 가능하다는 의미. 강하기만 하다면, 이를 치환하여 빨라질 수도 있고 현명해질 수도 있는 셈.

물론 그 망상을 실현시켜 희열을 느끼게 해 주는 대가는 '죽어 버릴 정도'의 고통이지만 말이다. 이 스킬은 자신과 타인에게 사용할 수 있었다.

끝으로 야영의 극의는 [평화의 불씨]였다.

태초에 허락되었다는 불씨를 내려 종족 여하를 불문하는

평화로움과 따사로움을 느끼게 해 준다는 것으로서 '안전지 대'라는 야영의 특성을 극대화해 주는 효과가 있었다.

즉, 야영하며 평화의 불씨를 부르면 그 일대에는 다툼이 없어진다.

하나하나가 대단하기 그지없는 효과를 자랑한다.

'극의를 터득할 때까지 스킬을 익혀야겠어.'

내가 무엇을 해야 할지, 지금 어떻게 지내야 할지도 방향이 잡혔다.

안전한 곳에 거하며 란티놀 제국의 동향을 살피고 스킬을 익힌다.

가능한 한 깊이 있게.

'소소하게 퀘스트도 하고.'

거주권도 있으니 멜도란에 아예 터를 잡으면 될 것이다.

체감도가 달라진 만큼 예전처럼 쉽게 여행을 떠날 수 없는 노릇이다. 만반의 준비를 위해 단련함이 현명할 터.

나는 보관함에 놓인 청동 팔찌를 슬쩍 보고는 스킬을 익히기 위해 걸음을 옮겼다.

발걸음이 가벼웠다.

"처음이다."

기분 좋은 두근거림.

배우고 익히는 것이 기대되기는 정말이지 처음이었다.

멜도란의 거리를 걸었다.

그리고 익숙해지기 시작했다.

> – 알면서 뭘 더 배우려는 거요? 모름지기 가르치고 배우기는 쉬우나 익히는 일은 지난할 뿐. 그대는 이미 충분히 알고 있소이다. 음? 스킬? 아아, 여행자들에게 파는 그거 말이구먼. 괜찮은 거 있으면 당신도 등록해 두시구려. 이게 수입이 제법 짭짤하다오. 뭐요? 스킬을 익히는 방법? 허허. 당신 유머가 제법이군.

플레이어와 NPC의 차이점은 상태창과 스킬창 이외에도 수두룩했다.

사람들의 이름이 보이지 않았다. 창에 덩그러니 놓인 지도는 깜빡이며 나와 NPC들의 위치를 알려 주지 않았다.

'그다지 불편하진 않지만.'

밝은 낮의 거리에서 나는 계속 걸었다. 여러 사람을 보고 만나 대화했다.

그러나 아무 일도 없었다.

> – 훈련을 받으시려는 분이 이런 실력을 뽐내다니요. 하하하. 마침 우리 훈련소에도 인력이 부족하던 차인데 잘됐습니다. 어디, 묵으시는 곳은 어디인지? 아, 푸프 여관. 거기 돼지 요리가 아주 좋지요. 거주권도 구하신 만큼 꽤 오래 머무실 듯한데, 우선 반년 계약직으로 일하는 게 어떻습니까?

처음 멜도란에 들어서며 허수아비 아르바이트를 제안했던

전사는 내게 시선조차 주지 않았다. 약재상 노인은 스쳐 보고는 자기 일을 했고 깊이 파인 옷으로 낯 뜨겁게 유혹했던 여자들은 영업 시간이 아니기 때문인지 평범하게 차려입은 어미가 되어 빨래를 널고 남편과 지나고 있었다.

뒷골목에서는,

"그렇지~! 인상을 쫌 더 쓰고! 침을 탁 뱉고! 아따, 너 인상 겁나게 좋다~!"

"넵!"

"감사합니다, 형님!"

청소년들을 데리고 담배를 꼬나물어서는 일장연설을 늘어놓는 사내들이 보였다. 힐끔 나를 보고는 인상 썼다가는 괜히 꼴사납게 엮이지 말라는 듯 저리 가라며 손짓하는 그들.

다가가 때려 눕혀 보았다.

"아이고! 살려만 주십쇼!"

"잘못했습니다! 형님!"

역시, 아무 일도 없었다.

시장통에서는,

"처자식 나한테 맡겨 놓고는 빵에다 내 돈까지 훔쳐? 망할 새끼!"

"치, 친구 좋다는 게 뭔가? 으아악!"

"서! 안 서? 잡히면 내 손에 죽는다! 서! 서라고, 이 새끼야!"

"살려 줘!"

하는 소리와 함께 빵을 들고 도망치는 익숙한 중년인도 보인다.

일전에 흠씬 두드려 맞았던 그는 배를 움켜쥐고 사력을 다해 뛰다가는 이내 빵을 한 입 크게 물었다. 그리고는 뒤쫓아 오는 빵모자를 쓴 남자에게 먹던 빵을 던졌다.

"이 자식이! 너 거기 안 서냐?"

"내가 꼭 10배로 불려서 갚아 주겠네!"

빵에 맞아서는 분통을 터뜨리는 남자에게 소리치고는 골목으로 사라진 중년인이었다. 헉헉 숨을 몰아쉬며 멈춘 빵모자의 남자는 신경질적으로 밀대를 던졌다.

"저놈 손모가지를 잘랐어야 했는데, 미치겠구나. 아무래도 이참에 정리하고 떠나야지. 차라리 죽어 버리지 저런 놈은 왜 살아서……."

치밀어 오르는 울분을 삭이며 그가 내 곁을 스쳐 갔다.

나는 어깨를 축 늘어뜨리고 가는 그에게 밀대를 들어 건네주었다. 그는 말없이 고개를 조금 끄덕이고는 받아 들고 자신의 가게로 돌아갔다.

이건 일상이다. 지극히 익숙하고 지루한 일상.

"평범한 일상."

나는 다른 이들과 더 대화해 보았다.

─ 카치키 사냥이요? 여행자 전용 광고문을 보셨나 봐요. 멜도란에는 처음이신지? 아~ 역시 그랬구나. 그럼, 직장은 구하셨나요? 아니라면 이참에 정식 등록을 하세요. 여행자들이야 임시로 써서 그때마다 푼돈 줘 보내면 되지만 모름지기 제대로

된 일자리는 신분 보장이 필수니까요. 저희 인력소에서는 보다 안전한 일자리를 보장하고 알선해 드린답니다. 지금 동원력도 손꼽을 정도라 혹시라도 떼먹힌 돈이 있으면 변상해 드릴 수도 있어요. 특기가 있으시면 이를 고려해서도…… 어? 손님? 어디 가시나요? 손님!

과자를 보며 손가락을 빠는 아이에게 군것질거리를 사 주기도 했다. 아이의 부모와 얘기를 나누고 소매치기당하려던 여자를 도와도 보았다. 훈련소에도 들어가 교원을 찾기도 하였다.

그러나 아무 일도 없었다.

지극히 평범할 뿐. 대화는 나누었으되 내가 기대했던 일은 일어나지를 않았다.

보상도 없었고 누구도 내게 퀘스트를 주는 이가 없었던 것이다. 아니, 정확히 말해 돕고 도움받을 수는 있지만, 보상이 뚜렷하거나 내 성장에 적용되지는 않았다. 분명히 알고 있었지만 확실하게 체감되는 것.

그것은 바로 이곳이,

"정말 현실이구나."

라는 사실. 손쉽게 스킬이 등록되는 일은 일어나지 않는다는 사항이었다.

화이트 로드의 분수광장 의자에 앉은 나는 시대에 어울리지 않는 손목시계를 보다가 웃었다. 참으로 행동이 기특하지 않은가.

'이렇게 되면.'

노선 변경이다.

⊗　　　⊗　　　⊗

감은 눈. 숨을 거칠게 마시고는 콱 틀어막았다. 나갈 곳 잃은 숨을 꽉 누르고 내부에서 휘돌리자 피가 힘차게 돌며 터질 듯 힘줄이 부풀었다. 팽창한 근육이 뻑뻑하게 몸을 제한했다.

그사이,

기이잉-!

어두운 밀실 사방에서 괴이한 소음이 울렸다.

기음이 벽면에 반사되어 소란스럽게 하는 순간,

철컥!

넓적한 철판이 튀어나왔다. 오감보다 생생한 육감으로 파악한 그곳에 자세를 틀며 일격을 가했다.

쾅!

철편이 터져 나갔다. 연이어 반대 방향에서 튀어나오는 철판을, 붉은 혈력을 담아 후려쳤다. 예의 우그러지며 기우뚱하는 철판.

뒤이어 두 개가 솟구쳤다. 이번에는 단단히 준비하고 몸으로 버텨 냈다. 그렇게 쳐 내고 밀어내고 때론 부딪치기를 얼마나 했을까.

침이 말랐다. 애타는 갈증으로 보건대 혈력에 한계가 온 것이다. 한증막에 있는 양 숨이 뜨겁고 피부가 쩍쩍 갈라지는 아릿함이 느껴졌다.

"다음!"

번쩍 손을 치켜들자 저들이 달리 움직였다.

숨을 고른다. 격하게 마시고 멈추고 혹 내뱉던 호흡을 길게 마시고 내뱉으며 유장하게 바꾸었다. 가시처럼 예민해졌던 감각이 넓게 퍼지며 어둠을 읽고 또 보았다.

"시작!"

갑옷 같던 근육이 유기적으로 움직이자 손가락을 딱 튕겼다.

부웅―!

힘차게 뻗어 오는 목봉.

물결치는 공기의 흐름으로 저들의 호흡이 보였다. 녹색의 어른거림을 읽으며 몸을 틀어 피했다. 하단을 쓸어 오는 것은 살짝 뛰고 이마를 쳐 오는 것은 고개를 젖혀 피한다. 이 역시도 하나씩 팔방에서 찌르고 휘두르다가 두 개, 세 개로 수가 늘어났다.

빤히 보이는 에일락 반테스의 필살 투로를 외면하며 피하고 피하기를 반복. 그러나 목봉의 수가 네 개로 늘어나는 순간 나는 한계에 부딪혔다. 유일한 회피로가 봉을 밟고 도약하는 것이었는데 아직 무리였던 것이다.

'여기까지군.'

쇼크웨이브로 목봉들을 밀어낸 후 바닥을 찢으며 착지했다.

한바탕 먼지가 들썩이고 잠잠해지는 사이로 박수 소리가 들렸다.

"후유. 갈수록 오래 버티니 절로 땀이 나는군요."

"고생들 하셨습니다!"

"정말이지, 대단한 반사 신경입니다."

사방의 문이 열리고 햇살이 들어왔다. 그 사이로 웃옷을 훌렁 벗은 단단한 체구의 사내들이 고개를 흔들며 혀를 내둘렀다. 갑옷 같은 근육. 모두가 전사 훈련소의 교관들이었다.

나 역시 마력으로 눈을 보호하며 안대를 풀었다. 감은 눈으로 비쳐 오는 빛에 점차 눈이 순응해 나간다.

"천만에요. 언제쯤이면 고급 코스를 통과할지 까마득합니다."

"일주일도 안 돼서 쉽게 통과하면 우리가 섭섭하지. 안 그래?"

건네주는 수건으로 땀을 닦으니 고참 교관, 앤비가 웃었다.

"그야 물론이지요. 그나저나 어떻게, 이어서 하시겠습니까?"

"아닐세. 자네 덕분에 충분히 몸도 풀었겠다, 이제 일과를 시작해야지. 근데 오늘 역시도 부순 게 꽤 많은데 말이야……."

말끝을 슬쩍 흐리는 그 뒤로 노파가 말했다.

"그렇지 않아도 조것한테 5천 펠룬 더 받았다. 하루가 멀다고 부숴 대니 밤낮 없이 사 나르기 바쁘다니까. 이봐, 계속해 댈 거면 아예 엑탈렘 소재로 바꾸는 게 어떠냐?"

훈련소의 대모인 쿠텔의 카랑카랑한 말에 앤비 역시 고개를 끄덕였다.

"자가 복원도 되고 강도도 조절되니 훈련용으론 최고긴 하지만 그거 살 돈이면 훈련소 하나 더 지어야 하지 않수?"

"그럼 부수고 짓고를 맨날 해 대든지. 내 보기엔 이 짓 몇십 번 할 돈이면 차라리 엑탈렘으로 바꾸겠다만. 뭐, 니들이 힘들지 내가 힘드냐. 난 갈란다."

지겹다 지겨워를 말하며 가 버리는 꼬부랑 대모였다. 그런 그녀를 보며 킥킥거리던 앤비가 조금 진지한 눈빛을 했다.

"사실 대모 말이 맞아. 생각보다 자네 성취가 빨라서 이쪽도 조절이 힘들어지고 있거든. 어지간한 건 원체 몸이 단단해서 다 튕겨 내고, 효과를 확실히 보려면 우리도 화끈하게 하면 되는데……."

잠시 그의 문신이 어른거리고 혈력이 치솟았다.

"이러면 자네도 억제한 힘을 쓸 테고 누구 하나는 죽을 수도 있단 말이지. 그러니까 이쯤에서 선택을 해야 할 걸세. 시설 좋은 곳으로 가든지 아니면!"

그는 딱 끊고는 표정을 확 바꾸었다.

헤벌쭉~

"우리한테 투자 좀 하든지."

마무리에서 험악한 인상에 맞지 않게 해맑은 표정을 보이는 그였다. 나는 상태창과 스킬창을 점검하고는 웃었다. 나은 시설은 멜도란의 병영에 들어가는 수밖에 없었고 남은 훈련소들은 대동소이했다. 결국, 답은 정해져 있는 셈.

다만 지금은 돈이 없었다. 수입 없이 지출만 큼직하니 당연한 결과였다.

"그렇지 않아도 시넬 님의 의뢰를 수행하고자 잠시 나갈 참이었습니다. 돌아오는 대로 투자하고 바꾸는 걸로 하지요."

"사서? 거참, 그 까칠한 녀석이랑 잘도 지내는군. 그러고 보니 오늘도 도서관에 가는가? 그러지 말고 그냥 여기 눌러앉는 건 어때? 대우는 섭섭지 않게 해 주지."

"도서관에 같이 가시렵니까?"

"윽. 전혀! 절대! 안 가!"

극구 거부하는 그를 뒤로한 채 우물로 가 물을 길었다. 머리에서부터 끼얹으니 시원하기가 이루 말할 수 없을 정도였다. 몇 차례 더한 나는 탈의실에서 옷을 갈아입고는 다음의 일과를 향해 움직였다.

이른 아침에는 몸을 단련하고 저녁나절까지는 도서관에서 책을 읽는 것이 나의 일상. new century에 접속하고 잠들 때까지의 일과는 이렇게 두 가지였다. 현실에서는 Z&F에서 지내며 이벤트 진행과 태진이에 대해 알아보기도 하고 말이다.

그 충실한 하루하루로 나는 1레벨이 올랐고 스킬은 더욱 깊어질 수 있었다.

제임스 Lv63 (곤바로스의 사도 : 진리 탐구자)

힘 : 694

혈력 : 69

민첩 : 54

기력 : 5

지혜 : [30]

마력 : [3]

위엄 : 2

환혼력 : [1]

평정 : [30]

위압 : [30]

통솔 : [30]

투지 : [30]

가장 고무적인 것은 고통의 희열로 없애 버린 혈력과 기력이 수치만큼 복원되었다는 사실. 사실 혈력과 기력을 충돌시킨다는 쇼크웨이브를 사용하면서 두 수치가 0이라는 것이 모순이었는데, 아예 NPC화되며 이치에 맞게 해결된 것이었다.

스킬 : 혈력 집중(Lv22) 전사의 본능(Lv17)

　　: 전사의 육체(Lv14) 기력 활성(Lv6) 도둑의 시야 (Lv8)

　　: 도둑의 본능(Lv5) 쇼크웨이브(Lv2) 숙련도 활성 (master)

　　: 고통의 희열(master) 마력 응집(Lv6) 고요의 정신 (Lv6) 마법사의 본능(Lv6)

　　: 연주(Lv1) 요리(Lv1) 옷 수선(Lv1) 야영(master)

성장 속도는 닷새라 보기에 믿기 어려울 만큼 대단했다.

이 부분에 대해서 생각하면 참으로 웃음만 나온다. 스킬의 역설적인 면모 때문이다.

플레이어는 융켈의 가호를 받는다. 사냥하고 퀘스트를 통해 경험치를 쌓아 레벨업을 이룬다. 보너스 포인트를 분배하고 스킬을 익혀 성장한 뒤 더 큰 여행, 퀘스트를 완수해 나가며 명성을 쌓아 간다.

이들은 융켈의 힘으로 많은 스킬을 손쉽게 익힐 수 있었다.

그러나 융켈 때문에 어느 것도 master할 수 없다.

정확하게는 극의를 얻지 못하는 것.

쉬운 것에서 어려운 것까지 모조리 익힐 수 있지만 단지 그뿐이다. 또한, 레벨업의 성장폭 역시 오로지 10포인트일 따름이니 편리성에 얽혀 있다 하겠다.

'NPC는 다르지.'

나는 책을 읽고 훈련소에서 수련하며 그 차이를 확실하게 알 수 있었다. 전사 훈련소를 들자면 이곳에는,

허수아비 따위에 주먹질을 해 대는 초급 코스,

대련을 병행하고 무기술을 익히는 중급 코스,

실전 대련으로 감각을 벼리는 상급 코스,

끝으로 배운 바를 익히고 되새기며 혈력, 기력, 마력을 각인시키는 고급 코스가 있다.

현재 내가 하고 있는 것이 이것으로서 고급 코스는 육체만으로 이겨 낼 수 없고 이 힘들을 다루어야만이 버텨 낼 수 있도록 짜여 있다.

헌데, 이 과정을 스킬화시키면 놀랍도록 단순해진다.

초급 코스는 주먹을 쥐는 법, 싸움에 임하는 자세를 배운다.

여기서 나오는 스킬이 힘주어 때린다 하여 [강권], 연속된 동작에 치중한다 하여 [유권], 세차게 때린다 하여 [강타] 등이다. 정지된 허수아비를 치면서 정확도를 기르니 [집중] 따위가 더해진다.

중급 코스는 대련과 무기술이니, 맞는 법에 대해 체계적으로 배우게 된다. 각종 신체 단련법들이 세분화되고 무기술은 모두 스킬화된다. 예를 들면 [질긴 피부], [단단한 육체], [기본 검술], [기본 창술] 등이다.

상급 코스에서는 실전이 더해지니, 정말로 적을 쓰러뜨릴 치명적인 기술들에 대해 배운다. 고급 코스 역시도 마찬가지이며 혈력을 이용한 다양한 용법들이 더해진다.

그런데 잊지 말 것은, NPC들이 단계별로 수련해 나가며 이를 모두 익히는 것과 달리 여행자들은 세분화된 스킬들을 레벨과 능력치를 통해 얼마든지 추월해서 선택할 수 있다는 사실이다.

이러한 이치가 모든 스킬에 동시 적용된다. 하나를 알고 둘을 읽고 셋을 되짚어야 하는 이들과는 달리 여행자들은 전부를 알지 못한다. 아니, 알 필요가 없다. 그들은 NPC들이 만들어 놓고 골라 놓은 용법들만 골라 익히면 되니까.

왜? 어떻게?

필요 없다. 오로지 결과와 효과만 보고 조합한다. 모든 과정은 융켈이 대신해 주고 입에 쏙쏙 넣어 주기까지 하니 이들은 맛있게 먹으면 그만인 것. 혹여라도 의문을 갖고 노력하려는 이가 있다 할지라도 레벨과 능력치라는 시스템은 이를 가로막고 설득한다.

바보냐? 왜 돌아가? 라고.

똑똑할 필요는 있으나 현명할 것까지는 없다.

많이 알게 하되 중요한 것은 모르게 한다.

'다루기 쉬운 인재들의 양성법이 아닌가.'

이러니 여행자들이 무시받을 만한 것이다.

❈　　　❈　　　❈

마력 운용.

도서관에 들어설 때면 나는 숨을 가라앉히지 않고 위로 붕 띄운다. 넓게 퍼뜨리며 장막처럼 정신을 포근히 감싸는 것이다. 이것이 닷새간의 경험을 통해 깨우친 힘의 기초 운용법 중 마력의 용법이었다.

'누구 식대로는 요령들이지.'

혈력은 꽉 막고 꽉 누르며 쥐어짜 내는 숨을, 기력은 면면히 마시고 내뱉으며 쉼 없이 숨과 몸의 흐름을 일치시키는 숨을, 마력은 코앞에 잎사귀를 두어도 흔들리지 않을 만큼 숨을 미미하게 마시고 퍼뜨리며 확장시켜야 했다.

이로써 정신이 맑아지고 여백이 넓어지며 직관력을 높일 수 있었다.

쉿.

발걸음도 낮추었다. 옷깃 스치는 소리도 조심하며 조용히 걸은 나는 책을 찾아 꺼냈다. 제목은 가스벨 유랑기로서 학자이자 모험가인 로본 가스벨이 여행하며 겪은 일들에 관해 써 놓은 수필이었다.

전 15권으로 이루어진 유랑기 중 내가 중점적으로 읽고 있는 부분은 과거의 신전에 관한 내용이었다. 일찍이 신학서 몇을 읽어 보았지만, 교리들과 찬미, 형이상학적인 표현으로 외려 정보를 얻기가 어려웠었다. 너무 제대로 파고들어서 온갖 해석이 난무하니 지나친 것이다.

그래서 나는 학자이자 모험가로서 간략 서술한 책들을 위주로 우선 가볍게 읽고 있었다.

'무신론자의 입장에서 말이지.'

신자는 곡해하고 불신자는 폄하한다. 객관적으로 읽기에는 연구하고 바라보는 이들의 시각이 중립적이어서 정보 파악에는 수월한 바.

사락.

책장이 넘어갔다. 낯익으며 낯선 글자가 뇌리에서 천천히 읽혔다. 이런 경험을 할 때면 스킬의 모순성에 대해 거듭 감탄이 나온다.

그런데 정확한 증거와 확실한 논조를 자랑하는 가스벨 유랑기의 중반부에 이르자 기이한 부분이 있었다. 다른 필체로 적힌 글씨들은 전래동화를 연상케 했다.

－ 루체프력 194년, 가을.

잊을 수 없는 기이한 꿈이 있어 적어 본다.

세상을 떠들썩하게 하며 '진실은 불멸하다.'라는 유언과 함께 처형당한 비슈타인의 흔적을 조사하던 중, 나는 평범한 학자였던 그의 삶에 변환점이 되었을 법한 장소를 알게 되었다.

기대와 흥분을 안고 자료를 추적, 긴 여행을 떠난 지 33일째 되던 날이었을 것이다. 나는 드네푸르 산맥에서 길을 잘못 들게 되었다.

그렇게 심각한 굶주림으로 생명의 위협을 느끼며 어렵사리 걸음을 옮기고 있을 때였다. 나는 짙은 안개 속에서 바위에 암각된 '루브 부로에 에라체이카' 라는 글귀를 발견할 수 있었다. 그리고 르에르 부족인을 우연히 만나게 되었다. 땅의 축복을 받아 가물어 메마른 땅일지라도 기름지게 만들고 풍성한 수확을 보장한다는 농경의 부족. 척박한 곳을 일구는 것이 사명이라 믿는 이종 부족 르에르를 본 것은 나 역시 처음 겪는 일.

평소였다면 넘치는 의문을 해결하고자 했겠으나 당시의 나는 그럴 정신이 없었다. 고프고 고파서 아픈 것조차 잊을 지경인 배를 움켜쥐고 있었으니 무슨 정신이 있었겠는가.

작은 키에 땅에 끌리는 수염과 황갈색 피부를 한 그는 자신을 수엘라라 소개하며 무슨 이유로 깊은 산중에 들어섰느냐 물었다. 이에, 길을 잃어 떠돌았고 심히 지쳐 있는 상태라고 솔직히 말하니 그는 웃으며 나를 쉴 곳으로 인도해 주었다.

그가 작은 걸음으로 나아가는데 지친 까닭인지 쫓기에 버거웠다. 앞에서 기다리던 수엘라가 건네는 물 한 잔을 들이켜니 조금 힘이 돌며 머리가 어질하더니만 밑이 빠지는 느낌이 들었다. 그 약간의 기력으로 안개 숲을 지나 금속의 땅을 밟은 것은…… 아무래도 오랜 굶주림으로 잘못 느낀 것이리라 회상해 본다.

흐릿한 눈으로 부지런히 뒤를 쫓다 검은 땅을 둥글게 파는 르에르인들을 보았다. 작고 푸른 불씨를 띄워 놓고 맹수의 아가리에 먹이를 주었다 빼앗으며 까르르 웃는 어린아이도 보였다. 둥근 탁자에 둘러앉아 가만히 묘한 말판을 보는 노인도 있었다.

모호한 아련함에 물끄러미 보고 있노라니 수엘라가 나의 팔을 잡아끌며 물었다.

'보았는가, 들었는가, 느꼈는가.'

이에, 보았노라 답하자 그는 나의 미간을 보더니만 웃으며 땅을 가리켰다. 땅에는 지그시 감은 큰 눈이 있었는데 그의 손가락을 보고 위를 보는 순간, 검은 눈이 크게 떠지니 오로지 어둠만 가득했으며 그 어둠이 나를 삼켜 버렸다. 그리고 나는 한 마리의 짐승이 되어 일찍이 보았던 어린아이를 업고 뛰다가 작고 푸른 불씨의 옆에서 잠들었다. 꿈인 까닭인지 불안함도 없었던 시간을 얼마나 지냈을까. (반추하노라니 33년인 것 같다.)

어느 날, 나는 집에 있었다.

곁에 있던 불씨가 없으며 발톱과 두꺼운 가죽이 사라지매 놀란 마음에 가족에게 물으니 지붕에서 달을 보다 발을 헛디뎌 떨어졌다고 한다. 잠시 기절했다가 깨어났다는 것이다. 그러나 달력을 본즉, 내가 여행을 계획했던 날로부터 정확히 33일이 흘러 있었다. 아내에게 그동안의 내가 무엇을 했느냐 물으니 언제나처럼 지내 왔다고 답한다.

이런 나를 보며 혹자는 지나치게 술을 많이 마셔 기억상실이 온 것이라고 웃고 혹자는 르에르인을 만나고자 하는 나의 간절함이 지나쳐 꿈을 이루었다고도 했다. 하지만 병이나 저주가 아니라는 것은 공통된 결론.

실제로 나의 몸에는 아무런 이상이 없었다. 그러나 분명한 것은 이로써 시간의 흐름이 달리 느껴지기 시작했다는 것이었다. 그리고 이날의 의문은 지금 이 순간까지도 생생하니 뇌리를 가득 메우고 있다. 평생을 다시 그 장소를 찾아 떠돌았으나 그곳은 어디에도 존재치 않았다. 힘이 다해 마지막을 준비하는 지금 다시 의문을 되새겨 본다.

나는 있으나 나는 몰랐다. 나는 나로 지냈지만 내가 아니었다. 의식과 육체의 괴리로 140의 나이에 마지막을 준비하는 지금, 나는 그날을 기억하고 간절히 그려 본다.

애매하게 끝나는 부분에 아쉬움이 일어 중얼거려 보았다.

"루브 부로에 에라체이카."

곧 뒤에서 가만히 내 어깨를 짚으며 말하는 이가 있었다.

"버리고 비워도 갈구하는 죽음이 오리라."

속삭이듯이 작게 읊조리는 그는.

"재미있는 부분을 보고 계시는군요, 제임스 씨. 가스벨이 펠마돈을 연상하며 그렸다는 장문의 낙서를 보시다니."

사서 시넬이었다.

펠마돈을 연상하며 그렸다는 것으로 보아 그는 내가 읽은 부분에 대해 알지 못하는 것이 분명했다. 그런데 그 낙서를 읽은 나는 무어란 말인가. 시넬보다 지혜가 더 뛰어난 때문?

아니다. 오로지 스킬의 힘이었다.

'고요의 정신.'

이런 것을 보면 스킬의 역설적 면모가 더욱 흥미로워진다. NPC들이 폭넓게 사용하는 용법 하나하나가 플레이어에게는 각각의 스킬이 된다.

하지만 NPC들에게 있어 스킬은 한 차원 다른 의미가 있다.

바로 '비전'이라 불리는 까닭.

검술의 경우 가로 베기와 세로 베기, 사선 베기 등이 여행자들에게는 스킬이 된다. 그러나 NPC들에게 이건 그저 행위일 뿐이다. 그들에게 스킬이란 '검이란 무엇인가.', '검술이란 무엇인가.'라는 의문에 독자적인 해답을 얻는 그 순간 생성된다. 소위 말하는 깨달음이며 비인부전의 절기가 되는 것이다.

플레이어에게 [기초 검술]이 검의 속도를 5% 늘려 주고 공격력을 +3시켜 준다는 의미로 정의될 때, NPC들에게는 [기초 검술]을 깨우침으로 인해 자신의 스킬 레벨 이하의 모든 용법에 대해 두루 관통하는 것으로 정의된다.

이 양자의 개념 차이가 일그러진 성륜을 통해 접속한 내게 적용되며 기현상을 일으켰다.

플러스 효과로 정의되는 제한된 스킬!

앎이 정체되어 스스로 사고를 부수고 의미를 관통시킬 때 빚어지는 비전의 깨달음!

스킬의 효과는 빼어나지만, 성장이 제한되어 있고 NPC의 비전은 한계가 없지만 막연했다. 그런데 여행자에서 NPC화를 이룬 나는 '정의된 깨달음'을 익힌 상태로 한계가 사라진 것이었다.

그 결과, 모르는 문자를 읽게 하고 이종족과 대화할 수 있게 만드는 기초 스킬, 고요의 정신은 그 특성을 유지하며 내게 언어의 장벽을 완전히 허물어 주었다. 마력 응집은 정신의 피로를 최소화시켜 주었다. 스킬 레벨이 상승하며 능력치의 향상은 없었지만, 그 본질적인 의미 덕에 무한한 효용을 만끽하게 된 것이다.

'조심해야 한다.'

이건 신진권이나 강유나 역시 모르는 정말이지 획기적인 비밀이었기 때문에 몸을 사리며 최대한 자중하고 또 자중하고 있었다. 중절모를 돌려주고 스킬을 잔뜩 익혔다가 권한을 이양받는 방법을 썼으면 싶기도 하지만, 만에 하나 눈치를 챈다면 심각한 상황에 직면하게 된다.

조금 더 강해지자고 치명적인 정보를 제공할 수는 없었다.

'오히려 절대로 접속권 이양을 하지 못하게 만들어야 해.'

그런 이유로 나는 강유나와 친밀하게 지내고자 노력하고 있었다.

그렇게 가짜 펠마돈. 가스벨이 남긴 '낙서'를 보며 이런저런 생각을 할 때였다.

"준비는 다 하셨습니까?"

"저는 언제나 만전입니다."

그가 고개를 끄덕이며 출구를 가리켰다.

책을 꽂아 넣고 조용히 도서관 밖으로 나가자 큼직한 가방을 둘러멘 덩치 큰 남자와 뚱뚱한 털보 사내. 가늘게 찢어진 눈과 붉은 입술이 인상적인 작은 체구의 여자가 기다리고 있었다.

"〈방패〉의 전사 마카 님과 〈미풍〉의 격투가이자 요리사인 제렌 씨. 〈숨죽인〉 모험가 타치오 양입니다."

이름자 앞에 붙은 방패와 미풍, 숨죽인이라는 칭호는 용병계의 자격증이자 계급과도 같았다. 훈련 과정을 잘 수료하고 능력과 신분 보장이 확실할 때 얻게 되는데 특기에 따라 정해진다. 즉, 마카의 경우는 방패 기술에 뛰어나며 제렌은 체구에 맞지 않게 속도 중심의 격투술이, 타치오는 은신이 빼어나다는 의미였다.

그들이 자신의 칭호와 관련된 비전이 있는지, 훈련받은 만큼의 실력을 보일지는 알 수 없었다. 같은 교육을 받더라도 깨달음은 서로 다를 수 있으며 소위 말하는 '회심의 한 수'로서 실력을 감추는 일이 허다하니까.

"인사들 나누시지요."

정중하게 소개하는 시넬과는 달리 나와 그들은 서로 시선을 마주치기만 했다. 눈과 눈을 마주 본 뒤 짧게 고개를 끄덕이는 것. 그것이 인사의 전부였다.

시시콜콜 대화하고 웃으며 친해지는 것?

애석하게도 프로들에게는 그런 과정이 생략된다. 장기 임무라면 모를까 일주일 내로 마무리되는 단기 임무일 때는 더욱 그랬다. 자신의 자리에서 할 몫만 다한다면 모든 것은 순조롭게 해결될 테니.

중요한 것은 실력이다.

"이분은 곤바로스의 사도이신 제임스 님입니다."

멈칫하는 저들.

"진리 탐구자?"

"……드문 인사군요."

"잘 부탁하오."

"별말씀을."

나는 자세를 달리한 그들의 인사를 받았다. 도움도 도움이지만 기회되면 한 수 배우겠다는 의도가 빤히 보였다.

"아시는 바와 같이 사라진 펠마돈의 비서를 찾고자 우리는 두트라산에 오를 것입니다. 조사 결과, 그 산의 허리에 있는 코마 중령술사가 가장 의심되더군요."

시넬은 팔목 길이의 단봉을 속주머니에서 꺼내 쥐었다.

란티놀의 시각으로 야만족이라 분류되고 일각에서는 몬스터라 칭해지는 코마족.

플레이어 사이에서는 오크라고 불리지만 실상은 매우 달랐다.

그들의 피부는 녹색이고 흘리는 피 역시 그러하다. 팔과 다리가 기형적으로 길고 날카로운 송곳니로 뼈까지 씹어 먹기도 한다. 하지만 정답은 '가끔 그렇다.' 일 것이다.

바로 전투 시에만 그러한 이유였다.

전사들이 문신 활성화를 이루었을 때처럼 괴물 같은 모습은 전투 형태에 불과할 뿐, 그들 역시도 지성과 사회가 있었다.

내가 이에 대해 잘 아는 까닭은 에일락 반테스의 생전에 코마족과 상당한 교류가 있었기 때문이다. 평상시의 코마인들은 피부색과 붉은 홍채만이 다를 뿐인 인간이 분명했다. 그럼에도 전투 시의 특징이 두드러져 몬스터로 각인된 까닭은 제국의 정책에 있었다. 잡아 죽여야만 하는 존재로 만들면 살육도 정당화될뿐더러 전투 의지를 고취하기 쉬운 탓이다.

'그란시아의 우방.'

제국과 코마족의 적대관계는 에일락 반테스에게 있어 환영할 일이었으니 그는 코마들과 교류하며 함께 복합적인 군사 운용의 묘를 보였었다.

"코마인이라면 쉽지 않겠는데…… 확실한 겁니까?"

최하 레벨 90. 분명 만만치 않은 이들이 바로 코마들이다. 될 수 있으면 건드리고 싶지 않다는 우려 섞인 제렌의 물음에 시넬이 답했다.

"확실치는 않으나 현재로선 가장 가능성이 높습니다. 짧은 시간 내에 사라질 정도의 실력과 펠마돈의 서를 곁에 둘 만한 사연의 주인이 흔치는 않으니까요."

"사연이라면?"

"그와 함께 있는 어린 코마인의 눈이 넷이라 합니다."

"과영령 증후군이군요."

다양한 기술이 있으나 일반적으로 대중화된 모든 힘의 골자는 바로 문신술이 된다. 단편적인 힘의 극대화를 이루는 여행자들과 다양성 및 범용성을 자랑하는 NPC들이란 차이점이 있지만 말이다.

반면에 코마족은 영령술을 쓴다. 나이 일곱에 '하나'를 정해 평생 그것과 소통하고 교감하는 방식인데 실로 오만 가지가 다 포함되고 성격마저 다른 터라 그 특수성은 기상천외했다. 학자들의 연구에 따르면 그들의 영령술은 동물과 식물, 광물로 구분되지만 파생되는 용법이 무궁무진하여 끝이 없으니, 그저 그 특성에 대해 분석만 할 뿐이라 한다.

"드문 증상이지요."

과영령 증후군은 비정상적으로 하나가 아닌 다수의 사물과 교감을 이룰 때 나타나는 증상. 간단히 예를 들면 다중인격이라 하겠다. 중심자아를 유지하고는 있으나 올바른 소통을 이루지 못한 상태다.

반대로 세상사가 그렇듯이 위험이 큰 만큼 보상도 막대하다. 제대로 수습하면 대단한 힘을 갖게 되니까. 에일락 반테스와 교류했던 코마족의 영웅이 그러했다.

'흠.'

지금 시넬은 과영령 증후군을 치료하기 위한 목적으로 펠마돈의 비서를 가져갔다는 추측을 하는 것이었다. 사실 듣는 내가 의아할 정도이니 본인 역시도 썩 만족스러운 추리는 아닐 것이다. 그러나 그나마 가능성 있는 이를 찾다 보니 코마인을 표적으로 삼게 된 것으로 보였다.

"게다가 네 개의 눈이라면 최소 3상 영령술을 쓸 텐데, 만만치 않을 겁니다."

"그렇기는 하지만 보호자가 있는 것으로 보아 아직 미각성 상태이니 상대할 수 있을 것입니다. 약점이 될 수도 있지요."

코마인들에게 있어 눈이 두 개인 의미는 하나는 나와 통하고 하나는 밖과 소통하기 위함이다. 이를 문을 연다고 하며, 힘은 그 문을 통해 드나들게 된다. 문이 여럿이면 힘 역시도 여럿이기에 그 증가폭은 일반적인 수준을 넘어서는 것.

"수가 몇입니까?"

"하나입니다."

"새끼 때문에 어미는 더욱 강한 법입니다."

"철부지 아이를 위해 어미는 희생하는 법이지요."

그가 웃었다.

"만약의 사태에 대비하여 대안은 마련되어 있습니다만, 이는 최후에 쓸 것입니다. 어디까지나 우리의 목적은 비서의 행방이니까요."

그 말을 들으니 그의 생각을 알 수 있었다.

"우회할 거군요. 타치오 양의 활약이 기대됩니다."

광물계에서도 흙의 영령과 소통하는 이를 중령술사라 부른다.

굳건해야 할 땅이 물러지기도 하며 움직이는 함정을 만들어 내기도 하는 특징으로 중령술사는 전사들에게 난적이 분명했다. 굳건하고 듬직하며 저돌적인 것이 혈력을 사용하는 전사들의 특징. 이는 달리 말하면 '굼뜨고 느리다' 와도 같은 까닭이다.

그뿐만 아니라 수준급의 중령술사는 자신의 은신처를 미로와 함정의 유기적인 복합체로 만들어 버리기도 하니 어찌 쉽게 볼 수 있으랴. 그렇다고 산 전체를 자신의 터로 만드는 것은 아니지만 본시 생사의 갈림이란 작은 바늘에서부터 비롯된다.

'제렌이 미풍의 격투가라곤 하지만…… 몸무게가 너무 나가지.'

고무공처럼 탕탕 튈 것 같은 타치오를 보며 주억거리노라니 시넬이 묘한 웃음을 지었다. 마찬가지로 마카와 제렌, 타치오 역시도 가벼운 미소를 머금는다. 의아함에 보자 마카가 말했다.

"두 분의 대화를 들으니 믿음이 가서 그러오. 적어도 무식해서 아무것도 못 하고 당할 일은 없을 것 같구려."

모이는 시선에 나는 능숙하게 대처했다. 코마에 대한 세부 정보들은 중요도가 꽤 되니 당연하기 때문. 어차피 이러리라는 것을 알고 말하지 않았던가.

NPC화되었으니만큼 내게도 약간의 명성은 필요하니까 말이다. 자숙하며 스킬 숙련도만 높인다는 계획이 변경된 만큼 여행하며 나를 증명할 감투는 필요했다. 그런 의미에서 시넬의 의뢰는 아주 적절한 기회다.

제렌이 어깨를 으쓱였다.

"부럽군요."

뒤이어 눈매가 초승달같이 휜 타치오가 기분 좋게 말했다.

"보수가 약한 건 알고 있죠?"

역할이 늘어나거나 바뀐 것은 아니지만 그 중요도가 달라졌으니 배짱을 부려도 되는 순간이었다.

"어쩔 수 없지요. 1.5배로 드리겠습니다."

배팅하지만 거절하는 그녀.

"생각보다 적은걸요?"

중요도를 확실히 안 만큼의 대금을 요구하는 타치오에게 시넬이 다시금 한숨으로 답했다.

"그게 제 자금의 한계입니다. 대신, 성과에 따른 추가 지급에 대해 약속드리지요."

이에, 타치오는 계약서를 내밀었고 시넬은 추가 내용을 적은 뒤 사인하고 돌려주었다. 마카가 슬쩍 물었다.

"혹여 우리가 더 맡아야 할 일은 없소?"

"호위와 안전, 그 이상은 절대로 없습니다."

입맛을 다시는 그와 '괜한 짓을…….'이라는 시넬의 눈빛. 나는 조용히 외면한다.

"그럼 갑시다."

휙~ 그가 단봉을 휘저었다.

그렇게 나는 첫 여행을 떠나게 되었다.

　　　　❈　　　　❈　　　　❈

성문을 벗어나는 순간부터 우리는 조용해졌다. 서로의 숨소리와 발소리에 집중하며 우선 보조를 맞추었다. 생각 외로 체력이 약하리라 생각했던 시넬은 마법을 적절히 사용하며 가파른 산길을 평지처럼 걸었다.

빠르지는 않지만 멈춤이 없었고 확실하게 나아가는 속도. 산기슭을 오르는 속도가 균일함을 파악하자 우리는 서로를 보았다.

끄덕.

눈빛이 교차하고 시넬을 중심에 세운다.

한쪽 손을 소매에 넣으며 타치오가 선두에 섰다.

양팔에 완갑을 끼며 마카가 왼편에 자리한다.

오른편으로는 제렌이 자리하며 양손에 붕대를 감았다.

모두가 한 차례 끌어 올리는 마력. 자연히 빈자리인 뒤에 자리하며 동조했다. 간단하며 정석적인 포메이션. 동서남북의 정방향이 아닌 마름모꼴이 되게 선 것이 특징이라면 특징이다. 서로가 보조해 주고 지켜 낼 수 있는 마력의 접점으로 기준한 까닭.

"속도를 올리겠습니다. [마파람의 속행]."

시넬의 마법이 모두에게 더해지자 미풍이 일며 우리의 뒤를 밀어 주었다. 자연스럽게 빨라지는 보폭으로 길 없는 산을 오르기를 잠시.

슥.

타치오가 손가락 두 개를 들고는 위와 정면을 가리켰다.

도둑의 시야로 향상된 시력이 피를 잔뜩 묻힌, 하얀 털에 붉은 줄무늬를 가진 짐승과 무리지어 앉아 있는 새들을 경고했다.

"카치키와 베르피군요."

카치키는 두트라산의 맹수로서 호랑이를 닮았다. 성체의 크기는 2m. 평지는 당연, 나무는 물론 절벽까지도 질주하며 턱 힘은 멧돼지를 물고 나무 위에 오를 수 있을 정도다. 무리 짓지 않으며 철저하게 홀로 다니는 습성이 있는 먹이사슬 최상층에 자리한 짐승이다.

눈처럼 하얀 털과 선홍빛의 줄무늬를 자랑하는 가죽부터 이빨, 발톱, 뼈에 이르기까지 버릴 것이 없지만, 괜히 비싸겠는가. 섣불리 손을 댔다가는 명을 재촉하게 된다.

베르피들은 '하얀 청소부'라 불리는 작은 새의 이름이다. 크기는 주먹만 한데 곤충과 과일을 먹기도 하지만 불리는 별칭 그대로 남는 것들을 깨끗이 발라 먹는다. 와글와글 몰려들었다가 푸르르 날아가면 그 자리에는 허연 뼈만 남는다 한다.

그런데 둘 다 사람의 접근에 민감하게 대처하는 녀석들임에도 별다른 경계를 하지 않고 있었다. 왜일까…… 하고 보니 이유가 금세 밝혀졌다.

"오호."

손 그늘을 만들고 주시하던 제렌이 입을 동그랗게 만들었다.

"저놈이 레잘룩을 먹는군요."

"어쩐지 피비린내가 안 난다 했더니만."

우회하며 눈에 들어온 황금빛 뿔. 카치키한테 열심히 뜯어

먹히는 그것은 레잘룩.

드물게 발견되는 사슴의 변종으로 녀석의 뿔은 다 늙은 남성도 일으킨다는 정력제이자 약재로 쓸 수 있다. 피에서도 약향이 난다면 믿어지겠는가. 평범한 사람도 먹기만 하면 감기 한 번 앓지 않게 된다 하니, 가진 자 누구라면 군침을 흘리는 보약이자 정력제인 셈.

잡으면 집 서너 채는 사고도 너끈히 남는다.

물론, 일행의 누구도 사냥한다는 생각은 하지 않았지만 말이다.

"냄새를 맡고 꽤 모여드는군요."

우회한다고 우회했지만 적잖은 짐승들이 모여들고 있었다. 야생 짐승일수록 본능에 충실하니 레잘룩에 대해 느낀 것이다. 먹으면 생존에 큰 도움이 된다는 사실을.

인간이나 욕심껏 쟁여 두지 짐승은 배고플 때 사냥하고 주린 배를 채울 만큼만 먹는다.

그리고,

'녀석들은 필요 이상으로 사냥치 않는다.'

넓게 자신들의 영역을 고수하며 접근하는 짐승들을 보며 방향을 짚은 타치오가 뒤로 훌쩍 물러났다. 이어, 마카가 나서더니만 기합과 함께 혈력을 끌어 올렸다. 정면으로 조절한 그의 일갈이 방사형으로 뻗어 나가매 마력을 밀어내며 양옆에서 도왔다.

영역 선포.

'우리는 관심이 없다. 이 길을 가겠다. 막지 말라.'고 한 것이다.

군이 마력 공조로 존재감을 키우는 것은 함부로 건드리지 못하게 하기 위함이다. 현실의 수컷 동물들이 덩치와 크기를 부풀리며 자신의 강함을 보이는 것처럼 '힘'이 존재하는 new century의 세계에서는 이처럼 야생에서 자신을 지켜 왔다.

눈싸움이나 감이 아닌, 실체적인 기세 겨룸인 셈.

문명이 탄생하기 전, 인간이 사냥당한 이유가 무엇이겠는가. 여린 피부를 가진 까닭이다. 이빨과 발톱이 없었기 때문이다. 손쉬운 사냥감이었기에 주린 배를 채우기 좋은 먹이로 전락했다.

그러니 보여 준다.

'신진권에게 보인 기 싸움이나 여기서나 다를 게 없다.'

언제고 덤벼라! 하는 강렬한 기세가 싸움을 억제한다. 힘을 쓰며 때려눕히기보다는 압박하는 것이 실리적 평화이며 야생의 원칙.

필요할 때는 제대로 보여 주어야 하겠지만, 짐승들은 쓸데없이 자존심을 내세우거나 하지 않았다. 기세를 느끼고 경계하듯 으르렁거리기만 했으니까.

아, 기세의 중심에서 어정쩡하게 있던 늑대 하나를 마카가 뻥 걷어차기는 했다.

"조금 아깝기는 하군."

경계 지역을 벗어나며 슬쩍 마카가 말하자 다들 웃었다.

카치키와 레잘룩.

만약 사냥이 목적이었다면 놓치지 말아야 할 기회였다. 성공할 가능성이 낮기는 하지만 가능성을 떠나 시도 정도는 할 수 있으니까. 또, 모두 때려잡을 자신은 없지만 수틀리면 도망칠 정도의 실력은 되고 말이다.

그때 함께 웃던 시넬이 말했다.

"아마 자주 보지 않을까 싶습니다."

"자주 본다니? 어떤 놈을 말이오?"

"레잘룩이지요."

돈 되는 정보에 모두의 귀가 쫑긋거렸다.

"이유를 알려 줄 수 있소?"

"물론입니다. 저녁에 알려 드리지요."

짧은 대화를 매듭지었다. 일행은 다시금 타치오를 선두로 산을 올랐다. 한가하게 차려 먹는 점심 없이 미리 준비한 건량을 소량씩 천천히 씹으며 목적지를 향해 오르길 한나절.

어느덧 해가 저물 때임을 안 타치오가 적당한 나무둥치를 찾았다.

"비는 오지 않겠네요."

"아직 중령술의 범위 바깥입니다. 첫날이니 마법으로 편히 쉬도록 하죠."

"분위기 좀 내 볼까요?"

"그럼 든든하게 먹겠구려."

"솜씨 좀 부려 보지요."

마카가 껄껄 웃고 제렌이 붕대 낀 손으로 관절을 풀더니 움직였다.

타치오는 쳐 낸 나뭇가지를 끈으로 엮어 간이침대를 만들었다. 그사이 시넬은 밤 동안 불침번을 대신할 마법을 구축했고 마카는 장작, 제렌은 그가 가져온 장작에 불을 피우며 가방에서 큰 냄비와 식재료를 꺼내 조리를 시작했다.

플레이어에게 보관함이 있듯이 이들의 가방 역시도 보기보다 큰 용량을 자랑했다.

나도 마카와 함께 장작을 모으고 요리 스킬이 있는 김에 역시 한몫 거들어 보조로 도우니 이것도 제법 숙련도가 올랐다.

'그러고 보니 요리와 연주, 옷 수선 스킬에 대해서는 한 번도 연습하지 않았구나.'

짬 내서 이따금 해 보는 것도 나쁘지는 않을 성싶다.

앞에 나서서 지시하고 따를 것 없이 서로의 특성과 장점으로 척척 진행되는 준비. 사실 애당초 여행 좀 했다는 이들이 모였는데 시시콜콜 지시하는 것도 우스운 일이다

하지만 플레이어들은 어려울 것이다. 명색이 여행자인데 정작 여행을 모르니까. 야영 스킬로 혼자 안전지대를 만들고 로그아웃을 해 버리면 그만이니 일행에게 도움은 어찌 주겠는가. 이러니 퀘스트를 진행하면 NPC들에게 온갖 욕을 먹는 것이다.

'몇이나 적응할런지.'

단기 퀘스트 말고 호송처럼 NPC들과 함께해야 하는 퀘스트가 높은 난이도를 자랑하는 점이 여기에 있었다. 직장이 있고 생활이 있다 할지라도 장기 퀘스트를 맡게 되면 생활 방식을 new century에 맞추어야 한다. 로그아웃한다고 이곳의

시간이 멈추지는 않으니 말이다.

현실과 똑같이 흐르니 조금이라도 늦게 로그인을 하면 '시간 개념을 상실한 놈'이 된다. 호감도 하락에 퀘스트 성공의 보상이 줄어들고 중도 파기 역시 다반사다.

어쩔 수 없는 현대인들의 사정.

게다가 비밀이라고 말해 봐야 '돈 되는 공략'이라며 저들끼리 파다하게 소문을 내 버리니 어찌 신뢰할 수 있겠는가. 이를 NPC들 역시 잘 알기에 채집이나 사냥 따위의 단기 아르바이트나, 작정하고 목숨 내놓게 하는 '카치키 사냥'을 시키는 것이었다.

'에일락 반테스의 경험이 없었다면 이곳의 문화를 익히는 데 상당한 난항을 겪었을 거야.'

손발 척척 맞는 숙련된 용병들과 치밀한 사서, 시넬이 주도하는 파티의 저녁.

우리는 모닥불을 두고 앉아 대화를 시작했다.

⬡   ⬡   ⬡

"낮부터 기다렸다오."

식사 후 안주용으로 지글지글 익어 가는 꼬치구이의 향내가 제법 괜찮았다. 여기에 돈 되는 정보가 얹어지니 그야말로 금상첨화.

"레잘룩의 수가 늘어난 건가요?"

"아마, 그럴 겁니다. 여행자들의 수가 근래 대폭 늘어나고 있으니까요."

"그 뜨내기들 말입니까?"

"맞습니다. 아무래도 그들의 신의 가호인 거겠지요."

피식 비웃는 제렌에게 시넬이 묘한 미소를 지었다.

"융켈의 행운이 여행자의 수만큼 느는 이유인지 어떤지는 확실치 않습니다만, 분명한 것은 여행자가 늘 때마다 변종 생명체들의 수도 통계적으로 늘어 왔다는 겁니다. 그렇다고 10마리, 100마리씩 늘어난다는 건 아니지요. 서식지가 발견되는 것, 환경이 바뀌는 것도 아니니…… 꾸준하게 출몰한다는 것이 정확한 표현이겠네요. 단, 여기에는 조건이 붙습니다."

"무엇이오?"

"반드시 여행자들에게 '의뢰'로 주어야 한다는 것. 그들이 발견하게 하고 그들이 주도적으로 움직이게 해야 한다는 거지요."

듣는 이들이 모두 고개를 갸웃거렸다.

"애송이들 눈에는 보이고 우리 눈에는 안 보인다, 그런 얘기입니까?"

"재미있게도 말입니다."

어이없는 웃음이 머물렀다.

"평소에는 숨어 있다가 만만한 녀석이다 싶어서 나오는 건가?"

"융켈이 여행자와 행운의 신이라 그런가 봅니다."

"거참, 좋은 가호군요. 어쨌건 돈이 있어도 못 구하던 것들이 그들에게 맡기면 나온다, 이거지요? 그럼 나도 광고 좀 해 볼까?"

제렌의 말에 마카가 거들었다.

"레잘룩에 대한 거면 나도 같이합시다. 몸보신 좀 하고 싶은데 원체 단가가 비싼 녀석이라 혼자 하기엔 영 빠듯할 것 같구려."

척 보기에도 정력에 꽂혀 있는 그들이었다.

"모르시나 보네요?"

"무얼 말입니까?"

"여행자들은 돈보다 쓰던 물건들을 더 원한다는 걸요."

"쓰던 물건 말이오?"

"입고 다니던 옷이나 끼던 반지, 팔찌, 쓰던 검 등등이죠."

시넬이 덧보탰다.

"사서 주면 안 됩니다. 그들이 중요시하는 것들은 반드시 '쓰던 물건'이지요. 잘 관리하고 오래되며 길이 잘 든 물건들. 그것이면 됩니다."

"이건 뭐, 거지들도 아니고……."

"쯧쯧."

혀까지 절로 차졌다.

"전부가 그런 건 아닙니다. 스킬에 대해 자문을 구하는 이들도 있으니까요."

왠지 나름 변호해 주어야 할 것 같아 말문을 열어 보았다.

"스킬이라면 협회에 등록된 '돌려 막기', '가로 막기', '베기', '강하게 치기', '힘의 집중' 같은 것 말이오?"

"그렇습니다."

마카와 제렌이 팔짱을 꼈다.

"이건 뭐, 바보들도 아니고……."

"정말 써먹기 쉽겠군요. 따로 광고 내도 되겠습니다."

들다 보니 여행자들은 거지가 확실했다. 나는 이내 꼬치가
타지 않도록 돌리는 것에 집중했다.

〈그의 추적 : 공영호 #2-(2)〉

매끈하게 잘 빠진 캡슐에 눕는 순간 펼쳐지는 신세계.

"세상 참 좋아졌네."

들어올 때마다 공영호의 입에서 나오는 대사였다.

말 그대로다. 세상 참 좋아졌다. 살다 살다 가상현실 게임이라는 것이 나오고 하게 되리라고 어디 상상이나 했겠는가. 게다가 공영호에게는 흥미로 시작한 new century에 무한하리만큼의 고마움이 함께 있었다.

바로 큰맘 먹고 지른 최고급 캡슐 덕에 자신이 간암 초기라는 것을 안 때문. 접속 전 건강 상태를 체크하는 기능과 그날의 컨디션까지 분석해 주는 훌륭한 이 시스템 덕에 훗날의 큰 화를 면한 것이었다. 이만하면 가히 제2의 삶을 주었다고 해도 과언이 아니지 않겠는가.

'고맙다.'

new century는 분명히 미지의 게임이었고 과학이며 기적이 분명했다. 일각에서는 이 게임을 통해 전 세계를 세뇌시키려 든다는 음모론도 등장했고, 신진권 사장에 대한 일거수일투족을 관찰하는 이들까지 생겨났다.

그러나 병까지 치료하게 된 공영호의 감정은 무조건적인 우호였다. 천억을 잡지는 못했지만, 그 돈으로도 살 수 없는 건강을 얻었으니까.

아울러 가족 간에도 대화가 부쩍 늘었다.

확실한 공감대가 생겼기 때문이다.

말문이 열렸다. 공통된 취미인데 서로 똑같이 처음 하는 처지다. 누가 잘하고 못하고가 아니라 함께 알아 가는 재미. 아울러 완벽한 가상현실이기에 더욱 돋보이는 어른의 경험과 지혜들은 권위가 된다.

그것이 선생과 자식을 아빠와 아들, 딸로 만들어 주었다. 매일같이 전업주부로서 가정일을 하며 드라마가 유일한 낙이던 아내에게도 활력을 주었다.

다만 문제는 바로 게임 쟁탈전.

"한 대 더 사야겠어."

애들 학교 가고 자신도 일하는 낮에는 아내가 독식이다. 반면, 이제 초, 중학생인 남매는 서로 먼저 하겠다고 난리인 상황. 숙제나 공부를 먼저 끝내는 대로 시킨다고 했더니 보란 듯이 끝내 놓고는 게임한다지 않던가.

이러다가 캡슐 방이라도 생기면 거기에서 살다시피 푹 빠질 것이 눈에 선하니 한 대 더 사서 둘씩 쓰게 하는 것도 좋을 것이다. 상품으로 게임을 안겨 주기도 하면 공부시키는 데도 아주 좋을 터다. 자신 역시도 아내랑 오붓하게 같이 즐겨도 좋고 말이다.

저렴하게 4대를 살까도 싶었으나 아이들 건강관리 차원에서도 최고급 캡슐이 좋을 성싶다. 의료 비용도 줄어드니 일석이조는 넘지 않겠는가.

"어이쿠."

얼른 해야지, 쓸데없는 생각이 너무 많았다.

❈   ❈   ❈

new century에서 공영호의 이름.

"여어~ 제로. 오늘도 낚시 가는가?"

기다렸다는 듯 말을 걸어오는 중년인은 설정상 자신을 구해 준 어부 지겔이었다.

"맞네. 그러는 자네는 오늘 쉬나 보지?"

그가 접속한 왕국은 루소프. 56개의 섬으로 이루어진 대륙 최남단의 해양 국가였다. 해양 몬스터들 때문에 사냥이 쉽지 않아 많은 플레이어들이 떠나는 곳.

그러나 경치는 속된 말로 '죽여주게' 좋다. 푸른 바다, 황금빛 태양, 파도가 부서지는 바위섬 그 가운데서 낚싯줄을 시원스레 던진 뒤 찌가 흔들릴 때의 손맛!

가장 좋은 건, 잡은 놈을 가게에 가져다주면 즉석으로 회쳐서 준다는 것이다. 이 맛이 정말 끝내준다. 공영호 스스로 생각하기에 고체감도와 가상현실의 장점을 최고로 만끽하는 참 재미가 아닐까 싶었다. 가상현실이니 여느 게임처럼 사냥하는 것이 아니라 여러모로 즐거움을 누려야 재미있지 않겠는가.

지겔은 뻐드렁니를 보이며 웃었다.

"배라는 놈이 항상 띄울 수는 없는 것 아니겠나. 왜, 한번 타 보려고? 내 자네라면 특별히 자리를 마련해 주지."

루소프에서 플레이어의 돈벌이는 쉽게 낚시와 사냥, 어획 손질과 같은 일인데 신뢰도가 쌓이면 원양어선 승선이라는 방법이 생기게 된다. 단, 쉽게 돌아올 수 있으리라고 장담할 수는 없다. 어선에 오르면 보수와 경험치는 무시무시하지만 한 사람의 뱃사람으로서 그 몫을 다하기 전까지는 절대로 '놓아 주지 않기' 때문이다.

노동치는 정확하게 24시간씩 100일의 근무시간을 채우는 것. 그물 당기는 타이밍을 놓치거나 잡은 물고기를 놓치는 일 따위가 생기면 애써 채운 근무시간이 차감된다.

한 번 오르면 쉽게 내릴 수 없다. 절대 탈출 기술인 로그아웃?

접속하면 다시 출렁이는 배 위일 뿐이다. 걸쭉한 갈굼과 조롱을 당한 뒤 다시 또 그물을 당겨야만 하니 보상에 혹해서 뭣 모르고 올랐다간 그야말로 작살나는 거다.

이런 이유로 지금까지 백이면 백 캐릭터를 삭제하는 악명을 자랑했다.

원양어선은 아무나 타는 게 아니다.

"그나저나 요즘은 웬 이상한 놈들이 이다지도 많이 돌아다니는지 모르겠군."

"이상한 놈들?"

"그 있잖나. 하는 일 없이 멀뚱히 구걸하다가 마계가 열렸느니 어둠이 도래하느니 떠드는 놈들 말이야."

지겔이 말하는 이는 천억 이벤트의 시발점이 되는 떠돌이 NPC들이었다.

"흰소리 그만하고 먹고 싶은 놈 있으면 말만 해. 그놈으로 낚아 올 테니."

"흐흐. 건방진데? 뭐든지 낚을 수 있기라도 한 건가?"

"말만 하라고. 내가 낚지 못한 물고기는 어디에도 없었어."

제로의 호언장담에 지겔이 낄낄 웃었다.

"이거 너무 기가 살았는데? 좋아. 그럼 내가 기막힌 소식을 특별히 알려 주지. 놀라지 말게. 모루드펠이 잡히는 곳이 바로 우리 마을에 있다네!"

쉿! 하며 말하는 그와는 달리 제로는 뚱해 보였다.

"그게 물고기인가?"

지겔은 혀를 끌끌 찼다.

"이런. 자네 여행자가 맞긴 한 건가? 레잘룩과 함께 7대 보양식 중 하나인 모루드펠을 모르다니!"

"레잘룩?"

"어이쿠! 그것도 모르나? 대체 여행은 왜 다니는 건가?"

그는 이어 7대 보양식들에 대해 일장연설을 늘어놓았다.

"레잘룩과 모루드펠, 삼두크, 곤곤, 폴피르, 세렝스, 파믹스. 이렇게 일곱 가지로 만드는 음식을 바로 7대 보양식이라 하지. 딱히 요리법이랄 것도 없는 이유는 날로 먹건, 익혀 먹건, 튀겨 먹건, 볶아 먹건 어떻게 먹어도 그 맛을 보장하기 때문이야. 대단한 요리사가 아니라 나 같은 놈이 요리해도 최고의 맛을 보장하는 재료들인 거지. 게다가 먹으면 아픈 것이 싹~ 낫는 것은 물론 정력도…… 흐흐흐."

기묘한 웃음을 짓는 지겔. 확 와 닿은 제로의 입에도 같은 종류의 웃음이 걸렸다. 진한 공감대를 형성하던 그들은 무언가를 상상하더니만 이내 다시 얘기로 돌아갔다.

"그런데 이름만 들어선 모르겠는데?"

"여행자가 나보다도 무식해서야 쓰겠는가. 잘 들어 보라고. 레잘룩은 황금 사슴이라 불리는데 뿔이 황금색이고 무진장 빠르다 하네. 요놈이 특히 정력에 최고지. 모루드펠은 화석어라고도 하는데 땅에서 자고 산에서 헤엄친다네. 이건 어떤 뚱보라도 날씬하게 만들어 주고 아무리 먹어도 살이 찌지 않게 몸을 가꿔 준다고 정평이 나 있어."

'물고기가 산에서? 체질 개선?'

기상천외한 설명들을 제로는 의아해하며 듣고 있었다.

"삼두크는 용암에서 목욕하는 인삼일세. 먹으면 사막의 뙤약볕에서도 땀을 흘리지 않고 아무리 추운 곳에서도 털옷을 입을 필요가 없게 된다는 녀석이지."

'인삼이 별 걸 다하는군.'

"곤곤은 거인 두두가 아끼는 곤고르 나무의 열매라네. 두두는 맛있는 건 나중에 먹는 습성이 있는데 대신 아무도 먹지 못하게 내 것이라는 표시로 냄새가 고약한 침을 발라 두지. 그런데 신기한 건 그 침이 오래도록 말라붙어 껍질처럼 단단하게 엉겨 붙으면 나무의 힘인지 어떤지 모르지만, 열매의 껍질이 매끈해지면서 달콤한 향기로 바뀐다는 거야. 그렇게 만들어지는 게 곤곤일세. 그래서 달리 두두 열매라고도 부르지. 맛은 물론이고 향기만 맡아도 행복해지는 데다가 무엇과도 비교하지 못하리만큼 엄청나게 달콤하다고 들었네."

"……거인의 침을 먹는 건가?"

떨떠름하게 말하던 제로는.

"먹으면 거인처럼 힘이 세진다고 하지. 그뿐만 아니라 가슴이 작은 여성이나 물건이 작은 남성은 우람하게……!"

"오오!!"

"흐흐흐!!"

둘은 힘차게 고개를 끄덕였다.

"폴피르는 갈퀴가 있고 아가미도 있는데 하늘도 가끔 나는 바다새라고 하네. 수공 양육인 셈인데 먹으면 젊어진다더군. 건강해지는 덴 요놈이 최고인 거지. 세렝스는 일곱 가지 빛깔을 가진 꽃인데, 뭐라더라? 아, 맨눈으로 보면 실명한다든가 굳어 버린다든가……. 아무튼, 먹으면 미남에다 미녀가 된다고 하네. 파믹스는 모래 전갈로서 위험하면 모래로 변해서 도망친다더군. 맛과 효능에 대해서는 잘 알려지지 않았는데, 다들 손에 꼽는 걸 보면 뭔가 이유가 있을 거야."

"그럼 어떻게 잡으라는 건가?"

지겔은 어깨를 으쓱해 보였다. 자신도 잘 모른다는 뜻이다.

"이렇게 일곱 가지를 7대 보양식이라 한다네."

"그런데 뭔가 이상하지 않나?"

"무엇이 말인가?"

"그 효과가 자네가 말한 대로라면 보양식 정도가 아니지 않나."

젊어지게 해 주고 신체 변화에다 체질 개선까지. 가히 '전설'이라는 말을 붙여도 될 법한 효능들이었다. 또한, 사는 곳 역시 기상천외를 넘어 가경할 정도가 아닌가. 용암에다 산에 사는 물고기는 물론 보면 바위가 되는 꽃까지. 그리스 신화를 연상케 하는 보물들이 아닐 수 없었다.

그런데 그의 대답은 놀랍도록 태연했다.

"당연하지. 우리한텐 가히 전설일세. 간절히 바라고 기도하다 꿈에서 조상님이나 신께서 알려 주셔야만 볼 수 있는 보물들이니까."

"그런데 왜 보양식인 건가?"

"자네들이 잡으면 변변찮아지거든."

물어본 그가 멀뚱히 보자 지겔은 손가락을 까딱였다.

따라오라는 의미.

그는 잠시 집에 들러 낚싯대를 가져오더니만 맑은 날씨를 확인하고 성큼성큼 걸었다. 이어 제로를 나룻배에 태우고 바다로 나갔다.

힘차게 노를 10여 분 저었을까. 출렁이는 바다 속을 보던 그가 아래를 가리켰다.

"얼마나 실력이 늘었는지 한번 볼까? 오래간만에 하는 낚시 겨루길세. 물론 자네가 여행자임을 고려해서 내가 지금까지 써 온 낚싯대를 빌려 주지. 나는 자네 것으로 낚고. 승부는…… 그래. 10분간 누가 더 값나가는 놈을 낚는가로 하세. 자네가 이긴다면 그 낚싯대와 나룻배를 7번 자유로이 쓸 수 있게 해 주지. 어때, 해 보겠나?"

"좋지. 그런데 난 걸 만한 게 없는데……."

제로가 말끝을 흐리자 지겔이 뻐드렁니를 씨익 드러냈다.

"자네 사정 잘 아는데 요구하긴 뭘 요구하겠나."

그의 말이 끝나자 퀘스트창이 떠올랐다.

---

* 지겔과의 낚시 승부!

보상 : 지겔의 낚싯대. 오치어 어장 이용권(7회)

      : 경험치 +30%. [낚시] 스킬 +2Lv

실패 : 없음

"해 보지."

제로로서는 거절할 이유가 없었다. 서로의 낚싯대를 교환.

손에 착 감기는 지겔의 낚싯대를 들었다. 자체적으로 낚시 스킬을 +2Lv시켜 주는 아이템을 쥐고 시작하자 확실히 감이 달랐다.

– 낚시 passive(Lv2) → (Lv4)

효과 : 지혜 +2 → (+6)의 부가 효과를 얻을 수 있다.

[Start!]

어른어른.

수면 아래로 슬쩍 오치어들이 헤엄친다. 감각은 설정해 둔 56%의 체감도보다 예민해졌고 자세를 잡는 순간 팽팽하게 당겨지는 줄의 느낌까지 생생하게 다가왔다.

흔들~흔들~ 찌가 움직이고,

툭툭거리다 쑤욱!

미끼를 잘라 먹던 오치어가 마저 덥석 물었다.

'옳지!'

기분 좋게 낚이는 손바닥만 한 오치어. 가물치와 매우 비슷한 이놈을 보고 흡족하게 제로는 지겔을 보았다. 그때, 보란 듯이 조잡한 낚싯대를 올리는 지겔.

팔뚝만 한 오치어가 펄떡펄떡였다.

"흠!"

다시 낚싯대를 드리우는 그. 운이 좋은지 기차게 낚았지만, 이번에는 손바닥보다 조금 더 작았다. 슬쩍 보이는 스킬의 효과에 힘입어 3마리를 더 낚는다.

하지만 지겔은 그 이후로 소득이 없었다.

그렇게 10분이 흘렀다.

"이제 비교해 보세."

제로 5마리. 지겔은 1마리.

마릿수로는 제로가 많았지만, 중요한 것은 값이다.

"난 숫자만 많군."

[퀘스트 실패!]

메시지가 스쳐 가는 동안 그가 말했다.

"이게 문제일세. 확실히 여행자들은 행운이 많아. 하지만 뭐랄까…… 행운은 넘쳐나는데 막상 가져오는 것들은 아주, 아주 최하 품질이거든. 7대 보양식 역시 마찬가지일세. 우리가 알기로 분명 보물인데 여행자들은 대충 비슷한 것을 잡아온단 말이야. 숫자만 많고 약효는 떨어지는 거지."

"스킬이 늘면 잘 잡을 수 있네."

"그럴지도 모르네만……"

낚싯대를 받아 간 지겔은 다시금 노를 저었다.

"아무튼, 알겠지? 그렇다고 자네들을 욕하는 건 아닐세. 여행자들 덕분에 보양식이라 불릴 정도로 그 귀한 놈들이 흔해졌고 나조차도 먹어 보겠다고 생각하게 됐으니까. 모루드펠 역시도 내가 어릴 적 분명히 잡아 본 적이 있는데, 나는 그 이후 20년간 지금까지 단 한 차례도 발견한 적이 없네."

"잡은 적이 있단 말인가?"

제로가 지겔을 위아래로 훑으며 묻자 그가 침울한 낯으로 답했다.

"분명히 잡았지. 그리고 애인한테 먹였는데……"

"그랬는데?"

"……그 망할 년이 날름 먹고 살이 쏙 빠져서는 이웃 마을 부잣집 놈과 결혼하더군! 이런 신발 같은 년! 내 잇몸이 징그럽다고? 굴러다니는 풍뎅이를 사람 만들었더니 홀랑 도망을 치다니!"

젓던 노를 멈추고는 격하게 부들부들 손을 떠는 지겔. 제로는 헛기침을 연신 했다.

　잠시 침묵의 시간이 흐르고 화를 가라앉힌 그가 주먹을 불끈 쥐었다.

　그의 눈에는 제로로서도 처음 보는 열망이 타오르고 있었다.

　"그날 이후 같은 자리를 맴돌았지만 모루드펠은 어디에도 없었어. 하지만 자네들 여행자는 다르네. 나와는 달리 분명히 잡을 수 있을 것 같단 말이야. 그래서 말인데 잡으면 내게 가져와 주게나. 그뿐만 아니라 이놈을 시작으로 내게 7대 보양식을 가져다주게. 그럼 자네 낚싯대를 튼튼한 걸로 바꿔 줌은 물론, 물고기 품종 보는 방법이나 날씨 보는 방법, 그물질하는 법들을 알려 주지. 일꾼이 아니라 개인적으로 배도 태워 준다 약속함세. 신뢰까지 할 수 있게 되면 정기적으로 내 수입의 일부를 배당하겠네. 어떤가?"

　그의 말과 동시에 쪽지창이 반짝였다.

지겔의 제안 (1)

　숙련된 어부 지겔이 노총각으로 늙는 데에는 우울한 속사정이 있었습니다. 결혼도 않고 돈 벌어 내연녀들(???)에게만 퍼부으며 늙어 가는 그.

　그의 꺾인 자존심을 세워 주세요. 그가 발견한 해결책은 7대 보양식. 여행자의 손이 닿아 효과가 덜할 것까지 참작하여 가능한 한 많이, 또 자주 먹고자 합니다. 그의 체질이 완전 개선될 때까지의 험난한 여정임이 자명하지만, 대가는 고생만큼 돌아옵니다.
  승낙 시 : 모루드펠의 위치, 호감도 +30
  거절 시 : 호감도 -50

"좋네."

흔쾌히 승낙했다. 어차피 낚시하며 지내는데 장소까지 알려 주겠다, 못 잡을 게 무어란 말인가. 아울러 넓은 new century에서도 손꼽히는 보양식이라니 말이다. 효과가 비교적 떨어진다고는 하지만 그거야 스킬 숙련도를 쌓아 갈수록 바뀔 부분이다.

시원스런 대답에 지젤이 걸걸하게 웃었다.

"역시 마음에 들어. 그럼 자세히 알아야겠지. 잘 들어 두게. 누구에게도 알려 주면 안 되니까 조심조심하고. 장소는 말이야…… 엇?"

말을 하다 건너편을 보는 지젤. 제로 역시도 그곳을 보자 부두 쪽에서 부리나케 노를 젓는 노인이 있었다. 그는 배의 꽁무니를 붙잡고 살려 달라 소리치는 사람을 매몰차게 발로 걷어차며 욕설을 내뱉었다. 걷어차자마자 번쩍이며 저 멀리 튕겨 나가는 것이 저들의 정체가 여행자임을 알려 준다.

노인은 마을의 촌장인 규서프였다.

"아니, 어르신. 이게 뭔 일입니까?"

쉿, 하며 입막음을 시킨 지젤이 인사하자 제로가 같이 고개를 숙였다.

그러나 노인은 인사를 받지 않았다.

"에잇! 퉤! 내 다시는 저놈들을 안 볼껴! 예의 없고 욕심 많고 주제 모르는 것들! 제로 자네는 소갈머리가 있으니 빼고, 다른 여행자 놈들은 안 구해 줄련다. 캬악~ 퉤!"

가래침을 탁 뱉으며 노성을 지르는 규서프를 지겔과 제로가 달래고자 애썼다. 잘은 몰라도 여행자들이 무슨 잘못을 저질렀다 싶었다.

"저것들이 저러는 게 어디 한두 번입니까."

"그러려니 하시고, 아참. 갓 잡은 오치어가 있는데 회나 한 접시 드시는 게 어떤지요?"

"됐다! 이건 늘그막에 적적해서 구해 줬더니만 엉겨 붙어도 분수가 있지 말이야. 이참에 거지들도 마을에서 싹 다 내보내야겠어."

제로가 조심스레 물었다.

"거지들이라면 융켈의 사제들을 말하는 건가요?"

"맞다. 그 거지만도 못한 것들! 불쌍해서 놔뒀더니만 일도 안 하고 주둥이만 나불거리는 것들!"

"무슨 일이 있었는데 그러십니까?"

"니 눈깔로 직접 봐라."

부두를 가리키는 손가락을 따라가자 그곳에는 놀랍게도 나룻배만 한 투구게가 불쑥 튀어나왔다 들어가기를 반복하고 있었다. 그 옆으로는 수하들을 거느리듯 사람 크기만 한 투구게 10마리가 움직이고 있었다.

"뭐, 합동 퀘스트라나? 함께 도전합시다 어쩌자 하더니만 여행자 100명이 동시에 거지새끼한테 가서 뭐라 말하더구나.

그러더니만 바닥을 들쑤셔서 저따위 것을 불러 놓고는 서로 싸움 붙인 거다. 그리고!"

"그리고?"

"죄다 도망쳤어! 떠그럴!"

가리키는 방향에 사방으로 도망쳐서는 하나하나 잡히는 플레이어가 눈에 들어왔다. 조금 전 규서프가 뺨을 때려 돌려보낸 플레이어. 그가 투구게의 육중한 몸에 깔리자 스르르 사라져 버린다.

체력이 다해서 일어난 로그아웃이었다.

그 가운데에는 녹색 막 안에서 손가락을 꼽고 있는 NPC가 있었다. 모두가 거지라 말하는 융켈의 사제, 퀘스트 NPC였다.

까드득!

"피해 주는 것도 한계가 있지. 멀쩡히 가다가 비싼 몬스터라도 나오면 호위건 임무건 깡그리 무시하고 튀어 나가고 이탈하고! 이 육시랄 것들!"

노인의 치아가 맞부딪치며 긁어 내려진다.

활보하는 투구게와 죽어 가는 플레이어.

그 사이에서 엉망진창이 되어 가는 부두!

이를 보며 이를 벅벅 갈아 대는 마을 사람들이 잔뜩 있었다. 빙 두르고 팔을 걷어붙이는 그들은 하나같이 나룻배를 향하고 있었다.

이에 호응하듯 어촌장 규서프는 매고 있던 허리띠를 풀어 버렸다.

"앞으로 우리 마을은 이 자식만 빼고! 어떤 여행자들도 안 구해 준다. 알았냐?"

제로를 가리켰다가 손을 번쩍 쳐드는 그!

지겔 역시도 머리를 긁적이다가 두 겹으로 동여맨 허리띠 중 하나를 풀어 버린다.

"다 회 쳐 버려!"

그리고,

"우아아아—!"

마을 사람들이 분노의 함성을 지르며 움직였다.

"뭐야? 인스턴트 던전에 NPC들이 왜 난입을…… 으아악!"

"아이고! NPC가 사람 친다!"

"닥쳐, 이 민폐 덩어리들! 이깟 것들도 못 잡으면서 일을 벌여?"

그물이 쫙 펼쳐지자 투구게가 버둥거렸다. 뒤집고 찔러 가볍게 죽이더니만 짓밟고는 그대로 내달리며 플레이어들을 때려잡는다.

힘차게 노 저어 달려간 규서프 역시도 가까이서 물먹고 캑캑거리는 플레이어의 뒷목을 잡아서 억센 팔로 얼굴을 후려쳤다. 뻑! 소리 나게 돌아간 플레이어가 얼굴을 감싸더니만 스르르 사라졌다.

일격에 로그아웃당한 것!

무자비한 그들의 손길 아래 메뚜기처럼 뛰던 플레이어들이 싹 잡혔다. 마침내 남은 것은 융켈의 사제뿐이었다.

어촌장 규서프는 그가 둘렀던 녹색 막을 푸른 허리띠로 매섭게 때렸다.

"어어? 왜, 왜들 그러십니…… 으아아악!"

막과 함께 번쩍인 뒤로 주름진 주먹이 작렬하자 사제는 자지러지게 소리 질렀다. 나동그라지며 낡은 후드 가운이 넘어갔다. 그 너머로 콧수염이 인상적인 중년인이 코를 움켜쥐며 다급히 소리쳤다.

"피해가 커서 그러십니까? 확실하게 보상을 해 드리겠습니다. 지원금도 두 배로 드리지요. 그러니 이러지들 마시고……."

"나도 한두 번이면 이해하겠다만, 이게 몇 번째냐? 게다가 돈은 그렇다 쳐도 수리하는 우리도 이젠 지겹다."

"지원금을 세 배로 드리겠습니다!"

"필요 없다. 당장 꺼져! 이제 여행자들이라면 모조리 패서 내쫓아 주마!"

"네, 네 배로 드리겠습니다! 저들을 쫓아내지 말아 주십시오!"

흠칫 멈추는 주먹. 슬쩍 옆을 보자 분기탱천했던 사람들이 잠시 생각하는 모습들이 보였다.

"보상금에다 지원금 네 배인 거지?"

"무, 물론입니다."

규서프는 조금 삐딱하게 그를 보며 턱을 쓰다듬었다.

"흠~ 좋아. 그럼 앞으로 여행자들은 절대 구하지 않고 융켈의 사제들도 안 받으면서 내쫓지만 않는 조건으로 하지. 그럼 된 거지?"

"예에? 그, 그게 아니라……."

"이놈! 방금 네 입으로 그리한다고 말하지 않았느냐!"

"그, 그건 그랬지만, 본래 계약과 다르지 않습니까?"

"그래도 이놈이! 좋아. 아주 끝장을 보자 이 오치만도 못한 놈아!"

노안으로 광기가 스쳤다.

"앞으로 마을에 오는 여행자들은 모조리 환영해 주고 전부 가둬 버려! 여행 좋아하는 것들이니 묶어서 재갈 물리고 풀어 주지 마! 제 입으로 내뱉은 말도 지키지 않는 것들이야! 신께서도 허락하실 거다. 우린 계약 어긴 거 없어!"

"알겠습니다!"

"징글징글한 이놈은 바다에 던져 버리고."

허리띠로 동여매서는 사제를 질질 끌고 가려 하자 그가 다급히 소리쳤다.

"아, 알겠습니다! 말씀하신 대로 할 것이니 앞으로 찾아올 여행자들을 박대하지만 말아 주십시오!"

억울함 가득한 사제의 목소리에 규서프는 그를 세웠다.

"여행자들은 정작 개차반인데 대체 왜 그리도 애를 쓰는 게요?"

말투를 바꾸고 눈을 노려보는 시선에 답을 않는 그.

주위를 한차례 둘러본 규서프가 고개를 끄덕였다.

"지원금은 기존대로 꾸준히 주는 게요. 보상금도 본래만큼만 주시오. 단, 우리도 여행자들이라면 지겨우니 더 이상은 구하지 않겠수다. 찾아오는 이들을 내쫓지는 않겠으나 저들의 소갈머리가 없으면 참지 않을 거요. 또한, 당신들이 와서 시험이니 어쩌니 하며 일을 저지르는 것만큼은 절대로 용납 못하오. 내 말, 이해하우?"

"……."

한참의 침묵 이후 고개를 끄덕이자 그는 묶은 줄을 풀고 다시 자신의 허리에 감았다. 이후 빙 둘러싸던 마을 사람들이 길을 내주고, 후드를 다시 쓴 사제는 비틀비틀 마을 밖으로 나가게 되었다.

딱딱하게 굳은 마을 사람들의 표정. 그것은 한 꼬마가 쏙 머리를 내밀며 끝나게 되었다.

"갔어요, 할아버지!"

"어디까지 갔느냐?"

"삼거리 바깥에 가서 배까지 탔어요."

"그래?"

표정 사이로 스치는 웃음이 전염되며 화통하게 퍼져 나갔다.

"하하하하하!"

"속이 다 시원하네!"

"낄낄낄. 그 자식들 표정 봤는감?"

껄껄 웃으며 어깨동무까지 하는 이들. 뒤에서 보던 제로의 입은 떡 벌어져 있을 뿐이었다. 자신이 본 것이 믿기 어려웠던 까닭이다. 가상현실 게임인데 NPC가 NPC의 등을 치고 플레이어마저 입맛대로 요리하는 모습을 보았으니까.

'진짜 가상현실인가?'

게임이란 글자를 빼야 한다는 생각이 번뜩 드는 제로.

나룻배에서 침 흘리는지도 모르고 보는 그에게 지겔이 다가와 씨익 뻐드렁니를 보이며 웃었다.

"이게 도대체……?"

얼떨떨한 물음에 어깨를 턱턱 두드려 보이는 그.

"이제 자네도 엄청 바빠지겠구먼!"

"그게 갑자기 무슨 말인가?"

"자네가 우리 마을에 유일하게 남은 여행자 아니겠는가."

"분명히 칭찬인데…… 기분은 걸쩍지근하군."

"아무렴 어때? 어쨌건 앞으로 일거리가 넘쳐날 테지만, 나한테 보양식 주기로 한 것 잊지 말게나."

NPC들의 모습이 충격적이었던 때문인지 표정이 썩 좋지는 않은 제로였다.

그렇게 제로는 마을 유일의 여행자가 되었다.

곳곳에 산적해 있는 퀘스트들.

그러나 경쟁자는 전혀 없었다.

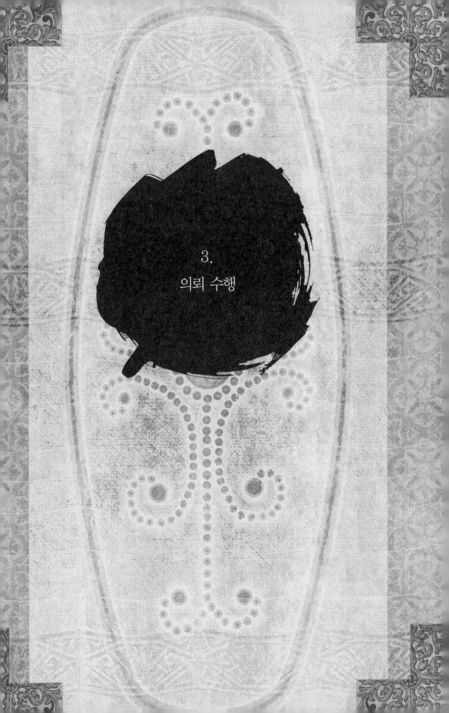

3.
의뢰 수행

　무엇이건 숙련될수록 잔손질이 줄어들게 된다. 이번 산행 역시 어려움은 없었다.

　여행과 의뢰에 프로페셔널이랄 수 있는 용병들은 능숙하게 시녤을 보조했고 에일락 반테스의 경험이 있는 나 역시 걸림 없이 함께했다.

　맹수들과 몬스터들은 피했다. 기척을 감추고 흔적을 지워 가며 속보로 올랐다. 없는 길을 만들어 가며.

　두 번째 날의 오후가 된 때,

　우리는 목표로 했던 장소에 도달할 수 있었다.

　"이제부터 시작이군요."

　"이거, 숨고 자시고가 없겠는데?"

　짙푸르던 수목이 낮아지고 가파른 암벽들과 쥐면 부서져 내리는 사암지대가 펼쳐졌다. 그 사이를 누비는 바위로 만들어진 뱀과 까닥, 따닥 소리를 내며 다니는 모래 거미들이 있다. 모래 인간들이 요소요소에서 두리번거리다 담장과 벽을 만들고 허물기도 한다.

개미귀신처럼 가운데에는 불쑥불쑥 튀어나왔다 들어가는 녀석이 있었는데 출입구가 그곳인 듯했다.

이건 대놓고 방어하고 경계하는 것이다.

"들키지 않으려고 애는 썼는데, 눈치챘나 보오."

마카의 말에 나는 고개를 저었다.

"이건 하루 만에 준비할 수 있는 수준이 아닙니다."

시넬이 동조했다.

"아무래도 정찰병이 오간 것을 알고 경계 중인 듯하네요. 우리가 표적이었다면 미리부터 막았을 겁니다. 게다가 제아무리 중령술사라고 해도 산 전체를 감시하는 것은 불가능하고 말이지요."

말하며 타치오를 보자 그녀는 크게 돌아가더니 나무를 올라 높이 도약했다. 그리고 체공하는 시간 동안 눈에 지형을 담고는 사뿐히 착지하며 고개를 흔들었다.

어디에도 들키지 않는 침입 경로는 없다는 것.

그렇다면 남은 것은 단 하나.

"속전속결입니다. 마카 님은 입구를 지키며 최대한 시선을 집중시키고 제렌 씨와 제임스 씨가 내부를 흔들어 주세요. 타치오 양과 저는 그사이 비서를 찾고 회수하겠습니다."

내부에 어떤 함정이나 암수가 있을지 모르지만, 술사들은 자신의 능력으로 그 모든 것을 통제하는 습관을 갖고 있었다.

유기적으로 움직이는 예측불허의 함정. 이것은 정말 무서운 것이다. 그러나 달리 말하자면 통제관의 모든 관심을 끌면 다른 모든 함정은 자동을 멈춘다는 맹점 역시 갖고 있었다.

그 허를 노린다.

숨 가쁘게 적을 초조하게 만들고 또 안심하게 하는 것이 중점.

"예상 시간은?"

"15분입니다."

"만만치 않군. 위험수당은 물론?"

"보장합니다."

"좋소."

시넬이 확답하자 일행은 관절을 우둑우둑 풀었다. 상태는 이미 만전이지만 마음가짐을 의식적으로 다잡은 것.

시선이 교차하더니만 시넬이 단봉을 꺼내서는 가로로 쭉 늘렸다. 그러자 마력이 응어리지며 부족한 위와 아래를 채웠다.

위로 마력이 일렁이더니만 치르릉―! 하는 맑은 기소성을 일으키며 재배열된다. 모여들고 조각조각 부서졌다가 합쳐지는 그 속에서 규칙성을 담은 시넬의 양손이 정교하게 맞물려 움직였다.

"지혜로운 자의 침묵은 불보다 뜨겁고 얼음보다 차갑나니, 무게의 균형추가 기울어지는 순간 돌이킬 수 없는 분노가 치솟으매……."

나직하게 읊조리는 목소리가 음산하다.

"그 무거움 앞에 어떤 대적자도 온전치 못하리라. 이는 [현명한 자의 분노]이며 나의 간절함을 이에 담아 대적자에게 항거할 수 없는 철퇴를 내리노니."

집중된 마력은 그의 의지에 따라 힘으로서 현현했다. 나는 그의 마법을 잘 알았다.

"[질주하는 전광]이여! 나의 분노를 담아 그 시린 창으로 대적자의 심장을 꿰뚫을지라."

지팡이 끝에 어리는 거대한 마력의 포신. 일직선으로 길게 내뻗어지는 경로로 후끈하게 빛이 모여들었다. 일행이 무릎을 굽히며 나아갈 준비를 마쳤다.

"[전광의 마포(魔砲)]!"

일순간 꽝! 하는 벽력음과 함께 육중하며 날카로운 빛살이 뻗어 나갔다. 막대한 마력의 흐름을 감지한 모래 인간이 벽을 쌓고 바위 뱀이 몸으로 막았으나 역부족.

단숨에 관통하고 벽 자체를 터뜨리며 안으로 무섭게 침잠했다.

-!

쑥 빨려 들어간 빛살은 개미귀신 역시 가루로 만들고 산허리가 들썩일 정도의 파문을 일으켰다. 그리고 저들이 우왕좌왕하는 그때,

"휘저어 볼까!"

우리는 일제히 달려들었다.

작전을 시작한다.

정면.

마카의 몸으로 말 문신이 일렁였다. 그의 두 다리가 무섭게 질주를 시작했다. 우왕좌왕하던 모래 거미들이 막으려 들자 말의 환영이 가라앉으며 곰이 치솟았다. 이어, 강력한 몸통 박치기로 으깨며 힘차게 도약.

쿵! 내려앉으며 껑충껑충 가파른 산을 올랐다. 약한 지반 그 자체에 뿌리처럼 박히는 발이 균형을 잡는다. 정확하게는 일대를 감싸는 중령술을 파괴한 것이다.

"잘 따라오시길."

일렬로 그 뒤를 따르던 제렌과 나는 서로 양옆으로 흩어졌다.

좌측으로 파고드는 제렌과 바싹 따라붙는 시넬.

우측으로 달리는 나를 타치오가 뒤따랐다.

기력을 끌어 올렸다. 준마와도 같고 탄력적으로 움직이며 연거푸 쇼크웨이브를 사용. 막아서는 것들을 모조리 밀어내며 진격했다.

불쑥 융기하며 가로막는 벽. 조각 나서 꿈틀거리는 바위 뱀.

능활하게 움직이는 모래 거미.

모조리 '밀어낸다'.

터터터터텅-!

분명히 기초 스킬이며 위력은 강하지 않다. 그러나 환혼력이 적게나마 담기고 고정된 무한 마력으로 연거푸 밀어내면 그 중첩된 위력은 실로 막강해진다. 실제로 굳어 가며 밀리는 바람에 저들은 형체를 잃고 바위처럼 짓눌려 밀려나고 있었다.

나는 집채만 해진 그 바위 공의 하단에 쇼크웨이브를 사용하여 띄운 뒤 이를 정면에서 때려 무기로 사용했다. 정교한 마력의 운용이 필요했지만 에일락 반테스의 전투 감각은 경이로운 경지에 오르지 않았던가.

"색다른 능력이네요. 역시 진리 탐구자!"

뒤따르던 타치오는 손가락을 딱 튕기며 자신의 부츠를 톡 두드렸다. 곧 바람이 모였다가 흩어지더니만 그녀의 두 발에서 부엉이의 날개가 활짝 펼쳐진다. 인지되는 그녀의 경로. 이를 보고 손을 올리자 그녀가 내 손을 디딤돌 삼아 훌쩍 날아올랐다. 낮게 비행하며 쑥 입구로 빨려 들어가는 그녀의 뒤로 딱딱하게 굳은 자세로 반투명하게 들어가는 시넬이 확인됐다.

좋다.

'1차는 완료.'

남은 것은 티를 팍팍 내며 제렌과 내가 조급하게 들어가는 양상을 보이는 것.

그때 모래 인간들이 뭉치더니만 거대한 얼굴을 만들었다. 그 얼굴은 기괴한 음성으로 버럭 소리를 질렀다.

- 누구냐! 이곳은 나의 은거지이며 나의 영토다! 대체 왜 침입하여 나를 적대하는가?

마카가 이에 답했다.

"가난한 용병들이라오. 부자 코마인이 황금을 산처럼 쌓고 온갖 진귀한 것들을 몰래 숨기고 있다고 하더구려. 귀한 것 있으면 나눠 씁시다."

"예를 들면 펠마돈의 비서 같은 것 말이지요."

시넬이 자리를 비웠고 코마 중령술사가 가져가지 않았음을 잘 알기에 툭 던지는 미끼였다. 사실 시넬이 이곳을 찾은 것에 대한 작은 의문을 나름 시험하는 것이기도 했다.

분명 여기에 무언가가 있긴 하다. 펠마돈의 비서는 아니지만, 그에 비견되는 것이든지 아니면 다른 무엇이든지 간에.

'자세한 것은 조금 더 지켜보면 알겠지만.'

단서는 충분히 되지 않겠는가.

나의 말에 얼굴이 인상을 찌푸리며 답하려는 찰나, 제렌이 뚱뚱한 몸에 맞지 않는 유려한 움직임으로 허공을 때렸다. 이에 권풍이 뻗어 나가 얼굴의 입을 밀어낸다. 졸지에 답을 못하게 된 그를 두고 제렌이 웃었다.

"우리도 마탄 값은 물론 들인 돈이 만만치 않으니 몽땅 털어야 할 거요. 주지 않아도 좋습니다. 직접 찾아가면 되니까."

첫 포격이 마법이 아닌 값비싼 마탄이라 나름의 공갈을 섞는 그. 우리는 그의 대답을 기다리지 않고 성큼성큼 입구를 향해 움직였다. 타협이나 생각할 여유를 주어선 곤란하기에 벌이는 일이었다.

― 이…… 정말이지 인간들이란! 오냐. 헛된 욕심의 끝이 죽음이라는 사실을 내 가르쳐 주겠다!

예상대로 분노한 얼굴이 크게 부풀어 오르며 왁! 소리를 내

질렀다. 폭발하며 비산하는 모래 폭탄을 각자가 막아 내는 사이, 흘러내리던 땅 일부가 늪처럼 끈적끈적해지더니만 두 발을 꽉 쥐었다.

그리고,

그그그긍!

그 위로 경사로에 있던 모든 흙과 모래들이 굴러 내리며 덮쳐 오고 있었다.

산사태다.

그뿐만 아니라 모래 거미까지 좌우에서 급소를 노리며 달려드는 양상이니 손과 발이 바쁘며 어디에도 있을 곳이 없는 상황이었다.

"이거 방패 하나 버려야겠는데."

절체절명의 위기에서 마카는 가방에서 큰 방패를 꺼내 밑으로 깔았다. 그는 산사태를 파도타기하듯 쭉 타고 내려가다가 껑충 뛰어 쓰러지는 나무에 매달려 그 위와 위를 넘나들었다.

"살 좀 빠지겠군요."

외곽에 있던 제렌은 붕대를 꺼내 던져 상단의 바위에 고정. 타잔처럼 몸을 훌쩍 날려 줄타기를 연거푸 했다. 육중한 몸이 시계추처럼 흔들리는 모습이 아슬아슬하긴 했지만 말이다.

반면, 나의 선택은 단순했다.

무기로 쓰고 있던 바위를 상층부 허리에 박고 중첩하여 연거푸 스킬을 사용. 깊숙하게 때려 박은 뒤 그 아래에서 산사태가 끝나기를 기다린 것이다. 자연을 제 맘대로 주무르는 듯

해 보이지만 실상 지각의 일부를 뒤덮고 깊은 지식으로 이용하는 것이 영령술의 한계임을 잘 알기에 그리한 것.

콰르르르르-!

그것은 장관이었다. 범람하는 홍수 속에서 구경하듯 일제히 떠 내려오는 흙들이 가로막는 모든 것들을 무섭게 쓸어버리는 모습은.

이마 언저리에서 압축된 바위에서 다리가 몇 개 뻗어 나왔다. 코마 중령술사가 어떻게든 상황을 알고 움직이려 한 것이지만 환혼력이 적절하게 배합된 상태라 조종에 난항을 겪는 것이었다.

"후우~"

둔중한 소리를 내며 제렌이 착지했다. 한참 밑으로 내려갔던 마카가 힘차게 다시 올라왔고 몸을 드러낸 나는 먼지를 툭툭 턴다. 다들 안전함을 확인한 우리의 눈으로 깨끗이 벗겨져서 모습을 드러낸 넓은 공터와 그 끝에 뻥 뚫린 입구가 들어왔다.

그 속에서 늙수그레한 목소리가 들렸다.

"가볍게 볼 놈들이 아니구나."

붉은 눈. 녹색 피부.

흰 수염을 휘날리며 코마 중령술사가 우리를 노려보고 있었다. 상아 목걸이와 갈색 지팡이를 쥔 그가 손을 들어올렸다.

그르릉!

2m 크기의 거대한 바위 인형.

움직이는 모래로 이루어진 거대한 모래 인형이 넘실거리는 존재감을 줄기줄기 뿜어낸다.

본격적으로 시간을 끌어야 할, 2차전의 시작인 셈.

'남은 시간은 10여 분.'

태연한 척하는 우리의 입가로 한 줄기 긴장이 스쳤다.

당당한 그의 모습으로 보건대.

이거, 쉽지 않을 성싶다.

적을 초조하고 안심하게 하려면 어찌해야 할까?

간단하다.

이쪽의 행동을 예측할 수 있게 만든다. 그리고 여유를 빼앗으면 된다. 상대가 예상하는 최대치의 공격을 거듭 가하는 것이 그중 하나.

감춰진 수가 없다는 간파된 의도가 적을 안심하게 할 것이다. 자칫 잘못하면 뚫릴 수 있다는 거친 공격이 적을 초조하게 만들 것이다.

"가난하긴 하지만 나름 이름자에 자부심은 있다오. 예까지 와서 그냥 돌아가면 섭섭하지."

의도된 마카의 거들먹거림.

코마 중령술사가 기가 막히는 듯 비웃었다.

"그렇지. 그게 네놈들의 합리적인 선택이지 않더냐. 자신의 욕구를 채우기 위해 문을 부수고 나온 주인에게 책임을 묻는 네놈들만의 피치 못할 이유."

의식 있는 자의 폐부를 찌르는 통렬한 말.

이에 마카는 귀를 후볐다. 제렌은 눈을 짝짝이로 뜨더니만 목을 까딱까딱 흔든다. 대화를 청하는 그를 우롱하며 부정하는 행위였다.

"그렇게 어려운 말을 나는 모르지요. 다만 많이 가진 사람이 조금만 주머니를 열면 여럿이 행복해진다는 소박함은 압니다. 그런 의미에서 먼저 꺼내 주는 건 어떻습니까? 입고 있는 것에서부터 숨긴 것들까지 몽땅 말입니다."

원초적인 욕심과 저열한 욕망 속에서 대화는 무의미하다.

제렌의 말과 태도를 읽은 코마 술사는 상아 목걸이를 풀어 손에 힘을 주었다.

"오냐. 나를 죽이고 내 눈을 파고 껍질을 벗겨 가 보아라."

까득. 까득.

지팡이에 목걸이가 파고들었다. 그의 붉은 눈이 핏빛으로 일렁인다.

"나 역시 너희를 죽여 그 살과 피로 억울한 이들의 넋을 기리마."

"나 역시 배부르게 채우고 여자도 품은 뒤 그대의 희생과 넋을 위해 회개하리다."

까드득!

"기대하마!"

이로써 대화는 완전히 종결.

좌우에 있던 바위와 모래의 인형이 나서며 그를 보호했다.

상아 자체가 지팡이를 갉아먹듯 들어가매 땅으로부터 뿌연 황보랏빛 마력이 유령처럼 떠돌며 어우러졌다. 시넬의 단봉이 마력으로 길어진 것처럼 그 역시도 자신의 힘을 끌어내기 시작한 것이다.

우리는 서로 수신호를 주고받았다.

바위 인형. 모래 인형. 중령술사.

각자 어떤 대상을 중점적으로 맡겠는가.

마카의 시선이 중령술사를. 제렌은 바위 인형으로 몸을 슬쩍 돌렸다. 그들의 선택에 따라 남는 모래 인형을 내가 맡기로 한다.

왜 그런 판단을 내렸는지 이해가 된다. 마카의 완력이 제아무리 강하다 해도 바위 그 자체를 매개로 한 영령을 상대로는 손해를 보기 십상이다. 모래 인형은 척 보기에도 군집체와도 마찬가지인지라 완강한 그의 힘은 허공을 때리기 일쑤일 터. 확실하며 실재하는 적인 코마 중령술사를 그가 맡는 것이 마카 스스로 내린 판단이었다.

제렌 역시도 비교적 빠르다 하나 흩날리는 모래로 이루어진 인형을 상대하기엔 무기가 여의치 않았다. 차라리 빈틈을 노리며 바위를 상대하는 편이 나으리라.

'나야 환혼력이 있으니 충분하고.'

물론 저들이 내 능력을 속속들이 알지는 못한다. 그럼에도 가장 까다로운 모래 인형을 내게 미룬 것은 '진리 탐구자'라는 칭호의 영향이다. 곤바로스의 사도들에게는 평범하지 않은 비전이 하나 이상 있다는 것은 실력자들 사이에 널리 알려진 상식이니까.

"인사차 가오!"

준비하는 중령술사를 향해 먼저 움직인 것은 마카.

가방에 쑥 들어갔던 손이 나오기 무섭게 무언가를 세차게 돌렸다. 한 바퀴, 두 바퀴 도는가 싶더니 쐐애액거리며 돌던 가죽에서 튀어 나간 것은 주먹 크기의 납 탄환.

'슬링어이기도 했군.'

모름지기 여행하는 자들은 누구나 근접전을 위한 격투술과 원거리의 적을 상대하기 위한 무기술 하나씩을 터득하고 있기 마련이다.

마카가 사용한 무기는 쓰기에 따라 활 못지않은 비거리를 자랑하는 슬링이었다.

굉장한 힘을 싣고 날아가는 그것을 바위 인형이 몸으로 막았다.

퍽! 소리 나게 처박히는 탄환. 그러나 일순 균열이 가며 깊숙이 박혔던 납 탄환은 바위 인형이 꾸무럭거리는 사이 사라지고 어느새 손에 불쑥 튀어나왔다.

– 그워어!

뒤로 어깨가 젖혀지더니만 바위 인형이 힘차게 납 탄환을 뿌렸다.

이를 본 일행의 바짓단이 터져 나갈 듯이 부풀었다.

쐐애액 하는 날카로운 파공성. 이어 쾅! 소리를 내며 처박히는 탄환을 피해 흩어진 우리는 혈력으로 다리를 강화, 폭발적으로 가속하여 파고들었다.

사르르르르–

전면에 나서며 몸체를 늘리는 모래 인형. 삽시간에 소용돌

이로 변해 들이닥치는 그 중심으로 납 탄환이 관통했다. 그 바람줄기에 양손을 밀착시켜 쇼크웨이브를 연거푸 시전. 환혼력이 가미된 파동이 모래를 결집해 거두어 낸다.

"좋군."

마카는 힘차게 발을 구르고 방패를 밀었다. 짧고 확실하게 몸체로 밀어내자 잔여 모래들이 뻥 뚫리며 확실하게 길을 만들었다. 그러자 바위 인형이 땅에 손을 박아 넣더니만 뽑아들고 주먹을 뻗는 것이 아닌가. 건장한 사람 크기의 인형이었지만 땅거죽과 합일된 주먹의 크기는 무려 직경 4m.

몸체는 뿌리박고 무지막지한 크기의 바위 주먹이 말 그대로 무식하리만치 전면을 덮쳤다.

"큭!"

질주하던 관성을 비틀며 급격히 방향을 트는 마카와 제렌. 직각으로 꺾여 좌우로 갈라지는 움직임은 경탄이 절로 나올 정도지만, 둘의 다리에서 근육이 파열되는 소리가 나는 것은 어쩔 수 없었다.

그러나 위기의 순간 돋보이는 것이 숙련된 용병의 진가 아니겠는가.

육중하게 허공을 때린 바위 인형의 주먹이 바닥에 크레이터를 만들었다.

그때 자욱하게 피어오르던 흙먼지 사이로 파공성이 울렸다. 피하여 잠시 체공하는 사이 마카가 슬링을 사용한 것. 굉음에 가린 기습적인 일격이었다.

허나 중령술사는 만만치 않았다. 흙먼지를 뚫고 무섭게 날아드는 탄환을 똑똑히 보다가 고개를 까딱여서 최소의 움직임으로 피한 까닭. 접경 지역에 은거한 중령술사이니만큼 백전연마를 거쳤음이 엿보이는 한 수다.

모래 인형을 무한한 환혼력으로 천천히, 확실하게 얼려 가는 사이 저들이 일진일퇴의 공방을 잇고 있었다.

휘리릭.

제렌의 붕대가 줄줄이 풀려 나갔다. 열 손가락을 통해 뱀처럼 움직인 붕대는 이제야 주먹을 들어 올리는 바위 인형을 꽁꽁 옭아맨다.

바위 인형의 다리가 구물구물거렸다. 다리부터 허리, 가슴까지 출렁거리더니 급격히 몸이 늘어나며 3m 크기의 인형이되었다.

옭아맸던 붕대가 풀린 것은 당연한 일.

"그거였나!"

순간 제렌의 작은 눈이 날카롭게 뜨였다.

— 끼긱! 킥!

원숭이의 환영이 스쳐 가며 활성화된 그의 문신이 능숙한 움직임을 그려 냈다. 여분이라고는 두지 않듯 붕대를 모조리 던지며 접근. 바위 인형의 무거운 주먹을 피한 제렌은 무릎을때리며 즐비하게 깔아 둔 붕대로 칭칭 돌려 감았다. 이어 창백해질 정도로 이를 악물며 힘을 주었다.

퍽! 퍽!

뿌리박힌 다리를 부순다. 암석을 때려 부수며 혈력을 두른 발에서 피가 솟구쳤다.

끼드득!

밀착한 몸을 튕기며 바위 인형을 조금이나마 띄우는 데 성공!

"으라라라랍!"

기합과 함께 메쳐 버렸다. 여기서 각 관절을 휘감고 꽉 힘을 쥐어 당기자 혈력과 기력이 뒤섞이더니 놀랍게도 바위 인형의 운신을 제약하는 속박이 된다.

인간형의 바위이기에 관절을 얽어매고 접촉면은 모조리 붕대로 감싼 것이다. 그러자 바위 인형은 몸을 뒤흔들 뿐 몸을 증대시키거나 변환시켜 붕대를 끊지 못하게 되었다.

'좋은 응용력이다.'

붕대 전체를 질기게 강화하는 능력은 가히 일품이라 할 수 있다. 짧고 폭발적인 혈력 고유의 형태를 마카가 사용한다면 제렌은 기력과 마력을 통한 조작에 특화된 셈이다. 게다가 특성을 파악하는 눈썰미까지 예리하니 퉁퉁한 외모와는 전혀 딴판인 전투 타입인 것이다.

소환물을 제압한 상황.

하지만 상황은 낙관적이지 않았다. 놀랍게도 접근을 허용한 중령술사는 지팡이를 겨누어 마카와 공방을 벌였던 것이다.

핑그르르 돈 지팡이가 무지막지하게 휘둘러지다가 부드럽게 방어했다. 혈력으로 강화된 팔을 부러진다 싶을 정도로 가열차게 때렸다. 슬링으로 방해하며 자신만만하게 접근한 마카를 연신 뒷걸음질 치게 할 정도로 매섭고 정교한 실력이다.

"건방진 인간 같으니!"

맨손으로 제압 가능하리라 예상했던 마카는 넉 대 이상 두 드려 맞고는 재빨리 물러서며 자신의 주력 무기인 방패를 꺼 내 들었다.

그때였다.

"움! 오르카 베로아인!"

괴이한 영창을 마친 중령술사의 그림자가 쭉 늘어났다. 지 팡이의 황보랏빛 마력을 잔뜩 먹은 그의 그림자는 그 자체로 바람을 타고 유영하며 마카를 덮쳐 버렸다.

"이건 중령술이 아닌데!?"

슬링을 던지지만 그대로 관통할 따름. 마카는 혈력을 가득 끌어 올려 그림자를 밀쳤지만, 스르르 떠밀리며 바닥에 푹 꺼 진 그림자는 마카의 밑에서부터 스멀스멀 타고 올라와 잠식해 들었다.

"끄으으……!"

다리에 힘을 집중하자 둥글게 말린 그림자가 뾰족한 송곳 을 만들어 그대로 마카의 정수리에 박았다. 곧 연결된 통로를 타고 마카의 몸에 스며든 그림자.

몸이 들썩이고 몇 차례 들썩이기도 했지만 잠시 후, 마카의 입이 벌어지며 멀건 침을 뚝뚝 흘렸다. 흰자만 보이는 눈과 망자와도 같이 팔이 덜렁덜렁거렸다. 삽시간에 일어난 변화는 바로 정신 오염에 있었다.

"……꼬이는군. 제길."

바위 인형의 움직임에 따라 붕대를 조절하며 간신히 버티던 제렌으로서는 날벼락인 상황이다. 단순히 아군이 줄어든 것이 아니라 적의 수가 늘어난 것과 진배없는 상황이었으니까.

그런데 의아한 점은 현 상황 그 자체였다. 분명히 중령술은 대지와 관련하여 소환체를 부르고 그 영령을 응용한 힘을 다루는 것이지 않던가.

헌데, 본신의 실력도 색다르고 중령술인 양 비치는 황보랏빛 마력은 무엇일까.

"놀랍군요."

문신술에 분파가 있듯이 코마족의 영령술도 그 갈래가 여럿 있었다.

이 중에서도 탈령술은 고인 물이며 머무른 어둠과 소통한다. 그림자이며 내면의 어둠과 직결하기에 '악마의 속삭임'으로 불리기도 하는데 마카의 경우와 마찬가지로 정신 공격을 통해 육체를 빼앗는 능력을 발휘하는 것이 특징.

1인에 대해서만큼은 무력에 상관없이 정신으로 겨루는 것이다.

단점은 다수에게는 별다른 효과를 보이지 못한다는 점과 육체적으로 매우 쇠약해진다는 정도. 그 때문에 탈령술사들은 스스로 힘을 감추고 방심을 유도할 줄 알아야 했다.

'혼자의 힘으로는 불가능하지.'

전사를 상대할 정도의 육체적 강함. 산사태를 일으키고 지형을 바꿀 정도의 중령술은 '고등'의 것. 여기에 다른 계파인 탈령술까지 사용한다.

"중령술사께서 어찌 탈령술을 쓰는 건지…… 그뿐만 아니라 마카 씨와 정신력을 겨루면서도 이 소환체들을 다룰 수 있다니 정말 놀랍습니다."

내 말에 코마 술사가 혈광을 번뜩이며 비웃었다

"역시 인간이란 어쩔 수 없구나. 힘이 있을 땐 억압하고 불리하면 그 혀를 놀리지. 여의치 않으니 대화로 풀고 싶어졌더냐?"

나 역시 웃었다.

조금은 다른 의미로.

"뭐, 짐작 가는 바가 없는 것은 아닙니다."

대꾸하지만 요동치는 그의 마력으로 보건대 그는 치밀하게 술법을 사용하고 있었다. 장단에 맞춰 주는 듯하지만 빈틈없는 그 모습이 참으로 보기 좋았다.

모름지기 적이라 판단하면 가차 없이 눕히는 것이 우선이지 않겠는가. 이기기 위해서 쓰러뜨리는 것이 아니라, 지지 않기 위해서 잔인해지는 것.

그것이 바로 목숨을 건 모든 싸움의 기본이자 전부인 법도다.

"둘 이상의 영령술을 쓰기 위한 방법으로는 셋이 있으니까요. 첫째는 저주를 이겨 내는 것이고 둘째는 다른 술사의 봉함을 받는 방법. 그리고 세 번째의 방법은."

저주를 이겨 냈다 함은 3개 이상의 눈을 타고난 이가 이를 극복한 경우였고 봉함은 영령술의 매개가 되는 '하나'의 물건을 칭하는 저들끼리의 명칭이었다.

이를 들은 술사가 묘한 눈으로 나를 보았다.

"방법은?"

"미각성 상태의 누군가에게서 강제로 힘을 끌어온다는 것입니다."

답하며 굴리고 있던 모래 인형. 열심히 골고루 돌리며 얼린 덕에 환혼력이 아주 잘 배어들어 속까지 꽝꽝 언 그것을 내려놓았다. 그리고 바닥에서 농작물을 캐내듯 그림자를 쑥 뽑아냈다. 발밑에서 스멀스멀 올라오던 그림자를 쥐어 밀가루 반죽하듯 공굴리기를 시작했다.

"……진짜 위험한 놈은 따로 있었군."

"과찬이십니다."

정신체를 주무르는 나를 보며 그의 눈빛이 스산해졌다. 결코, 쉬운 일이 아닌 까닭이다. 혈력이건 기력이건 마력이건 그 어떤 순수한 힘도 정신체를 속박하는 데에는 난항을 보이기 마련이다. 천변만화하는 마음과도 같이 혈력과 부딪치면 그 속성을 변화시키는 식으로 탈령술은 빈틈을 잘 비집고 들어온다.

성벽, 나무장벽, 흙벽. 그 특성에 따라 갈고리를 썼다가 매달리기도 하고 슬쩍 구멍을 뚫기도 하는 것이다.

반면 에일락 반테스의 환혼력은 다르다.

설명에 '그를 불패의 명장으로 만든 힘. 혼을 얼리는 극한의 마력이라 불린다.' 라는 구절이 왜 있겠는가. 세 가지의 힘을 충돌시켜 발생하는 공진력을 이용하는 까닭이다. 환혼력은 모든 속성에 대항할 수 있고 그 힘과 특성을 자랑할 수 있다.

전장에 영역 선포를 할 정도로 막대하던 그와는 달리 손에 붙이고 선풍기 바람처럼 연신 쐬게 하여야 했지만, 정신체건 속성체이건 손에 걸리면 맞는다는 점은 분명한 장점.

나는 공굴리기를 마친 그림자와 내려놓은 모래 인형을 쥐고 힘을 주었다.

찡—!

바위가 부서지듯 균열이 가며 조각조각 부서져 내린다. 바람에 훌훌 날리는 것을 본 늙은 술사가 마카를 내게 보내며 말했다.

"강제로 끌어온 것은 아니다. 치료를 위해 손자가 내게 힘을 전한 것이지."

"손자가 선택받은 자인가 보군요. 하긴, 강제로 사용했다면 유지하기 위해 힘을 쏟아야겠지만 당신은 그렇지가 않습니다. 그렇다면 치료를 위해 은거하신 겁니까?"

그가 수긍했다.

'과영령 증후군.'

문을 통해 유입되는 힘이 너무도 많아 적응하지 못하고 미쳐 버리는 것이 문제라면, 함께 감당하며 적응하도록 돕는다는 방법이었다. 그의 말대로 눈앞에 있는 늙은 영령술사는 손자를 치료하기 위해, 다른 이들에게 피해를 주지 않기 위해 홀로 떨어져 나온 것이다.

시넬의 예측은 중령술사가 아니라는 오류가 있긴 했으나 비교적 정확했다.

"그러는 그대는 왜 이곳에 온 것인가? 왜 나를 억압하는 거지?"

"글쎄요. 저도 의뢰를 받은 처지인지라, 따로 드릴 말이 없습니다."

"동료가 죽는다 해도 그런가?"

눈이 돌아간 마카를 내세우며 묻는 물음에 반문했다.

"지금 인질을 통해 나를 협박하는 겁니까?"

에일락 반테스의 삶을 통해 철혈의 독심을 갖게 된 나다. 무능한 아군은 존재 자체가 해악이며 인질은 사기 진작을 위해 때론 포기할 수 있는 것.

하나를 얻고자 전부를 잃을 수는 없었으니까.

미안하지만, 현재 new century에 머무르는 나의 목숨도 하나뿐이다.

"그대를 압박할 수는 없겠지. 그러나 저 인간은 어떨까? 과연 조금의 흔들림도 없을까? 의뢰라면, 둘의 동료를 잃고 달성하는 것이 과연 어떤 평가를 얻겠는가?"

묘하게 돌아가는 사태를 목도하며 눈치껏 힘을 쓰고 있는 제렌을 가리키는 영령술사였다. 그는 살기를 품은 나직한 어조로 말을 이었다.

그리고,

"내가 지나친 요구를 한 것도 아니다. 왜 조용히 지내는 나를 도발하고 이런 터무니없는 일을 벌였는지. 진정 내게 원하는 것은 무엇인지. 그대의 의뢰주가 무엇을……?!"

도중에 멈추었다.

눈살을 찌푸리며 되새겼다. 눈치챈 것이다.

침입한 이들의 수는 셋.

이 중 하나를 잡고 협박했다. 다른 하나가 의심할 것을 노려 설득도 하려 했다. 그런데 나는 인질을 얼마든지 죽이라고 한다.

침입한 이들의 수가 셋.

꺼려지는 대상은 고용인. 붙잡은 자도 고용인. 나름의 사투를 벌이며 부상당한 이도 그다지 비중이 없어 보인다.

그렇다면 의뢰인은 어디 있겠는가.

"아뿔싸!"

그가 지팡이를 바닥에 찧으며 물러섰다. 이에 스스로 자기 목을 쥐어 가던 마카는 갑자기 실이 끊어진 인형처럼 바닥에 허물어져 버렸다. 그뿐만 아니라 엎치락뒤치락하던 바위 인형도 주춤하더니 동작을 멈추었다.

"이놈들! 안 된다…… 안 돼!"

황급히 돌아가려 했다. 이를 막아서자 대노(大怒)하여 손의 지팡이를 뻗는다.

"옴! 마르쟈켄 유베이라!"

괴이한 영창. 나는 그림자를 조심하며 준비를 하고 있었다.

그런데 지팡이를 통해 뻗어 나온 기류가 상공에서 머물더니만 땅으로부터 황보랏빛의 마력이 치솟는 것이 아닌가.

"크읍!"

기합이 턱 막혔다. 내쉬던 숨, 마시던 숨이 무겁게 내장을 짓누른다.

번쩍 치솟은 마력이 위에서 부딪치더니만 확 내려앉았다.

이를 통해 머리끝에서부터 발끝까지 찍어 누르는 가공할 중력이 더욱 배가 되었다.

방심을 틈탄 최고위의 중력술. 제대로 직격타를 맞아 버렸다.

탈령술사가 중령술사인 척한 것이 아니라 그 반대였다. 역에 역인 셈이니 과신하다 한 방 제대로 먹은 격.

나는 눈을 감았다. 눈꺼풀을 올리면 동공이 튀어 나갈 것 같았던 까닭이다. 이명이 일고 울렁이며 침잠하고 또 침잠하는 무지막지한 힘.

그 너머로 전광의 마포가 연상되리만큼 묵직한 힘이 응어리지는 것이 느껴졌다. 이대로 있으면 쥐포가 되고 두드려 맞아 터져 죽을 상황!

그러나 여기서 죽을 수는 없었다.

으득!

혈력과 기력, 마력. 여기에 환혼력을 두루 걸쳤다. 그뿐만 아니라 이 악물고 들어 올린 손을 통해 쇼크웨이브를 연거푸 사용하여 압박감을 이겨 갔다. 마침내 들어 올린 뒤 몸을 굴려 벗어나기가 무섭게 아찔하게 스쳐 가는 무거운 힘.

대기가 꽉 조였다 풀어지는 아득함이 느껴졌다. 간신히 눈을 뜨고 보니 지팡이 끝에 일렁이는 중력탄을 겨누는 술사가 보였다. 란티놀 제국에 널리 퍼진 말처럼 핏빛 광기로 일렁이는 눈과 야수와도 같은 이빨을 번들거리며 뱀처럼 꾸물거리는 수염을 보이는 코마인.

"놈!"

지팡이를 찧자 나의 발아래가 불쑥 융기하며 송곳처럼 치솟았다. 어질어질한 머리를 가라앉히며 피하노라니, 솟아오른 땅이 둥글게 말리더니만 바위 인형이 튀어나와 내게 엉겨 붙었다.

그사이 거처를 향해 가려는 술사를 제렌의 붕대가 막아섰다.

"방해하지 마라!"

신경질적으로 땅거죽을 긁어 날리자 좌아악 날아간 모래가 인형으로 바뀌며 제렌의 붕대를 지나 달려들었다. 깜짝 놀라 황급히 피하는 것이 최선이었다.

간단히 그를 무력화시키며 무위를 자랑하는 중령술사.

허나, 애석하게도 이쪽의 수가 많았다.

쾅!

바위 인형을 때려 부순 나는 재차 그의 앞을 가로막았다.

"이…… 이놈들!"

술사가 손을 부들부들 떨며 나를 죽일 듯이 노려보았다.

"제발 비키란 말이다!"

찢어질 듯한 노성.

황보랏빛 마력이 응어리지며 대기를 굴절시켰다. 나이 든 그가 급속도로 늙어 가며 완성되는 강력한 술법! 생명을 담보로 한 혼신의 공격이었다.

물러나면 길을 내주게 된 상황.

나는 피하지 않고 정면으로 막아섰다.

"쇼크웨이브."

중력탄과 충격파가 서로 맞부딪쳤다. 나름 대항했지만, 그 처절함에는 미치지 못한 탓일까.

그르르륵—!

두 발에 힘을 꽉 주었음에도 땅이 파였다. 밀려나는 몸으로 막대한 저항감이 몰려들었다. 버틸 만하긴 하지만 꽤 힘이 들었다.

이에.

까득!

이를 갈며 중령술사가 재차 힘을 쏟았다. 머리칼이 빠져 버릴 만큼 혼신을 다해 수명을 태우며 중력탄을 연거푸 날려 오는 그!

몸뚱이가 휘청하며 속절없이 뒤로 밀리기 시작했다.

그러나 쓰러지지는 않았다. 조금의 틈도 없이 무한 시전되는 쇼크웨이브 덕분이었다.

묵직한 그의 일격에 비하면 나의 공격은 가랑잎에 지나지 않을지 모른다. 대신 이쪽은 한계가 없으니만큼 물러서며 연사했다.

밀리기를 얼마였을까. 그 막강함에 항거하기를 얼마나 했을까.

점차 나의 손에 운율이 깃들기 시작했다.

'아!'

깨달음이 이런 것일까. 손놀림이 경쾌해지며 마력의 운용이 더욱 가속화했다. 모든 것이 일목요연하며 명료하게 된 것이다.

요령을 가미하여 처음 것을 느리게. 다음 것을 조금 빠르게. 그다음 것을 더욱 빠르게.

그렇게 속도를 조절하여 임계점에서 합쳐지도록 했다.

터터터터텅—!

밀리고 또 밀려났다. 땅에 깊은 고랑을 만들며 물러나는 만큼 술사의 혈광이 점차 잦아들고 그의 노성에 격한 신음이 섞여 나왔다.

기침이 나온다.

점진적으로 밀리고 밀려 동굴에 거진 도착했을 때쯤, 그는 피를 토하기 시작했다.

"제발 비켜다오. 제발 쓰러져다오……! 내 손자가 죽는단 말이다. 제발……!"

텅하니 비어 가는 눈에 습기가 언뜻 스친다. 그는 묵묵히 장벽을 이루어 가는 나의 환혼력을 보다가 틱, 하며 마지막 숨을 토했다.

그리고 벽을 이룬 108수의 환혼력이 그의 몸을 뼛속부터 완벽하게 얼려 버렸다.

간절함이 담긴 그의 눈.

얼어붙은 술사의 두 눈은 나의 뒤를 향하고 있었다.

"그는 죽은 겁니까?"

숨을 갈무리하며 돌아보자 땀으로 흠뻑 젖은 시녈과 의식 잃은 아이를 들고 있는 타치오가 보였다. 함정에라도 걸린 걸까. 왼쪽 어깨가 빠져 있고 여기저기 타박상과 함께 그녀의 발목이 돌아가 있었다. 술사와의 접전으로 정신없었던 우리 못지않게 내부에서도 바삐 움직였음이 여실했다.

"보다시피."

"쉽지 않으리라 예상하고 협상 카드로 데려왔는데 이거, 무의미해졌군요."

"협상입니까?"

우스운 말이 아닐 수 없었다.

시넬은 대답 없이 웃어 보였다. 때마침 용도 가치가 떨어진 아이를 툭 놓아 버리는 타치오.

나는 중령술사가 피를 토하면서도 사무치게 찾던 손자를 보았다. 짐짝처럼 내던지고 시체처럼 멈추어 있는 아이. 앙상한 팔과 다리는 여리기 그지없었다. 미간과 이마에 각 하나씩의 눈을 더 가진 것이 기이할 뿐.

나이는 열 살쯤이나 됐을까. 아니, 그보다 더 될지도 모른다. 지나칠 정도로 마르고 왜소했었으니 말이다. 술사가 보인 손자에 대한 애정으로 보건대 먹을 것이 부족했다기보다는 영령술을 수습하는 과정상 심한 스트레스를 받아 제대로 영양을 섭취하지 못했고 이로 말미암아 성장장애를 일으켰으리라 예상된다.

'어리군.'

확실히, 아직은 보호받아야 할 어린아이였다. 문득 머물렀던 시선이 옮겨져 싸늘하게 얼은 술사의 생생한 죽음을 목도했다.

안타까움에서 피어오르는 무의미한 상념.

무엇이 그리도 그를 처절하게 만들었을까.

무엇이 이리도 그를 애달프게 만들었을까.

잘 안다. 혈육을 위함이고 보호하기 위한 정과 사랑이라는 것을.

그리고 아는 만큼 하릴없다는 것까지도 말이다.

시넬은 중령술사가 갇힌 얼음을 만지더니만 고개를 끄덕였다.

"제가 여러분의 실력을 너무 낮게 보았나 봅니다. 이렇게 세 분이 중령술사를 가뿐하게 해결……."

말하던 그가 발견한 모습들.

저만치서 가쁘게 숨을 몰아쉬며 발의 상처를 치료하는 제렌과 관자놀이를 지압하고 정신을 수습하는 마카, 약을 바르고 어깨를 끼운 뒤 발목을 돌려 맞추는 타치오였다.

아직도 말간 침이 뚝뚝 흐름에도 닦아 내지 못하는 마카. 그저 손을 벌벌 떠는 것이 간질 환자를 떠올리게 할 정도다. 탈령술로 잃었던 육체의 통제권을 애써 다잡는 과정. 그사이 이를 본 시넬이 슬쩍 말끝을 얼버무리며 바꾸었다.

"고생들 하셨습니다. 어디, 다들 괜찮으십니까?"

"끄응. 움직일 만합니다."

"……나…… 아직……."

고개를 세차게 흔들며 마카가 이를 악문다. 몸이 뜻대로 움직이지 않는 것에 분통이 난 까닭이다. 혀조차도 움직이지 못하니 속히 감각을 되찾는 것이 급선무였다.

"타치오 양, 정말 미안하고 고맙습니다. 제가 트랩만 건드리지 않았어도…….”

“괜찮아요. 목숨 값까지 제대로 쳐 주시면 되니까.”

“알겠습니다.”

잠시 부상에 대해 조처를 할 겸 기다리는 사이 나는 시녤에게 물었다.

“목적했던 펠마돈의 비서는 찾으셨습니까?”

“애석하게도 없더군요.”

다시 물었다.

“생각보다 크게 아쉬워하지는 않는 것 같습니다.”

“티가 나던가요? 하긴, 진리 탐구자에게 섣불리 숨길 수야 없는 일이지요.”

묘한 어조였다.

“맞습니다. 사실, 비교적 가능성이 높아 확인이 필요했을 뿐입니다. 확률적으로 5% 정도랄까요?”

“비서 외의 다른 목적이 있었군요.”

“짐작이 가시는지?”

물론이다.

과영령 증후군을 치료하고자 숨어든 코마인에게는 보물이나 재물이랄 것이 없다. 사물과 교감하며 자연스레 익히는 것이 그들의 영령술이고, 과영령 증후군은 지나치게 많은 ‘눈’으로 사물과 교감하며 문을 열어 생기는 질환인 탓이다.

때문에, 접촉하는 사물의 수를 줄이고 제한해야 옳은 것이다.

하나씩 순차적으로 적응해 나가며 그릇을 키워야 했다.

'대다수가 모르는 내용이지만.'

요새화한 동굴이지만 그 내부에는 엄하고 자상한 중령술사의 가르침과 최소한의 의식주가 전부. 이런 코마인을 노렸다는 것은 그 목적이 코마인 '자체' 임을 반증한다.

"눈[眼]."

사냥감으로서 그들이 가진 가장 가치 있는 부분.

코마의 눈은 호랑이에게는 가죽과도 같다.

"미각성 상태의 눈이군요. 그 '아이' 가 가진."

"정확하십니다. '이것' 의 눈이 부차적인 목적이었지요."

그는 역시라는 듯이 고개를 끄덕이고는 작은 단검을 꺼냈다.

의식 잃은 아이에게 다가간 뒤 단검으로 아이의 목을 베었다. 움찔하더니만 피가 줄줄 흘러내렸다.

"보다시피 이것의 오른쪽 눈에는 중령의 문이, 미간의 눈에는 탈령의 문이 이어져 있습니다."

황보라색과 검푸른색의 눈. 살아생전에 마법 못잖은 힘을 선사했던 것이지만 죽은 뒤에는 그저 썩어 버릴 시체에 불과했다. 꼭 쓰임을 따지자면 짙고 연하게 혈관을 따라 물든 색채감이 뛰어나 가공해서 장식품으로 쓸 수 있다는 정도랄까.

현실의 아이템으로 비유하자면 귀속과도 같은 개념이라 그렇다. 문신술과는 개념부터 다르며 철저하게 속해 있는 저들의 무기였으니 인간에게는 별다른 쓰임을 갖지 못하는 것이다.

영령의 개념을 인간은 이해할 수 있지만 공감하고 '교감할 수 없으니까'.

반면, 미각성 상태의 눈은 다르다. 연구하고 조사한 바에 따라 1회긴 하지만 영령술을 쓸 수 있게 만들어 주기 때문이다. 미각성 상태의 눈은 영령이라는 손님을 유혹하는 달콤한 향기와도 같았다.

쉽고 확실하게 비유하자면 신장개업한 음식점이 손님의 이목을 끄는 정도라는 의미는 된다. 대신 음식 맛이 지독하게도 없어서 한 번 들어왔다가 도로 나가는 영령을 붙잡을 수는 없지만 말이다.

푹…….

칼날이 파고들고,

서걱…….

혈관을 잘라 낸다.

움푹 파이고 뻥 뚫린 시신의 스산함.

시넬은 이마에 자리한 눈까지 눈꺼풀을 들어 올리더니만 칼과 손을 이용하여 눈동자를 뽑아냈다. 혈관을 끊고 준비했던 듯 작은 병에 옮겨 담는 모습이 참으로 적나라하게 이어졌다.

그랬다. 그는 코마족의 아이를 도축하고 있었다. 정확하게는 필요한 부위를 적출하고 있는 것이다. 이들은 말을 하고 지성이 있으나 종(種)이 다르다.

인간이 피부색으로 백인, 흑인, 황인으로 칭하는 정도가 아니라 말 그대로 이들은 서로 '종'이 다른 것이다.

"아직 어려서 그런지 색이 덜 들었네요. 잘 빠진 건 꽁꽁

얼었으니."

타치오는 아쉽게 중령술사를 보았다.

"지금이라도 녹이면 괜찮으려나요?"

녹여 주실래요? 라는 물음.

"설마 그럴까요."

들어줄 의무 따위는 없다.

"아깝네요."

붉은 입술로 한숨을 내쉬는 게 입김과 대비되어 보였다.

"평소에 수집하던 겁니까?"

"세공이 취미죠. 3개라면 예쁜 목걸이를 만들 수 있을 것
같았거든요. 나흘 안에 잘 빠진 걸로 하나 구할 수 있으면 좋
긴 한데, 이렇게 무리에서 나온 코마를 어디서 또 찾겠어요."

"하긴, 활력을 잃기 전에 가공해야 하니 따로 보관하기도
여의치 않지요."

"1~2개짜리 상품은 흔한 편이니까요."

그러자 시넬이 칼에 묻은 피를 아이의 몸과 옷에 닦아 내며
말했다.

"저도 안타깝습니다. 그렇지 않아도 타치오 양에게 드릴
대금이 많아서 이걸로 줄여 볼까 했었거든요. 그럼, 이거 필
요하신 분은 없는 겁니까?"

미각성 상태의 눈은 진작 챙기고, 문이 열린 2개를 들어
보이는 그.

빈말은 아니었는지 타치오는 관심을 보이지 않았고 마카와
제렌 역시도 호응이 없었다. 세공 값이 만만찮은 코마의 눈보

다는 수리비와 치료가 우선이었다.

나는 씁쓸히 보다가 손을 내밀었다.

"제가 갖도록 하지요."

"혹시 세공에도 조예가 있으신지?"

"미적 감각은 없습니다. 다만 재료가 있으니만큼 나름 작품을 만들고 싶긴 하군요."

의아해하는 그에게서 두 눈을 건네받았다. 나는 이를 다시금 아이의 눈과 미간에 넣어 준 뒤 환혼력으로 감쌌다.

목, 눈, 미간, 이마에서 흐르는 녹색 핏물.

말 그대로 피눈물을 흘리는 왜소한 아이가 얼어붙었다. 이를 중령술사에 붙여 재차 얼리니 사력을 다해 뛰어드는 술사의 분노와 처절하게 죽은 시신이 뭉클하며 서슬 퍼런 감정을 이끌어냈다. 덤덤히 보는 이들과는 달리 타치오는 작게 감탄하더니 무언가를 메모했다. 세공 디자인이라도 떠오른 것 같다.

"취할 건 모두 취했습니까?"

동굴을 가리키며 묻노니 시넬과 타치오가 그렇다 하고 제렌은 손사래를 쳤다.

"나는…… 둘러보고…… 오겠소."

더듬더듬. 조금 전보다는 나아진 발음으로 말한 마카가 동굴로 들어간 뒤 약 10분쯤 지나 나왔다. 일행의 시선을 벗어나 몸을 수습하고 온 것이다.

나는 두 조손의 빙상을 안으로 옮겼다. 그리곤 혈력을 가득 끌어 올려 천장을 때렸다. 균열이 가더니만 이내 와르르 쏟아지며 동굴의 입구가 막혀 버렸다.

술사의 은거지를 무덤으로 만든 것이다.

"이러면 잘 만든 작품을 아무도 보지 못하지 않나요?"

그녀의 호기심에 그저 입맛이 쓰다.

"관심을 갈구하지는 않습니다. 그럼 구차해질 뿐이니까."

눈동자를 좌로 우로 굴리며 생각하는 타치오였다.

"4명밖에 못 보았는데도 말인가요?"

"충분합니다."

나는 그녀를 뒤로하고 다시 일행을 보았다. 부상의 여파가 제법 있기는 하지만 심신을 추스른 것이 여실하게 보인다. 잔통증이 있기는 하지만 견딜 만한 정도다.

시넬은 손을 휘휘 저으며 흙먼지를 거두었다.

"마카 씨. 움직일 만하십니까?"

"그럭저럭 괜찮아졌소."

"그럼, 이만 하산하지요. 선두는 아무래도……."

번쩍.

"제가 하지요."

저들의 상처는 활동에 큰 지장을 주지는 않으나 집중에는 방해되는 정도. 숨고 빼고 할 것 없이 당연히 내가 나서야 한다.

선두에 서자 시넬이 중앙, 좌우에 마카와 제렌, 후위에 타치오가 자리했다.

1차적으로 마력을 두드려 파문을 그려 보았다. 나름 공조를 하긴 하지만 이지러진 부분이 보이니 2차로 재차 파문을 그려 보았다. 이번에는 빈틈을 알리고 지시하는 것이 아닌 내가 보호하겠다는 의미로 전체를 둘렀다.

그리고 이를 끊임없이 유지시켰다.

"괜찮으시겠습니까?"

"문제없습니다."

시넬의 물음에 고개를 끄덕였다. 막강하지는 않지만 내 마력의 최대 출력은 항시 고정이니까. 그리고 이를 통제할 정신력은 넘치고도 남는다.

"달리는 데만 집중하시기를."

올라올 때와 같은 속도로 내려갔다.

떠들썩할 것은 없었다. 가로막는 모든 것을 부수고 사냥하는 것이 아니라 미리 감지하고 저들의 영역을 인정하는 것이기에 그렇다.

설피 자랑하려는 이는 내세우고 다툰다. 애매하게 힘 있는 이는 티격태격 가열차게 싸운다. 그러나 세월과 함께 경험이 두루 쌓이면 절감하게 된다.

진실로 강한 이는 다투지 않는다.

쉽게 뽑히고 부딪치는 검만큼 허무한 몸짓도 없다.

검은 그저 벨 때 뽑으면 된다.

그때였다.

지잉-!

뇌리로 이명이 울리며 보관함 구석에 있는 청동 팔찌가 자신의 존재감을 드러낸 것은. 칭얼거리는 듯, 알아 달라는 듯 푸른빛 이채를 발하기까지 하는 그것.

바로 이름 모를 누군가의 검륜이었다.

뭐, 이젠 놀랍지도 않았다.

'세 번째인가.'

창에 손을 가져가 쥐어 꺼냈다.

힘주어 비틀자 우그러지며 찌르르 떨어 댄다. 무언가 말하려는 듯 자음과 모음이 격렬하게 떠오르지만, 곧 촛불 꺼지듯 진동이 죽어 버리며 푸른빛이 흩어졌다.

스르르 보관함 안에서 녹아내리는 푸른빛.

이 빛들을 환혼력으로 감싸 쥐면 재미난 일이 일어난다. 창에 들어선 나의 손을 타고 기어오르더니만 팔 아래에서 스며든다는 사실이다. 륜이 새겨진 손은 물 위의 기름처럼 떠다니다가 팔뚝에 스며들더니 시원해졌다.

'상태창을 보아도 별다른 변화는 없지만.'

처음 경험했을 때는 륜의 힘을 흡수한 것은 아닐까. 하는 기대도 해 보았지만 별다른 효용은 없었다.

여하간 아직은 길이 덜 들었다.

이용택 관장이 경험자로서 조언한 바로는, 말하기 전에 7번은 죽이고 말하며 12번은 죽이라고 했다. 어차피 부숴도 다시 복원되는 것, 가차 없이 부수라고 말이다. 그래야 조금이나마 겁을 먹고 말이 통한다 알려 주었다.

태진이의 계약에 딸려 온 나로서는 그보다 배는 더 겁을 줘야 안전할 것이다.

'잘돼야 할 텐데.'

검륜을 지금까지처럼 태우지 않은 이유?

여유가 생겼기에 가까이 관찰하려는 것이 아니었다. 목숨 걸고 그런 느긋함을 보일 정도로 내가 한가하지는 않으니까. 예나 지금이나 나는 백척간두에서 한 줄기 희망을 갈망하고 있으니 말이다. 현재 내 목숨 줄은 간과하고 있는 녀석이 쥐고 있지 않던가.

바로 그놈.

태진이 말이다.

'만만하고 가장 어려운 놈.'

사실 애써 숨기고는 있지만, 현화와 만났으니만큼 나의 변화에 대해 태진이가 알게 된다는 것은 명약관화였다. 급격한 나의 변화에 대해 변명할 근거. 비상식적이지만 녀석에게는 설득적인 이유로 무엇이 가장 합리적일까.

녀석이 의심하지 않을 최적의 변명은 바로 륜일 것이다. 우연히 새로운 륜을 내가 갖게 되었고 이를 통해 지금처럼 됐다고 한다면 얼추 들어맞지 않겠는가. 태진이가 신봉하고 조심하는 '나비효과'에도 들어맞을 것이고 말이다.

그러니,

'그전까지 이놈을 굴복시켜야 한다.'

힘을 꽉 주어 팔찌를 짓이겼다. 새어 나오는 푸른빛을 각성제 삼아 본다.

구겨진 팔찌를 뒤로한 채 나는 주위를 경계했다.

어느덧, 산의 해가 저물어 가고 있었다.

따악. 딱.

일렁이는 불꽃이 가볍게 냄비를 스쳤다. 보글보글 끓고 있는 스튜가 흐르는 시간만큼 더욱 먹음직한 풍미를 더해 갔다.

부상도 있겠다, 오늘이 마지막 야영이겠다, 가진 바 음식 재료도 다 쓰겠다 하여 내가 만든 요리였다. '어떻게?' 라는 물음과 방법은 가벼운 웃음으로 흘려 넘겼다. 그냥 음식 재료를 보자 그것들로 만들 수 있는 요리들이 제멋대로 조합되었고 이 중 하나를 선택하여 만들었을 뿐이니까.

웃기는 건, 그렇게 처음으로 만든 요리가 '맛있다.' 는 사실이었다. 흠잡을 수 없는 맛이라는 게 더 우습다.

"그거 말입니다. 그거…… 혹시 한 수 가르쳐 줄 수 있습니까?"

제렌이 스튜를 떠 가며 슬쩍 물었다.

"무얼 말하는지?"

모닥불을 사이에 두고 올라올 때와 같은 지점에서 휴식을 취하고 있었다. 제렌은 티 나지 않게 모여드는 시선에 헛기침했다.

"솔직히 말하겠습니다. 중령술사의 공격을 막아 내고 삽시간에 얼려 버린 그거, 너무 매력적이어서 기억에 생생합니다. 조금이라도 배울 수 없는지요?"

"글쎄요."

"의뢰 대금은 물론 모든 돈을 다 드리겠습니다. 부족하다면 의뢰를 몇 더 해 드리는 것도요. 어떻게 안 되겠습니까?"

알면서 묻는다는 것은 그만큼 배우고자 하는 열망이 크다는 반증이기도 하다. 시도조차 않고 앓을 바에는 한 번 말이라도 해 보겠다는 심산일 터. 대답 여하에 따라 자신도 따라 붙겠다는 듯 슬쩍 엉덩이를 떼는 다른 일행도 보였다.

일행으로 함께하는 마지막 날이기에 가능한 것이었다. 의뢰라는 접점이 없다면 사적으로 마주할 일도 없으니까. 곤바로스의 사도라는 특성상 어디로 훌쩍 떠날지 모른다는 생각이 저들을 재촉하기도 했을 것이다.

물론 고민할 가치조차 없는 부탁이다.

"지금 들은 말은 잊겠습니다."

"흠! 죄송합니다."

다시금 저녁 식사에 들어갔다. 부탁을 거절했다고 하여 분위기가 냉랭하다거나 하지는 않았다. 그가 언급했듯이 충분히 실례되는 부탁이었고 나는 당연하게 거절했을 뿐이니까.

그쯤 상념을 뚫고 들려오는 목소리가 있었다. 시넬이었다.

"제임스 님과 완벽하게 일치하는 누군가에 대한 정보는 어떻습니까?"

"정보만큼 전수해 달라?"

"아주 조금이라도 좋습니다."

짚이는 바가 있었다.

"시넬 님이 십여 일 전에 만났던 여행자, 제임스에 대한 것이라면 털끝만큼의 가치도 없습니다."

멜도란의 도서관에서 일찍이 마주쳤던 나를 언급하는 것이다. 처음 마주했던 나와 일행으로 있는 나를 별개의 인물로서 보고 괜찮은 이야기라고 판단한 듯하다. 동일 인물이라 여길 수 없는 것은 글을 몰라 책도·읽지 못하던 초보 여행자와 곤바로스의 사도라는 갭 때문.

"그가 나를 닮건, 내 흉내를 내건 조금도 내게 영향을 주지 못하니까."

"알고 계셨군요."

무안했던 듯 시선을 돌렸다. 슬쩍 타치오가 물어보는 말에 '나를 닮은 사람이 있다.' 라고 간단히 답해 주었다.

타오르는 불과 조용히 끓는 스튜 사이에 머문 침묵 이후, 시넬이 품에서 무언가를 꺼냈다. 눈동자였다.

"여러분, 혹시 이 눈으로 무엇을 할지에 대해 궁금하지 않으십니까?"

조용히 스튜를 떠먹던 시넬이 의외의 이야기를 꺼냈다.

"물론 알고는 싶소만, 갑자기 그 얘긴 왜 꺼내는 거요?"

"이번 일정은 제게도 유익한 시간이었습니다. 연습하긴 했지만 미숙하여 실전에서는 실수했고 그 탓에 타치오 양에게 괜한 폐를 끼쳤지요. 함께 움직이며 귀중한 경험도 했습니다. 그런데 문제가 있지요. 제가 너무 배웠다는 겁니다."

"빚이 커졌다는 건가요?"

많이 배웠다는 것은 그만큼 실수했다는 것이고 부족함을 보였다는 것이다. 당연히 수업료가 더해진다.

"맞습니다, 타치오 양. 그래서 함부로 말하면 안 되지만 여러분께 너무 많은 빚을 졌으니 슬쩍 의뢰 대금을 줄여 보려는 겁니다. 공금인지라 무한정 썼다가는 제 입장이 곤란해서지요. 특히 타치오 양의 대금만큼은 꼭 줄여야 합니다. 술사 처벌을 통해 제임스 님께 더해진 보너스도 부담이지요."

제렌이 냄비의 스튜를 크게 떠 가며 물었다.

"거 재미있는 말이군요. 그런데 그 눈을 쓰는 게 우리와 무슨 관계라도 있는 겁니까? 멜도란에서 하는 일에 우리 같은 용병이야 아나 모르나 그만일 텐데."

"분명히 관계가 있습니다. 만약 빚이 크지만 않았다면 제임스 님께 제안해서 저도 비기를 전수해 달라고 말하려 했을 정도니까요."

에둘러 하는 두 번째 부탁.

"의외군요."

가만히 있는 나를 걸고 넘어가자 나는 스튜를 떠먹으며 대꾸했다.

"이미 현명한 자의 분노라는 비전이 있고 정통 마법의 길을 걷는 시넬 씨가 제 기술에 거듭 관심을 보이시니."

"정통이기에 대중적입니다. 여행자들조차 흉내낼 수 있을 정도로 말이지요."

고급의 기술이라 할지라도 교육기관이 있으니 익힌 이는 만 명이 넘는다는 것이었다. 아무나 할 수 없지만 아무나 익힐 수 있다. 때문에, 독자적인 경지에 이르기 위해서라도 지식을 탐하는 것이 당연했고 이는 스스로 안전과 성공이라는 두 마리 토끼를 잡는 최선의 후안무치였다.

요청함에서 구차하지 않았고 외려 당당하다. 회귀 전이나 후나 현실에서는 쉽게 보지 못했던 인사거늘 new century 에서는 일상이며 다반사이니 흥미가 돌았다.

그렇다면 이런 사내가 당당하게 제안하는 정보가 무엇일까. 코마의 눈과 관련짓는다면?

'그게 있었군.'

코마족과 교류하며 깊은 관계를 맺었던 에일락 반테스였기 때문에 저 눈이 어떤 식으로 쓰일지 쉬이 알 수 있었다. 게다 가 이 역시도 나와 직접 연관된 이야기니 모르면 바보일 터.

"이해했습니다."

나는 해도 되는 말과 하지 말아야 할 이야기를 추려 내며 답했다.

"용병에게도 통하고 비전과도 비견되는 정보라면 목숨과 관련된 것이라 보이는군요."

"목숨?"

"그게 무슨 말이오?"

느긋하게 즐기던 일행의 눈빛이 날카로워졌다.

시넬 역시 가려진 머리칼 사이로 나를 노려보는 것이 느껴졌다.

"짐작하시는 겁니까?"

"확신일 겁니다. 현재 상황과 연관 짓는다면 멜도란이 위험하다는 것일 테니."

가볍게 받아넘겼다.

"미각성 상태의 눈은 1회이긴 하지만 인간이 영령술을 사용할 수 있게 합니다. 단, 본래 주인이 가장 큰 영향을 받은 계통의 영령술로 제한되지요. 우리가 상대한 이는 중령술사. 그 손자가 탈령술을 사용했다고는 하지만 함께한 조부는 물론 본인도 중령술을 썼었지요. 그렇다면 대지와 관련된 것이고 마법과 문신술로 대체할 수 없는 것은……."

말끝을 흐리며 시넬을 보자 그가 진심으로 한숨을 푹 내쉬었다.

"기억 복원입니다."

"얼마 전에 멜도란의 주력이 대거 빠져나가기도 했었지요. 그리고 그들이 돌아왔다는 소식은 듣지 못한 것 같군요."

"맞습니다. 여전히 연락 두절이지요. 이거, 베팅하려다 본전도 못 건지는군요."

그는 답답한지 머리칼을 쓸어 넘겼다.

"지금부터 하는 이야기들은 모두 1급 비밀입니다."

좌우로 날카롭게 찢어진 눈매가 언뜻 보였다가 다시 머리칼에 가려졌다.

"제임스 님이 추론하신 그대로, 흑마법사 퓰라의 준동을 확인한 막심 장군은 5천 군사를 이끌고 출전하셨습니다. 베르타 님이나 호센 님, 스승이신 헤로스 님 등 모든 정예가 총동원된 전력이고 소식을 전해 온 여행자들의 도움으로 적의 빈틈까지 완벽히 공략한 상태였지요. 그런데…… 지금까지 소식이 없습니다. 닷새가 지나고 열흘에 접어들며 더는 지체할 수 없는 실정입니다."

한층 더 목소리를 낮추었다.

"백방으로 알아보았습니다. 그 결과 토벌대가 전멸했다는 것을 확인했지요. 퓰라 역시 심대한 피해를 보았는지 어딘가로 잠적했지만, 중요한 것은 멜도란에……."

"힘의 공백이 생겼다는 거로군."

조금 전과는 다른 의미의 침묵이 내려앉았다. 멜도란은 국경 요새이며 란티놀 제국의 전진기지다. 만만치 않은 코마족들과의 저항으로 고착화된 곳으로서 불안과 안정이라는 요소를 고루 갖고 있었다.

맹수와 몬스터들을 비롯한 험준한 지역과 영령술이라는 체계가 다른 강자들과의 실전은 용병들과 모험가들을 불러들였다. 정책적으로 그들을 받아들이기 위해 멜도란에서는 범법자들이라 할지라도 얼마든지 용인했다.

나름 이름자 날리는 범법자들이 집단을 이루어 암약하는 멜도란. 보란 듯이 아예 화이트 로드를 만들어 계급의 격차를 절감하게 하여 자부심과 모멸감을 선사하기도 했다.

그럼에도 현재까지 무사할 수 있었던 것은 간단하다. 바로 공권력과 막심의 지배력이 그만큼 확고했던 까닭. 한발 더 나아가 마법사 헤로스는 파벌을 만들게 부추겼고 집단화된 그들을 통제함으로써 멜도란의 강제된 평화를 이끌어냈다.

여기에 전진기지로서의 중요도를 알고 중앙으로부터 막대하게 지원되는 자금력이 더해져 멜도란은 부유하기 그지없었다.

오랜 시간 제국의 자존심이었으며 누대를 거치며 터를 다져 온 곳. 전투 요새라 하여 문화가 낙후되었다는 말은 저 거대한 도서관을 보면 쏙 들어갈 것이다. 펠마돈의 비서가 괜히 이곳에 있겠는가.

그런 멜도란에 힘의 공백이 생겨 버린 것이다.

"으음!"

조짐은 일찍이 있었다. 가볍게는 골목패들이 활개치고 슬그머니 밤에 활력이 더해지고 있었으니까. 과거 같으면 즉각 처벌했던 병력이 화이트 로드에 집중되어 있다.

하지만 공통된 의문 한 가지.

그것은 생각 외로 멜도란이 너무도 평온하다는 사실이었다. 고작해야 건달들이 설치는 정도이지 않던가.

이에 대해 묻자 그는 처음 듣는 이름을 언급했다.

"멜도란은 전투 요새입니다. 물론 현명하신 폐하께오서 간과하실 리 없고 조만간 병력이 파견되겠지요. 저희도 이를 믿고 지금까지 비밀 유지에 힘써 왔는데, 문제는 이를 보누스가 알고 공작을 벌이고 있다는 겁니다."

"보누스?"

아무도 알지 못하는 듯하자 그가 부언했다.

"그의 본래 이름은 메그론입니다."

"메그론!"

"〈철벽의 학살자〉인 그가 여기 있다는 거요?"

마카가 크게 놀랐다. 그뿐만 아니라 다른 이들도 당황하는데, 나는 전혀 알지 못했다.

"그를 잘 아십니까?"

물으니 그가 열정적으로 답했다.

"물론이오. 아니, 알 수밖에 없지. 방패라는 칭호를 넘어 〈철벽〉이라 불렸고 홀로 루웨스라의 1천 창병을 막아 낸 인물이니까. 반항한다는 이유로 엄청난 살육을 자행하기도 했던 이요. 그야말로 제 기분대로 마음껏 활개치고 다녔던 이지."

"10년 전, 〈황제의 검〉 가르테인과 접전을 벌이고 무승부라는 결과를 만들기도 했습니다. 그 승부 이후 이어진 원수들의 협공으로 사망했다고 알려졌지요. 그런 그가 이 멜도란에 있다는 겁니까?"

"맞습니다. 그가 멜도란의 평화를 유지해 주고 있지요."

"설마, 성주가 되기 위한 공작을 벌인다는 건 아니겠지요?"

제렌의 물음에 시넬이 고개를 끄덕였다.

"맞습니다. 자신의 명성과 영향력을 보이며 막심 장군이 얼마나 형편없었는지를 주장하고 있지요. 한낱 흑마법사도 감당하지 못할 그에 비하면 〈철벽〉의 용병인 자신의 충성이 더 낫지 않겠느냐는 겁니다."

현재 멜도란의 공권력은 없다 해도 과언이 아닌 상황. 여기에 안은 물론 중앙 귀족들에게까지 목소리를 전달할 정도이니 긴말이 더 필요하겠는가.

그런데 말이다.

'지금 이 이야기들이 왜 나오고 있는 거지?'

여기까지 듣던 나는 우선 이야기를 끊고자 손을 들었다. 에일락 반테스의 활약으로 인해 멜도란의 군사들이 전멸했을 때, 후폭풍으로 이런 일이 생길 수 있다는 것쯤은 예상했었다. 그러나 그 이야기와 논의가 왜 한낱 용병들의 대금을 깎기 위해 나오는가.

"그럼 그 눈은 땅의 영령을 통해 기억을 복원시켜 그들이, 막심이 약하지 않았고 허무하게 죽지 않았음을 주장할 수단인 셈이군요. 그런데 말입니다. 대관절 그 이야기를 하는 이유가 무엇입니까?"

1급 비밀을 이런 식에 쓴다는 건 단 하나, 공범으로 만들고 동참하게 하려는 것이었다.

"생각했던 것보다 너무 빠르군요. 본래는 대금을 드리고 보다 신뢰를 더 쌓은 후 시작할 이야기였는데…… 제임스 님 덕에 어긋난 타이밍에서 나오고 말았습니다."

시넬은 담담히 말했다.

"맞습니다. 여러분들을 고용하기 위해서입니다. 멜도란의 상속인인 마르셀 백작 영애의 편에 서게 하기 위함이지요."

일행의 눈빛이 심상치 않자 그가 황급히 말을 이었다.

"메그론과 정면으로 부딪치자는 것이 아닙니다. 폴 님을 비롯한 기존 귀족들의 후원은 물론 정치적으로 압박하고 승리할 수 있는 묘책이 마련되어 있지요. 막대한 보상은 물론이며 작위도 있을 것입니다. 하지만…… 하지만……."

그는 나를 원망스럽게 보았다.

"타이밍이 너무 좋지 않군요. 여러분은 물론, 함께하지 않으시겠지요?"

타치오가 힐끔 보았다.

"흰 고양이건 검은 고양이건 쥐만 잘 잡으면 돼요. 그리고 우린 고양이 색깔은 신경 쓰지 않고 싶고요."

"······알겠습니다."

"비밀은 보장하겠습니다."

내가 말하자, 시넬은 진심 어린 목소리로 답했다.

"눈물 나게 고맙습니다."

"······."

그렇게 마지막 날의 밤이 조용히 지나갔다.

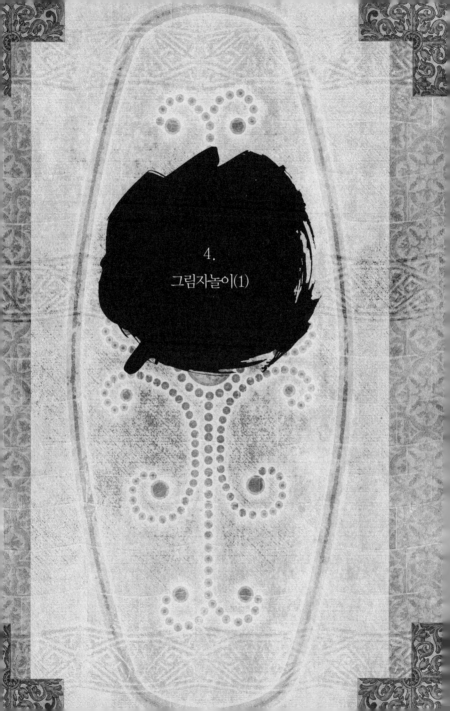

4.
그림자놀이(1)

"주인님, 일어나셨어요?"

접속을 마치고 현실로 돌아오노라면 반겨 주는 목소리가 있다.

20세기 이후로는 여간해서는 쓰이지 않는 칭호, 주인님.

그리고,

"목욕 준비가 되었답니다."

샹들리에가 쏟아질 듯 빛을 반짝이고 몽실몽실한 두 가슴 위에는 적포도주가 찰랑거렸다. 이를 입가에 머금고 딥키스라도 하는 양 다가오는 미녀 메이드가 짙은 농도의 뜨거운 숨을 내쉰다.

간절하게 바라는 들뜬 호흡. 손가락 하나만 까딱이면 사르르 벗겨질 듯한 침의까지. 차마 눈 둘 곳을 마땅치 않게 하는 이 상황은 허영 덩어리 신진권 사장의 짓이었다.

"지난번에는 중국풍이더니만."

"이쪽을 더 선호하시는 것 같아서요. 별로이신가요? 주인님?"

상황 자체는 매우 아름답게 보일 것이다. 그러나 독을 품은 사과를 그 누가 좋아하겠는가.

"그냥 정상적으로 깨우면 안 되겠습니까?"

"에이, 안 된다구요~ 메이드는 주인님을 만족하게 할 의무가 있답니다. 자~ 모닝 키스~"

끈적끈적하게 맴돌며 그녀가 부탁했다. 투명한 막이라도 있는 양 내게 접근하지 못한 까닭이다. 이에, 야영 스킬을 종료하자 나긋나긋한 손길이 나를 어루만졌다.

붉게 달아오른 메이드의 피부. 촉촉하게 젖은 눈망울이 오롯이 나를 담았다.

부드러운 입술이 닿으며 말랑한 혀를 타고 포도주가 스며든다. 농도 짙은 친절함을 내가 거부하지 않는 이유는 거절 시 그녀가 죽는 까닭이다.

'치졸한 놈.'

신진권.

자기 노예이니 알아서 한다며 무참히 살해하던 허영 덩어리. 해 볼 테면 해 보라고 놔두었지만, 10명이나 죽이며 '고작 키스인데 뭐가 어쩌냐!' 당당하게 소리치는 통에 이 정도는 감수하기로 하였다.

죽어 가며 그녀들이 보인 눈물이 신경 쓰이기도 했다.

'조종을 받기는 하지만 살아 있는 인간이니까.'

조금씩 쾌락으로 나를 물들이려는 속셈이 보였지만 무의미한 짓이다. 그렇기에 한 걸음 양보하자 그 역시도 무의미한 살해를 그만두었다. 만일 그 이후 같은 방식으로 내 인내의 한계를 넘어섰다면 사생결단을 냈겠으나, 애석하게도 녀석은 딱 선을 지키고 있었다.

하여간 영악한 놈이다.

짧은 상념의 사이로 말랑한 혀와 혀가 얽히며 달콤한 와인과 함께 취할 듯 몸을 달구었다. 앞을 보자 두 눈을 꼭 감은 채 자신의 할 일을 충실하게 하고 있는 메이드가 파르르 눈썹을 떠는 모습이 보인다.

이윽고 소리 나게 꿀꺽 침을 마신 메이드가 행복 가득한 미소를 담뿍 담았다.

"살려 주셔서 고마워요~"

나는 대답하지 않았다. 그럼에도 금발에 푸른 눈을 한 그녀는 싱긋 웃었다.

"식사가 준비되었답니다."

"초대입니까?"

"네. 큰 사장님께서 기다리고 계세요. 주인~님."

큰 사장은 원판 신진권 사장을 칭한다. 허영 덩어리와는 달리 녀석은 반드시 필요한 일에만 나를 부르니 가야 할 성싶다.

나는 힐끗 그녀를 보았다.

고개를 조아리며 혀 짧은 소리로 애교를 가득 담아 말하는 메이드. 어느 모델보다도 우월한 미모의 그녀와 농밀한 신체 접촉이 있고 애교와 사랑스러움이 철철 넘치기까지 한다. 조작된 것이고 가짜이기는 하지만 매일 함께한다면, 없던 정도 생기고 깊은 관계를 갖는 것이 당연할 것이다.

'스킬이 없었다면 여러모로 힘들었겠어.'

자리에서 일어났다. 준비된 전용 정장을 입고 중절모와 장갑을 고쳐 썼다. 꽉 주먹을 쥐자 움찔 놀라는 메이드들.

하긴, 이 손에 얕은 수작을 부리던 허영 덩어리가 여러 번 죽었으니 두려워하는 것도 당연했다.

"가지요."

짐짓 무시하고 약속 장소로 향했다.

12층 저택의 복도를 걷고 있을 때였다.

"여어~ 잘 잤는가?"

건너편에서 농도 짙은 애무를 받으며 마주 오고 있는 신진권 사장이 보였다. 그는 쪽 소리 나게 여비서의 볼에 입을 맞추더니만 위아래로 나를 훑었다.

"이런, 이런. 또 일어나자마자 바로 나온 건가? 아직 낭만이 부족한데? 좀 더 즐기라고. 이건 수컷의 욕구니까. 하하하! 우리는 같은 편이지 않나. 자자! 아침이면 기승을 부리는 욕구를 메이드에게 므흣하게 풀어 봐!"

낄낄거리며 여인의 속살을 만졌다. 이에 눈살을 찌푸리자 그가 익살스럽게 변명했다.

"걱정하지 마. 네 건 안 만질 테니까."

"내 *것*?"

"말 안 했었나? 진작부터 그 아이들은 네 거라고. 나조차 손도 안 된 깨끗한 애들로 엄선했지. 요즘같이 문란한 시대에 그런 청정수와 특상품이 흔한 줄 알아?"

"큰 양보를 하셨군요."

빈정거리는 투로 답했으나 그는 당연하다는 듯 고개를 크게 끄덕였다.

"암! 우리 사이니까 특별히 생살을 도려내는 슬픔을 나눈 거야. 게다가~ 흐흐흐. 내가 나라별로 두루 골라 준 아이들이지. 전부 경험하면 너는 방 안에서 세계 일주를 하는 셈이라고."

'프흐흐흐흐-' 거리는 웃음을 띠며 정장 차림의 비서를 끌어안았다. 비서 역시 하얗고 긴 다리를 뻗어 그의 몸을 감는다. 셔츠 단추가 풀리며 브래지어 사이에 얼굴을 파묻는 그. 아이처럼 빨아 대는 그 유치찬란함은 이젠 자주 봐서 익숙한 풍경일 따름이다.

"글쎄요. 기왕이면 세계 일주는 내 두 발로 직접 하고 싶습니다."

"그 재미도 역시 쏠쏠하지. 그래도 예행연습이다 생각하고 한번 안아 봐. 경험 없는 남자가 얼마나 없어 보이는지 아직 모르나 본데. 이봐, 남자는 자고로 능숙해야 해. 뭣도 모르는 것들이 크고 힘껏 찔러 대기만 하는데, 모름지기 능숙한 테크닉으로 여자를 만족하게 할 줄 알아야 진짜 남자인 거야. 애간장을 녹이고 이렇게~ 흥분을 시키면~"

"아흑!"

때맞춰 나오는 교성. 실로 낮에 철판을 깔지는 않았나 싶었다.

"아주 뜨겁게 하모니를 이루고 사랑을 키우게 되는 거야. 후후후. 그걸 못하는 초식남 따위가 되지 말라구."

여비서의 입술을 깨물며 거친 키스를 나누는 그였다. 신진권 사장은 더욱 안겨 오는 비서의 애간장을 태우며 말했다.

"자! 진도가 확확 나가는 게 낭만이 없어서 그래? 그럼 다양하게 데이트부터 두루두루 해 봐. 솔직한 말로 현대사회에서 무능력하니까 삼첩사첩을 꿈도 못 꾸지, 능력만 되면 얼마든지 두 집, 세 집 살림도 하지 않나. 플라토닉 러브? 푸핫! 없는 것들의 자위일 뿐이지."

그는 슬쩍 내게 어깨동무를 했다.

"내 목숨 걸고 말하는 거지만 진심! 100%! 그 아이들은 깨끗해. 새하얀 백지를 네 색으로 물들여 가는 거야. 어때?"

입을 동그랗게 말고 휘파람을 휘익 불었다. 내게 어깨동무를 한다는 것 자체가 정말로 목숨을 건 행위이니 지금의 말이 거짓은 아닐 것이다. 어쭙잖은 짓을 하다 내 손에 여러 번 죽었으니까.

'그래 봐야 내일이면 다시 나타났지만.'

게다가 욕심 많은 그가 정말로 내게 메이드들을 모조리 넘겼겠는가. 아침마다 끈적하게 다가오는 것부터 죄다 놈의 명령을 받아서 그러는 건데 말이다.

"그녀들이 내 소유라는 말. 얕은 수작을 하지 않았다는 것이 진심입니까?"

"처음에는 솔직히 심어 뒀었는데 이제는 진짜 깨끗하게 넘겨준 거라고. 어허, 믿으라니까? 아예 나보다 네 말을 우선적으로 듣고 충성, 희생하게 각인시켰어."

"당신의 소유욕을 한두 번 본 것도 아니라서 말입니다."

"너한테 한두 번 죽어 본 것도 아니라서 말이지. 난 우리 사이가 돈독해지고 더 친해지는 게 남는 장사란 생각을 했을 뿐이야."

곧 답답하다는 듯 표정을 지었고 품에 안긴 비서가 '콩…… 콩…….' 작은 손으로 신진권 사장의 가슴을 때렸다.

"진담이라면 정말 아까우시겠군요."

"물론 아깝지!"

정색하며 그가 말했다.

"엄선한 만큼 아깝고말고. 하지만 세상은 넓고 미인들은 계속 나와. 게다가 우린 한배를 탔으니까 특별히! 내 심장을 도려내는 아픔을 감수하며 주는 거야. 이만하면 내 진심을 알겠지?"

"글쎄요."

"거, 참! 어렵구만그래!"

좌우에 진열된 헬레니즘 시대의 조각상들은 오늘도 여전히 육체미를 뽐내고 있었다.

"대가성 선물이란 점에서는 부정할 수 없으시겠지요."

내 말에 안겨 있던 미녀 비서가 '삐~ 틀렸어요!' 하며 손가락을 좌우로 흔들었다. 신진권 사장은 고양이를 칭찬하듯 그녀의 머리를 쓰다듬었다.

"가볍게 나누는 우정의 선물이라고 몇 번을 말해. 편하고 부담~없이 나누는 한 끼 식사라고."

걸으며 반복되는 말장난에 내가 정색하며 진지하게 물었다.

"진심으로 마지막 확인입니다. 그 말 정말입니까?"

눈동자를 왼쪽으로 굴리는 그.

"물론 내 우정만큼 네가 접속할 때 보인 능력에 대해 아주 조금만 알려 주면 좋겠지만 말이지. 아~ 꼭 줘야 한다는 건 아니고, 그냥 그랬으면 좋겠다는 거라고. 오해하지 마."

피식.

"그걸 알려 드리면 제 잠자리가 불편해질 것 같은데요?"

이들과 합류한 첫날. 나는 상당히 각별한 경험을 했다.

호화로운 침상을 빼곡하게 감싸고 있는 수십 명의 신진권 사장들. 그들이 주위를 빙 두르고 심각하게 나를 보고 있었으니까.

'하여간.'

생각해 보라. 자고 일어나니 똑같이 생긴 인간들이 갖가지 표정으로 빤히 보고 있는 모습을. 그 광경은 실로 그 자체로 호러였다. 만일 야영 스킬의 도움이 없었다면 잠들어 무방비 상태가 되었을 것이고 나는 산 채로 해부당했을지도 모른다.

모골이 송연해질 따름이다.

이후로도 같은 사건이 여러 날 있었고 도저히 내 방어를 뚫지 못하자 지금의 미인계 같은 얄팍한 수를 쓰는 것이었다.

이를 잘 알고 있는데 내가 쉽게 알려 주겠는가.

"이쪽은 전부 보여 줬는데 너는 숨긴 게 많은 것 같아서 약도 오르고 말이야."

"모르는 만큼 서로 알아 가는 재미가 있는 겁니다."

"하여간 참 쉽지 않아."

그가 크게 웃었다.

"아무튼, 미인계 같은 게 통한다 생각하지는 않으니까 너무 경계하지 마. 그냥 그 애들은 이 신진권이가 인정하고 남자로서 선물한 거야. 적어도 내가 인정한 남자가 겨우 한 여자한테 목매달면~ 너무 찌질하잖아. 수컷으로서 보헴(Bohem)을 이루어야지."

"글쎄요. 제가 보기엔 속물적인 게 딱 필리스틴(Philistine) 같은데."

"그야 견해 차이지. 사실 남자란 동물이……."

라고 말하던 그는 식당이 다 와 가자 '어이쿠~' 하며 화들짝 놀라는 제스처를 보였다. 같은 생김새이나 다른 무게감을 보이는 신진권 사장이 걸어오고 있었던 까닭이다.

"너 못지않게 항상 심각한 분이 오는군. 난 이쯤에서 퇴장하지. 남은 이야기는 나중에 또 하자고."

그가 장난스럽게 웃으며 다른 계단으로 내려갔다.

등장부터 퇴장까지 그는 이질적인 광대와도 같았다.

❈   ❈   ❈

화려한 문이 열리면 그 안에는 긴 탁자와 함께 온갖 만찬이 펼쳐진다. 그리고 화룡정점을 찍듯 형형색색의 보화보다도 더욱 빛나는 강유나와 묵직한 기도를 풍기는 신진권 사장이 기다리고 있었다.

"오랜만이야, 동생?"

"잘 지내셨지요?"

"동생만큼 자알~ 지냈어."

가벼운 웃음만으로도 뇌쇄적인 그녀.

"어서 오게. 자네가 대식가이니만큼 양껏 준비했지."

항상 감추고 나를 대우하는 신진권 사장이다.

"차려진 음식이니 맛있게 먹겠습니다만, 갑작스럽게 회의를 하게 된 이유가 뭡니까?"

"세 가지일세. 하나는 이벤트 전반에 대한 부분과 베제인으로서 자네가 맡아 주어야 할 책임이지. 전설의 투마로서 스킬 트리가 마무리되었거든. 퀘스트 전반에 대한 것과 스킬에 대해서 익숙해질 필요가 있지 않겠나."

자리에 앉아 음식을 들었다.

"글쎄요. 사장님 다음이 제 순서인데, 과연 오기나 할지요?"

"혹 모르지. 자네 같은 이가 불쑥 나올지도 모르니까."

신진권 사장은 익숙하게 지팡이를 두드렸다.

"우선 자료는 전송해 줄 것이네만 하루 두 번씩 나와 가상현실에서의 격투를 통해 서로 스킬의 숙련도를 높이도록 하세."

"그러지요."

나쁠 것이 전혀 없는 제안이다.

"둘은 에일락 반테스의 움직임에 대해서일세. 아무래도 파급효과가 큰 만큼 우리 측 시나리오와 최대한 부합되도록, 시너지 효과를 일으킬 수 있도록 이벤트를 벌였으면 싶어서 말이야."

"생각해 보겠습니다."

이번에는 답을 미루었다.

"그리고 셋은……."

그가 묘하게 말끝을 흐리며 웃었다.

"그들이 온다는군."

"그들이라면?"

반문하자 시니컬한 웃음을 보이는 신진권 사장이다. 뜸 들이는 그를 대신하여 강유나가 답해 주었다.

"동생이 흡수한 플레이어 말이야."

"스칼렛과 빈센트, 화랑 말이군요."

"그들이 오늘 항공편으로 와. 화랑은 먼저 와 있다고 하고."

"그렇군요. 그런데 그게 왜 회의 내용인 겁니까?"

신진권 사장이 그답지 않게 웃으며 말했다.

"변종들도 공항에 오기 때문이네."

"능력자들 말입니까?"

전혀 관계없는 이의 생각 못 한 등장이다.

"맞아. 지하철에서 동생한테 박살 난 머저리들."

"놓아줬는데 놓친 줄 아는 쓰레기들이지."

"이해가 가지 않는군요. 대체 그들이 왜 빈센트 일행을……."

"new century에서야 동생이 내 시야를 가릴 수 있다지만 현실에서 내 눈을 피할 방법은 없다는 거, 잘 알지?"

그랬다. 그들이 부른 것이다. 목적은 물론 나일 테고.

"그들을 싸우게 할 생각입니까?"

"맞네. 자네는 파악 불가이니 자네에게 힘을 받은 그들이라도 연구해 봐야 않겠나."

음산하게 웃는 신진권 사장과,

"난 그냥 궁금해서."

천진난만한 강유나였다. 오월동주라고는 하지만 벌써 이렇게 경계하면 어쩌자는 걸까. 아무래도 협조자로서의 나보다는 우리에 가둔 짐승으로 나를 대하는 것 같았다. 그런데 의문인 점은 비교적 협조적이며 신진권보다는 내 편에 가까운 강유나의 행동이다.

"당장 능력자들을 되돌리시지요."

"애석하게도 힘들 것 같군."

"같은 배를 탄 상황으로 알았습니다만?"

협박하듯 물었지만 뜻밖에 신진권 사장은 태연했다. 무언가 믿는 구석이라도 생긴 걸까.

"물론 우리는 한배를 탔네. 그러니 위험한 상황까지는 가지 않을 거야. 맹세컨대 자네 부하들은 물론 낙오자 중에서도 죽는 이는 없을 걸세. 단지 상황을 통해 몇 가지를 실험할 뿐이지."

그러며 자신 있게 강유나의 동조를 구하는 모습이었다.

강유나 역시 고개를 끄덕였다.

'설마.'

"누나도 같은 생각인가요?"

"어."

나는 슬쩍 눈살을 찌푸리며 그녀를 보았다.

"우리가 조금은 가까운 사이인 줄 알았는데, 실망이네요."

애석하다는 투로 말하자 그녀는 딸기를 베어 물었다.

"글쎄? 난 말이야~"

그리고 환히 웃었다.

"매일 아침마다 어떤 년이랑 딥키스를 하는 동생이 반성해야 한다고 봐."

생각지도 못한 말에 다시 보노라니 그녀의 미소가 차갑게 느껴졌다. 나는 침착하게 오해를 잡고자 했다. 하지만 그녀가 말을 잘랐다.

"아~ 동생. 설마 내가 모른다고 생각해? 그렇다면 나야말로 실망인데? 허영 덩어리가 억지로 밀어 넣었다는 거 알아. 엄연히 꼭두각시이긴 해도 살아 있는 여자들이니 지켜야 한다는 것도 알고. 어머~ 고작 키스 하나면 공주님들을 구할 수도 있다니, 얼마나 다행이겠어? 맞지? 이해해. 난 이해한다구, 동생."

"맞아요. 그런데 왜 그러시죠?"

다시 묻는 내게 강유나는 빙긋이 웃었다.

"더럽잖아."

"예?"

"내 손만 닿아야 되는데 자꾸 때가 타고 있어."

"……."

깊고 깨끗하게 유혹적인 눈망울로 나를 보는 그녀.

그녀가 왜 일을 벌이는지 이해하자 나는 장갑 낀 손을 쥐었다 펴 보였다. 장난치지 말라는 의미였다.

엄연히 실질적인 무력은 이쪽이 우월하다는 압박.

그러나 그것은 내 오판이요, 실수였다.

반응은 내 예상과 매우 달랐던 것이다.

"이거 왜 이래? 동생. 지금 고작 이딴 일로……."

목울대가 넘어가도록 와인을 삼키고는 정말 화난 기색으로 나를 노려보는 것이 아닌가.

"갈 때까지 가 보자는 거야?"

"……."

약간은 지나친 그녀의 반응.

우선 나는 입을 다물기로 했다. 잘은 모르나 선을 넘어서는 내가 곤란해진다는 사실을 직감한 이유였다.

'그의 농간인가?'

옆에서 흥미롭게 웃고 있는 신진권 사장도 거슬렸고 생각보다 지나치게 반응하는 강유나 역시 난감했다. 그러나 모두가 늦은 일이고 지금으로선 막강한 우군이 적군이 되는 것을 막아야만 했다.

'……실수했구나.'

확실히 나는 여자 마음을 잘 모른다. 무언가 내가 잘못 판

단한 것 같긴 하지만 어떻게 그 마음을 돌리게 할지는 잘 모
르겠다.

그러나 손바닥도 서로 부딪쳐야 소리가 나는 법이니 내 쪽
에서 숙여 주면 화해로 이어지지 않겠는가.

'어쩔 수 없지.'

고민 끝에 한 나의 선택은 한 걸음 물러나는 것이었다. 그
런데 여기까지의 고민이 너무 길었나 보다.

"그래~ 나 때문이라 이거지? 끝을 보자 이거지?"

더욱 치켜뜨고 나를 보는 그녀였다.

솔직히 작금의 상황이 완전히 이해되지는 않았다. 다만 짐
작건대 또 실수한 것 같았다.

나는 서둘러 말을 잇고자 했다. 하지만 그녀는 코웃음을 치
고는 일어나 그대로 나가 버렸다.

              �khi   ✕   ✕

머릿속이 복잡해졌다.

왜 갑자기 그녀가 저런 행동을 보이는 걸까?

정말 질투를 해서?

'그럴 정도로 내게 마음이 있었나?'

설마 그렇다손 치더라도 고작 그 문제로 이렇게 대놓고 배
신할 줄이야.

게다가 저런 식으로 확 나가 버리기까지 하다니!

'내가 본 강유나는 저렇게 행동할 여자가 아니었는데?'

솔직히 이해가 되지 않았다. 차라리 어설픈 연기를 하고 있다는 것이 합리적인 추측이겠지만, 그녀의 내숭과 연기력이 얼마인데 저런 조잡한 연기를 하랴.

모르겠다. 정말 모를 일이었다.

여하간 이렇게 되면 상황이 복잡해진다. 고스란히 그녀가 갖춘 능력만큼 조심해야 하는 이유였다.

나는 우두커니 서서 나름대로 머릿속을 정리하기 시작했다.

그때였다.

또각또각…….

선명하게 들리는 구두 굽 소리.

소리와 함께 퍼지는 잔향이 멀리서부터 감미롭고 유혹적으로 다가왔다.

열린 문 너머로 걸어오는 여인. 그녀는 바로 또 다른 강유나였다.

"어? 너, 넌!"

문고리를 잡고 엉겁결에 소리를 내는 강유나와는 달리,

"흥!"

고고하며 우아하게 걸어온 또 다른 강유나는 문 앞에 어정쩡하게 서 있는 그녀를 보고는 코웃음 쳤다. 이어 수중의 부채로 가볍게 손을 부치자 파초선에 날아가는 제천대성과도 같이 그녀가 사라져 버렸다.

순간 모든 의문이 해갈되었다.

내가 본 강유나는 가짜였던 것이다.

"동생, 오랜만이야~"

환한 웃음을 짓는 그녀가 오늘따라 매우 반가웠다.

그리고 그만큼 현재 상황에 대해 불쾌감이 치밀어 올랐다. 이건 틈만 나면 계략이요, 술수를 부리고 있으니!

"반가워요, 누나. 그런데 제 기분이 썩 좋지는 않군요."

"더미 때문에?"

내 표정을 본 그녀는 아찔한 빗장뼈가 드러나게 어깨를 으쓱였다.

"에이~ 그러니까 적당히 놀아 주라구~ 자꾸 동생이 박자를 맞춰 주니까 아메바가 장난을 계속 치는 거잖아?"

그리고 다가와 귀에 뜨겁게 속삭였다.

"그거보다…… 어때? 오늘 밤 내 방으로 오는 건? 나 많이 공부했어."

"공부요?"

"훗~ 알면서~"

윙크를 하고는 자신의 손가락을 촉촉한 입술에 대었다. 이어, 쪽하고 소리 나게 입을 맞춘 뒤 이를 내 입술에 살짝 맞대었다.

그녀의 유혹은 깊고도 강렬했다.

"기다릴게."

뜨거운 입술이 향기를 남기며 스쳐 갔다.

신진권 사장을 보는 강유나의 표정은 미소에서 냉소로 바뀌어 있었다.

손끝으로 옷을 톡톡 털며 그녀가 말했다.

"놀자고 한 건 아닐 테고, 오늘의 안건이 이거야?"

"둘 다지. 웃기기도 하고 의미도 있어 보이고."

그가 묘한 웃음을 지었다.

"가끔은 이런 잔재미도 좋지 않은가. 보이는 것에 대한 의존성과 스스로에 대한 확신의 간극을 재는 데에는 인형극만큼 좋은 것이 없거든."

"나쁘진 않은데, 나나 동생한텐 쓸모가 없잖아. 그러다 착한 동생이 화내면 무서운 거 몰라?"

"잘 알지."

"게다가 살짝 화내니까 쫄아서 먼저 나가 버리던데? 연기도 못하는 거 봐서는 트라우마라도 제대로 자리잡았나 봐~"

"기억 입력 과정에서 생기는 성격 오류를 잡기가 어렵기 때문이다. 그리고……."

그녀의 도발에 신진권 사장은 수염을 쓰다듬다가 크게 고개를 끄덕였다.

"음! 인정할 건 인정해야겠군. 그래, 내겐 아직 두려움이 적잖게 남아 있지. 처음 겪은 감정이었으니까."

"그런데 왜?"

"오늘 안건의 전제였거든. 그리고 그도 같이 어울려 주지 않았던가. 내 생각에는 네가 지나치게 반응하는 것 같다. 진정으로 화를 냈다면 내가 목숨 부지하고 있을 리 없잖나."

그녀의 입꼬리가 살짝 올라갔다.

"어째 간격을 재는 것으로 보이는데?"

"그건 나만의 긴장감이지."

"하여간 삐뚤어졌다니까."

신진권 사장은 대화 도중 다시 자리를 권했다.

"상현 군, 가볍게 웃기도 했으니 이제 진지하게 회의를 시작해 보세나."

태연하게 아무런 일도 없었다는 양 있는 그와 그녀였다. 조금 전의 대화로 사태가 일단락된 듯했다.

실제로 그들은 이전의 사건에 대해서는 아무런 언급도 않았다. 나의 침묵이 저들에겐 관용이고 긍정으로 여겨진 것 같았다.

……제길.

'대체 어딜 봐서?'

저들의 대화 어디에 사건에의 설명과 사과가 있단 말인가.

내 고민과 걱정은 대체 무얼 위함이었던가.

'쉽지 않구나.'

내심 한숨을 내쉬었다. 사실, 내 입장이 애매했다.

나는 실제의 나보다 저들이 과대평가하고 있는 '천재 이상현'을 흉내 내야 했다. 그 때문에 어지간한 술수쯤은 다 알고 있다는 듯이 간단하게 받아넘겨야 했던 것이다. 만일 감정적으로 화를 낸다거나 놀란 기색을 보이면 그것이 곧 약점으로 인식될 우려가 있었다.

그뿐만 아니라 모르는 것을 물어보기도 쉽지 않았다.

이는 실로 누구에게도 말할 수 없는 나만의 고민이었다.

❈　　　❈　　　❈

식사 겸 회의 자리.

먼저 입을 연 것은 신진권 사장이었다.

"사실 이 자리는 회의를 가장한 고해성사라 할 수 있을 걸세."

"뭐? 고해성사?"

"하하하. 그런 눈으로 보지 말게. 내가 이런 말을 하는 것에 스스로 놀라우니 말이야."

미녀의 섬섬옥수가 와인 잔을 굴리고 그의 나이프가 품위 있게 접시 위를 오갔다. 현악기가 생생하게 연주되는 오붓한 식사 분위기에서 나는 여유로움을 연기했다.

"기대되는군요."

그답지 않게 함박웃음을 지으며 신진권 사장이 말했다.

"말하고 싶고 알려 주고 싶어서 입이 근질거리는데, 차마 이 나랑 말이 통하는 사람이 없더군. 공유하고 싶은데 마땅한 사람을 떠올리는 것. 그리고 자네와 유나를 떠올리는 순간의 희열이 내게는 매우 생소했다네. 다시 한 번 고마움을 표하는 바일세."

그러며 잔을 들어 건배하려 하자 그녀가 한심스러운 표정으로 나를 보았다. 나는 가볍게 어깨를 으쓱거리고 잔을 들었다. 턱을 괴고 대충 하는 그녀와 나.

반면, 그 가운데서 신이 난 신진권 사장이었다.

그는 잔을 내려놓으며 본격적으로 이야기를 시작했다.

"내가 깨달은 건 지금의 내가 최고이고 '정점'이라는 사실일세."

그 시작은 당당한 자기 자랑이었다.

"지금의 나는 내 삶의 정점에 있다네. 권력은 물론이거니와 육체적, 정신적으로도 나는 최고지. 완전을 갈망하며 모든 기술을 익혔고 목숨까지 건 덕에 완벽하게 체화했어. 내가 이런 사람일세. 정말이지 아무리 생각해 봐도 나는 참으로 훌륭하고 참으로 현명하며 참으로 잘났더군."

"인정해 줄게. 근데 왜?"

"맞아. 네 말대로 나는 매우 훌륭해. 꼭 누군가가 인정하지 않더라도 나는 최고란 말이지. 그런데 이런 내가 얼마 전에 무참하게 졌어. 그냥 진 게 아니라 완전히 깨져 버렸지. 유나, 네 생각에는 이유가 뭐인 것 같나?"

그녀가 빈정거리듯 답했다.

"너보다 잘났으니까 그렇겠지."

그는 나를 보았다.

"자네 생각에는?"

대답지 않았다. 대신 그에게 집중하며 주의 깊게 바라볼 뿐이다.

"나는 많이도 생각했네. 복기하고 되새기고 반추하기를 끝도 없이 했지. '어떻게 하면 쓰러뜨릴 수 있을까. 이능과 무예를 겸비한 자네를 어떻게 하면 상대할 수 있을까. 도대체 자네는 무슨 수로 두 힘 모두를 사용할 수 있는 걸까.' 질문은 더욱더 이어졌네. 그리고……."

그의 시선이 나와 정면으로 부딪쳤다.

"그리고?"

"'나는 그때 왜 그런 선택을 했을까. 만약 그때로 돌아갈 수 있다면 바꿀 수 있을까.' 에 이르게 되었지. 수치스럽고 부끄러운 순간을 지우고 싶었거든. 그런데 생각한 결과, 나는 비로소 알 수 있었네. '그때의 내가 참으로 최선을 다했고 현명했구나.' 라고."

삶의 통찰이 어려 있는 고백이었다. 나는 침묵하기로 했던 것을 미뤄 두었다.

"과거로 간다 해도 같은 선택을 할 것이라는 말입니까?"

따악!

신진권 사장이 지팡이를 때렸다.

"맞네. 오늘의 내가 보기에 어제의 나는 미련했지. 그러나 당시의 나는 '나름대로' 최선의 결과를 추구했던 거였어. 그 상황에서 내가 할 수 있는 최고의 선택을 했기에 더는 미련을 두지 않게 되었네. 실패를 인정함으로써 나에 대한 자부심과 자존감을 세웠다는 거지."

신진권 사장은 그답지 않은 환한 웃음을 보였다.

"나는 매 순간 최고이며 오늘보다 내일 더 완전해진다네. 이런 내게 있어 부끄러운 과거는 없지."

쨍!

강유나는 와인을 쭉 마시고 빈 잔을 튕겼다. 손톱과 잔이 부딪치며 맑은 소리가 울렸다.

"자꾸 말 늘어뜨리면 나 그냥 간다?"

"성격 급한 건 여전하군."

"더미에 적용하기로 했다는 말을 그렇게 돌려서 하는데,

너 같으면 화 안 나겠어?"

"그래, 그래. 본론으로 가지."

그는 껄껄 웃었다.

"나는 이 발상을 확장시켰네. 분명히 오늘의 나는 지금 이 순간이 최고일세. 헌데, 생물학적으로 가장 왕성한 시점의 나임에도 수십 명이 자네 하나한테 깨졌단 말이야. 그렇다면 '오늘의 나'들이 아니라 각 시간 군에서 '정점에 이른 나'의 수를 늘리면 어떨까? 모든 능력을 발휘할 수 있는 5살의 나, 10세의 나, 15세, 20세, 25세의 나라면?"

이해가 되었다. 그가 주장하는 100의 힘은 물이라 할 수 있었다. 나이에 따른 신체 조건은 물을 담는 그릇으로 비유할 수 있으니 물의 형태는 어떤 그릇에 담기느냐에 따라 그 모양이 달라진다.

즉,

"혈기왕성한 힘이 어려지고 늙게 되면서 달리 치환되었겠군요."

"나이와 계절에 따라 서로 다른, 이능력으로 전환되었다네. 한창때의 내가 불완전하게 쓰는 것이 아니라, 그 나이, 그 몸에 딱 어울리는 안정감 있는 형태로서 말이지. new century가 아니라 현실에서도 진정으로 움직일 수 있는 분신들! 그렇기에 나는 이들을 아바타라 부르기로 했네."

여기까지 말하던 그는 지루해하는 강유나의 귀가 쫑긋거릴 만한 말을 했다.

"이 아바타를 유나와 자네에게도 주고 싶네."

"뭐?"

지팡이를 두드리자 우측 바닥이 벌어지며 투명한 유리관 세 개가 천천히 올라왔다. 지금 옷차림 그대로인 나와 강유나, 그리고 신진권 사장이었다.

가슴이 오르락내리락하고 있다. 그것들은 숨을 쉬고 있었다.

"어머~ 이게 뭐하자는 걸까?"

나 역시 의심되는 것은 마찬가지였다. 이번에는 또 무슨 꿍꿍이로 저러는 걸까?

순수하게 자신의 성과를 나누고 싶어서?

그런 이타심 따위를 그가 가지고 있을 리 없다. 그보다는 '필요'와 '욕망'으로 보는 편이 옳은 것이다.

"아바타가 감당하기에는 사장님의 표현대로, 내가 너무 잘난 것 같군요."

"머리카락부터 싹싹 훑어가더니만 나름 잘 복제했어. 하지만 나도 동생이랑 마찬가지야. 이건 한~참 격이 떨어진다구."

신진권 사장은 자신의 유리관을 지팡이로 쿡쿡 찍었다.

"아무렴 제작자인 내가 이를 모를까. 아직 아바타로 명명하기에는 미흡한 점이 많은 상태일세. 하지만 이전의 것이 한낱 더미에 불과했다면 지금은 자네와 유나의 그림자, 이면 정도는 담으리라 보고 있다네."

뚜껑을 열어 아바타의 눈꺼풀을 든 강유나는 마주 동그랗게 뜨고 자신을 보는 그녀의 볼을 꼬집었다.

"딱 봐도 마무리 단계에서 막혀 보이는데?"

"아직 기억을 넣지 않았거든."

"왜지?"

"내 손으로는 아무리 애써도 아까 같은 더미만 나오니까."

나는 저 멀리 날아간 그녀를 떠올렸다.

"심혈을 기울여도 인형이 만들어진단 말입니까?"

"그렇다네. 엉터리라서 자네가 상대조차 않던 것 말이지. 그래도 너무 무시하지는 말기를 바라네. 바깥에서는 부부 사이에도 속아 넘어갈 정도로 쓸 만한 것들이거든."

나는 여기서 잠시 멈추었다.

저들이 오해해 주는 것이 사실 감사한 일이기는 했다. 그러나 알은척하고 장단을 맞추는 것도 한두 번이지, 그 수가 늘어난다면 파탄을 낼 것이 자명하다. 아예 저들이 오해하고 있는 지금 대놓고 찔러 보는 편이 나으리라.

"원하는 게 뭡니까?"

"⋯⋯내가 확실히 잘못 살긴 했나 보군. 내가 진실로 진실로 이르노니 음모 같은 건 전혀 없네."

그가 지팡이를 내려놓았다. 양손을 활짝 펴 보였다.

"말했다시피 이 자리는 나의 고해성사와도 같네. 나는 분명히 최고일세. 유나는 이런 나와 견주어 조금의 부족함이 없고 자네는 오히려 차고도 넘치는 훌륭한 적수이지. 나는 나에 대한 자부심만큼이나 두 사람을 인정하네. 그 때문에 더욱 많이 겨루고 서로에게 도움이 되고자 아바타를 제공하는 걸세."

"어머나?"

강유나가 유리관을 닫고 신진권 사장을 보았다.

"자세히 말해 주겠어?"

"행동이 없다면 발전 역시 전무하지. 나는 나만큼이나 네가 진보했음을 잘 안다. 너와 난 누구보다도 가장 닮은꼴이니까."

"기분 나쁘니까 그런 건 대충 넘어가라구."

퉁명스러운 강유나를 보며 기묘한 웃음을 짓는 신진권 사장이었다.

"세상 무서운 게 없던 우리한테 저 친구의 등장은 그만큼 충격적이었지. 그리고 그가 보여 준 가능성만큼 우리는 진일보했다. 그 때문에 나는 이와 같은 경쟁과 충돌을 더욱 늘리고 싶어졌어. 하지만 저 친구 성격이 어지간해야지. 숱하게 죽다 보니 이건 아니다 싶더군."

"그래서 이걸 준비했구나? 같은 선상에서 똑같은 재료를 써도 차이가 있는지 알아볼 겸. 네가 만든 아바타가 어떻게 다루어질지도 조사할 겸?"

"그렇지."

나는 저들의 이야기를 들으며 속으로 헛웃음을 지었다. 내심 고개를 흔들 뿐.

"그럼 묻겠습니다. 내가 그 제안을 받아들일까요, 받아들이지 않을까요?"

"자네는 받아들일 걸세."

"이유까지 들을 수 있겠습니까?"

"이곳에 발이 묶여 있으니까."

그는 놀라우리만큼 태연했다.

"new century와 우리 둘을 눈 안에 두기 위해서 자네
는 이곳을 벗어나지 않고 있네. 하지만 언제까지고 그럴 수는
없지. 자네가 아무리 통찰력이 뛰어나다 해도 유나와 나는 각
기 다른 활동을 동시에 할 수가 있거든. 이로써 파생되는 변
화들과 그 차이를 과연 좁힐 방법이 있는가?"

확실히 옳은 말이었다. 모든 정보를 통제할 수 있는 강유나
와 분열하는 신진권 사장과는 달리 나의 활동 반경은 좁을 수
밖에 없었다.

"그러니 자네는 내가 제공하는 정보, 그리고 그녀의 진실
성을 다각도로 알기 위해 다른 움직임을 보일 수밖에 없네.
다른 단서도 필요할 테지. 통제된 정보 속에서 자네가 멈추어
있을 리 없기에 가능한 당연한 예측일세."

"자신하십니까?"

"물론, 우리와 함께 있는 짧은 시간 동안 '모든 것을 간파'
한다는 지나친 예측도 하긴 했네. 하지만 new century와
융켈의 직접적인 열쇠가 우리에게 있으니 자네는 결국 돌아올
수밖에 없을 게야."

들을수록 참으로 맞는 말들이었다. 그는 거기서 멈추지 않
았다.

"과거라면 이를 이용하고자 했을 걸세. 하지만 오늘의 나
는 그런 상황을 원치 않아. 그따위 소모전을 할 바에는 가장
치명적인 적. 무서운 칼을 곁에 두고 나를 단련하는 것이지.
그럼으로써 나는 분명히 완벽에 가까워질 테니까."

자만심으로 보이던 그의 자신감은 이제 당당하고 오롯하게 선 그의 가치가 되어 있었다.

'무서워졌구나. 그렇다면 강유나도?'

나는 아름다운 미소를 짓고 있는 그녀를 새삼 돌아보았다. 아무런 내색도 않고 내게는 봄바람처럼, 신진권 사장에게는 겨울바람처럼 보이는 그녀는 어떤 발전을 이루었을까.

짐작도 가지 않았다.

'만만치 않아.'

경각심.

나는 긴장의 끈을 다시 조였다.

"그러니 자네는 이 아바타로 잠시 나와……."

그때 강유나가 손을 번쩍 들었다.

"나도~"

"후후. 그래. 우리와 놀아 주면 되네. 서로의 전부가 아닌 일부만 담고 하는 놀이인 셈이지. 놀이 이외의 활동에 대해서는 자유를 보장함세. 어떤가?"

나는 그제야 알 수 있었다. 처음에 인형극이랍시고 보였던 의미와 대화의 소재를, 그리고 상황에 대한 자각까지였다. 그 가운데 '사실' 과 '정보' 만 추릴 수 있어야 이들과 대화할 자격이 되는 것이다.

"적당한 놀이터가 때마침 생긴 거였군요. 그럼 공항에서 보는 겁니까?"

"편을 갈라야겠지. 다양하게 서로 견주는 편이 재미있을 테니까."

편이라면 공항에 모이는 이들을 구분한 것일 터.

"동생은 동생 부하들이랑 한편 먹으면 되고, 남은 건 낙오자들인데? 우린 편을 어떻게 나누지?"

강유나가 고개를 갸웃거리자 신진권 사장이 뒤를 가리켜 보였다. 그곳에는 정장 차림의 경호원들이 즐비했다.

"나는 아바타와 저들로 하지."

"그럼 내가 멍텅구리들이랑 놀아야 한다는 거네?"

"싫으면 적당한 녀석들로 내가 만들어 주고."

"흐음~ 못난이들은 싫은데⋯⋯."

팔짱을 끼고 그녀가 고민했다.

나는 장기판의 말들처럼 저들의 목숨이 여겨지고 있음에 집중했다. 지금 이들과의 놀이에 집중하다가는 정작 애꿎은 이들이 죽을 수도 있는 것이다. 효율을 위해 이런저런 실험들을 가하지 않게 만들어야 옳았다.

이에 근거하여 머리를 굴리자 묘책이 떠올랐다.

"시작이 평등하지가 않습니다. 원인은 제가 부른 사람들 때문인 것 같으니, 기왕 이리된 것. 방목형으로 주의 깊게 관찰하는 건 어떨까요?"

"미션은 어떤 것으로?"

"누가 얼마만큼 저들을 휘어잡는가로 하지요. 세력을 만드는 것까지 해 보는 겁니다."

"그리고 이들을 통해 서로 놀아 보도록 하는 거로군."

"네. 대신 훗날을 위해 지금 참가자들의 수를 줄이는 것은 지양키로 합시다."

"괜찮겠군."

"확실히 생각 밖으로 재밌을 것 같아. 하지만 동생, 그러기 위해선 동생도 협조해 줘야 한다는 거 알지?"

"협조라니요?"

그녀가 윙크했다.

"살살하라구~"

"하하하. 당연하지요, 누나."

"호홋. 역시 동생하곤 잘 통한다니까~"

그렇게 나는 그들과 같은 웃음을 지어 보였다.

〈그의 추적 : 양혁수 #3-(2)〉

거울을 보는 양혁수의 눈 밑에는 눈 그늘이 진하게 있었다. new century의 화랑으로 순위에 들던 랭커였던 자신이 어쩌다 단방에 싹 잊혔던가.

게다가 죽음의 공포와 그 긴장감이라니!

'오늘이야!'

생각만 해도 놀랍고 가슴이 두근두근했다. 빅뱅과도 같이 세계를 뒤흔드는 최초의 가상현실 게임 new century.

그러나 소시민으로서 그저 즐기려던 게임 속에서 양혁수는 NPC에게 농락당했다. 그뿐만 아니라 체감도가 강제 변경당하는 등의 충격적인 사건을 겪기까지 했었다. 에일락 반테스라는 괴물이 준 포션의 힘으로 현실의 자신도 믿을 수 없으리만큼 강해졌다.

이는 어디에도 말할 수 없고 누구도 쉽게 믿을 수 없는 일대 사건! 그러한 기적 같은 현실에서 진짜 동료들이 오고 음모의 원흉과 부딪치는 시작의 날이 다가왔다.

양혁수는 이를 악물고 무섭게 자신을 노려보았다.

서로 눈싸움을 하는 듯 불똥이 튈 정도로 심기일전! 넥타이를 고쳐 매고 고개를 힘차게 끄덕였다.

"내게도 봄날이 오는구나."

그랬다. 오늘은 결전의 날이었다.

"오빠, 어디 세일즈하러 나가? 요즘 누가 여자 만나는데 정장을 입어? 부담 팍팍 중매 데이트?"

가만,

'정장이 아니라고?'

그의 팔랑귀가 움직였다.

"이상해?"

양정은이 혀를 '쯔쯔.' 하며 대놓고 찼다. 작은 키, 뚱뚱에 가까운 통통함이라 평소 '뚱띠 핑크 돼지'라고 놀려 대던 혁수였다.

하지만 오늘은 인내했다.

"와우~ 다크서클 턱까지 내려오겠다."

빠직!

"학교 안 가나?"

물론 얼마 가지는 못했지만.

"놀토에 누가 가? 그보다 이리 와 봐. 메이크업 좀 하자."

"야! 무슨 남자가 화장을 하냐?"

"거울을 보고 그런 말을 하세요~ 자신 있으면 그냥 나가시든가."

슬쩍 보는데, 솔직히 선글라스라도 껴야 할 성싶을 정도였다. 심장이 두근두근하는 기대감으로 간밤에 너무 잠을 설친 까닭이다.

하는 수 있겠는가.

"잘 부탁한다."

고개를 숙일 수밖에.

"맨입으로?"

오동통한 손바닥에 빳빳한 배춧잎이 상납되자 비로소 만족스러운 웃음이 그려졌다.

"나만 믿어~ 남중 남고 테크 트리를 탄 오빠한테 광명을 안겨 줄 테니까. 데이트 코스에 옷 코디까지 해 줄까?"

"서비스지?"

"설마~ 허전한 내 지갑의 울음이 쓰나미처럼 몰려오는데?"

강탈당한 돈은 주머니에 쏙 넣고 빈 지갑을 벌려 보이니 기가 찰 노릇.

"내 안구에 찬 습기는 안 보이냐?"

"생각해 보니까 요즘 5%의 대세가 정장남인 것도 같아."

"95%는?"

"알고 싶으면 용돈~ 비싼 캡슐에다 유료 결제까지 지른 오빠의 파워를 보여 줘."

"아예 등골을 뽑아라."

"안 그럼 오늘 데이트 가는 거 확 일러 버린다?"

"이익!"

혁수는 넘어가고야 말았다.

그녀는 잘 알고 있었다. 자신의 오빠가 운동만 열심히 해서 쑥맥이지만, 여자를 엄청나게 밝힌다는 것을.

"더 이상은 안 돼. 이게 마지막이야."

"쌩유! 헤헤~"

부들부들 떠는 혁수의 지갑에서 다시금 지폐가 빠져나갔다. 그리고 돈은 메이크업 아티스트를 희망하는 동생의 내공을 충분히 발휘하게 해 주었다.

"하여간 오빠도 대단해. 엄마 아빠한테 그렇게 혼나 놓고도 데이트라니."

가끔 조잘거리는 입술을 확 꼬집어 주고 싶어지긴 했지만.

'오늘이라고!'

혁수는 조금씩 변신하는 자신을 보며 다시금 주먹을 쥐었다.

그랬다.

솔직히 말해, 그날 게임을 통해 기막힌 경험을 하긴 했지만 혁수에게는 오늘 있을 만남 그 자체가 더욱 기대되고 가슴 설레었다. 화가 나긴 했지만 조금 지나니 식었던 반면, 미녀를 만난다는 기대감은 더욱 증폭됐다.

'얼마나 예쁠까?'

외모 변형을 크게 할 수 없는 new century이니 이블린의 미모는 어느 연예인 못지않을 것이다. 게다가 성격까지 참하지 않던가.

타오르는 듯한 불꽃의 정열.

냉철하며 이성적인 도도함.

가끔 알아듣지 못하는 말을 클라우드가 하노라면 친절하게 설명해 주는 자상함까지!

혁수는 이블린을 보는 순간 반했고 함께하며 빠져들었다. 그리고 오늘 그녀를 만나러 가는 것이다.

꿀꺽 침을 삼켰다.

양혁수. 올해 나이 26.

그는 아직 젊었다. 엄청나고 아직 막연한 Z&F의 음모보다는 현실의 이블린이 더욱 긴장되고 흥분되는 나이였다. 실제로 어려운 고민은 똑똑한 그녀와 클라우드가 모두 대신해 줄 것이다.

그랬는데…….

'어휴. 저건 동생이 아냐. 웬수지.'

데이트 코스를 찾다가 들킨 것이 화근이었다. 가뜩이나 약점도 있는 상황에서 아주 옴팡지게 붙들린 셈이다.

"근데 말이야. 오빠, 나도 같이 가도 돼?"

게다가 끈질기기까지 했다.

"뭐? 네가 왜? 그냥 가만히 집에 있어. 아직 시작도 안 했고 오늘 진짜 첫 만남이라고."

"에이. 솔직히 울 오빠가 경험 부족이잖아. 버버버거리다가 아무것도 못 할까 봐 그러지. 괜히 만나서 뻘쭘하게 있다가 끝나면 무지무지 허탈하잖아? 내가 이쁜 짓해서 오빠 등 팍팍 밀어 줄게."

통통한 자신의 볼을 손가락으로 콕 찌르며 하는 귀여운 '짓'에 잠시 헛구역질을 할 뻔도 했지만 솔깃하는 양혁수였다.

"진짜 도와주는 거지?"

"……물론~!"

"그 0.5초의 딜레이는 뭐냐?"

"오빠, 기분 탓이야. 지금 내 기분은 마치 엘리베이터를 타고 10층에서 내려오다 7층에서 어떤 사람이 방귀를 뀌고 내렸는데 6층에서 탄 남자가 나를 보며 눈살을 찌푸릴 때와도 같은 억울함이라고."

"……."

정은의 호소를 듣고 혁수는 강력한 불길함에 사로잡혔다.

"넌 그냥 집에 있는 게 좋겠다."

"에에이~! 오빠아~"

"안 돼! 절대 양보 못 해!"

아무래도 마가 단단히 낀 것 같았다.

✵　　　✵　　　✵

사랑의 두근거림은 세상을 핑크빛으로 물들인다더니.

돌아올 때도 들렀던 공항이고 자주 지나던 거리였다. 그런데 오늘은 왠지 다른 것들에 시선이 갔다.

그녀를 만난다는 기분 탓일까. 괜히 사주팔자에 카드 점을 봐 준다는 곳에서부터 공항 한편에 자리한 전망대나 공원, 놀이시설 따위가 눈에 가득 들어왔다.

'여기를 데려갈까, 어디가 한국적일까, 어디를 보여 주는 게 좋을까. 서양 사람들은 치킨을 좋아하지만 불닭처럼 매운 건 싫다고 했었지?' 등등에 대해 이런저런 고민을 하게 된 것이다.

"100점짜리를 보여 주겠어."

아직 2시간은 빨리 왔으니 조금 더 돌아보고 코스를 짜는 것이 좋을 성싶었다.

데이트 공략에서 모두 말하는 공통된 주장이 있다.

바로 사전 답사는 필수라는 것. 버벅대는 남자를 좋아하는 여자는 없다!

그 노력에 대해 동생은 이렇게 평했다.

"얼~ 머리 썼는데~"

으득!

'얘만 없었다면!'

야생초들로 꾸민 화원을 둘러보던 그의 옆구리를 툭툭 치는 정은. 골탕 먹이려고 작정을 했는지 드문드문 카드를 긁은 것에서부터 시누이로서 잘하겠다는 둥 노래를 부른다. 실로 기가 찰 따름이다.

클라우드를 자기가 데리고 단둘이 데이트하게 도와주겠다는 말에 넘어가서 데려왔지만 이렇게나 수다스러울 줄이야.

그러나 부모님이나 삼촌한테 일러 버린다는 약점이 있으니 어쩌랴. 또 눈에 넣으면 아파 환장할 것 같은 여동생이기도 했고.

그렇게 애써 주변을 볼 때였다.

묘한 아지랑이가 어른거렸다. 그사이로 하나의 실루엣이 스쳤다.

"어?"

혁수는 멍한 소리를 내뱉고 말았다. 그도 그럴 것이 눈앞에는 정말 어울리지 않는 여인이 있었다.

코스프레라도 하는 걸까. 영화 촬영이라도?

그녀를 한마디로 정의하면 '귀부인'이었다.

국제공항에 꾸며진 야생초 화원에서 있는 그녀. 검은 한복 드레스에 보라색 부채를 부치며 우아하게 걷고 있었다. 하늘하늘하고 긴 드레스 자락이 살포시 야생초들을 덮는다.

아름다우나 실용성이 전혀 없어 보이는 모습.

그런데 편해 보였다. 정확하게는 너무 익숙하기에 '불편하다.'라는 생각조차 들지 않게 만들었다. 질질 바닥에 끌려야 할 옷자락이 구름처럼, 안개처럼 움직인 까닭이다.

사뿐사뿐 걷는 그녀.

'예쁘다……'

살랑살랑 부치는 바람에 회색빛 머리칼이 흔들리고 깊은 눈동자가 고요하게 잎사귀를 지났다. 가끔 보이는 미소에 입술 옆에 자리한 점이 고혹스러움을 배가시킨다. 보는 혁수의 머릿속이 텅 비기 시작했다.

그때 익숙한 통증이 옆구리에서 전해졌다.

"오빠, 뭘 그렇게 봐?"

"어? 당연히 저 사람을……"

"뭐가? 저 여자?"

대수롭지 않게 말하는 동생이 이상했다.

패션에 대해 쥐꼬리만큼 아는 자신과는 달리 온갖 잡지에, 스타일들에 대해 훤히 꿰뚫고 있는 그녀가 한눈에 보아도 대단한 귀부인을 보고 저렇게 담담하다니. 이건 보면서도 보지 못하는 것 같지 않던가.

'헉!'

이상한 기분에 주위를 보다가 흠칫 놀랐다. 주위에 있는 누구도 귀부인에게 시선을 주지 않고 있었다. 정물화를 보는 듯 스쳐 갈 따름.

그녀에게 시선을 두고 있는 것은 이들 중 오직 자신뿐이었다.

머리칼이 쭈뼛 서는 것 같았다.

힐긋.

귀부인의 눈동자가 자신에게로 향했다.

싱긋.

웃으며 다가오는 그녀.

양혁수는 게임에서 겪었던 일이 오버랩되는 것 같았다. 침을 꿀꺽 삼키고 그녀의 일거수일투족에 집중하는 그때, 귀부인의 손가락이 슬쩍 바깥을 가리켰다.

"나 화장실 좀 갔다 올게."

오빠의 팔짱을 끼고 있던 정은이 '아차!' 하며 말했다.

"어? 지금?"

"신호 왔어. 변비인 거 알잖아~ 좀 늦으면 시간 맞춰서 입국장에 가 있을게. 거기서 봐."

"······."

돌아 나가는 동생. 마치 조종받는 인형 같았다. 양혁수는 이러저러한 생각을 했다. 이블린과 클라우드의 가설들이 뒤죽박죽으로 엉켰다.

"기다리고 있었어요."

신진권 외계인설까지 떠올리는 그에게 귀부인은 오묘한 인사를 던졌다.

"네?"

봄날의 햇볕과도 같이 따스했고 솜털처럼 부드럽다는 느낌이 들었다. 한 마디 인사였을 뿐인데 몸에 잔뜩 힘을 주고 있던 그를 무장해제 시켜 버렸다.

그 낯선 편안함에 혁수는 얼결에 되물었다.

"기다렸다니요?"

"말 그대로랍니다. 당신의 동료들도 만날 수 있었으면 했지만, 애석하게도 오늘은 힘들 것 같네요."

그녀는 자애롭게 말했다.

"동생은 걱정할 필요 없어요. 저를 인지할 수 없게 잠시 눈을 가렸을 뿐이니까요. 주위에 있는 사람들도 말이죠."

"가려요?"

"혁수 씨만 특별하다고 생각지 마요. 세상에는 73명이나 되는 선천적인 능력자들이 있었고 현재는 그들로부터 파생된 능력자들의 수가 몇 배로 늘었으니까. 물론 지금 발휘하고 있는 은폐와 예지능력은 아직 그가 알지 못해서 유일하게 저만이 가능하지만요."

"예에?"

"많은 것이 궁금하고 지금 머릿속이 복잡할 거라는 것을 잘 알아요. 하지만 자세히 설명해 줄 시간이 없네요. 나중에 기회가 될 테니 그때 더 깊은 이야기를 나누도록 해요."

귀부인은 아쉬움이 양혁수의 가슴 깊이 박혔다.

"오늘 공항에서 곤란한 일을 겪을 거예요. 세상이 알지 못하는 능력자들이 혁수 씨 일행을 노릴 것이고 또 다른 이들이 나타나 제안을 하며 그들과 다툴 거예요. 하지만 잊지 말아요. 누구도 선택해서는 안 된다는 사실을. 어느 한쪽을 선택하면 지켜보던 이들이 나서게 되고 그들은 아직 당신들의 힘으로는 절대로 막을 수 없어요."

"뭐라고요? 초능력자가 우릴 노려요?"

'예쁜 여자가 곱게 미쳤나?'

무언가에 대해 경고를 하는 것은 알아들었다. 그러나 기승전결에서 기승전이 모조리 빠져 버리면 어쩌란 말인가.

양혁수, 그는 평범했다. 단서 하나로 전후 사정을 다 파악하는 능력은 그에게 있어 먼 나라의 이야기였다.

"아직 혼란스러우리라는 것을 알아요. 믿기 어렵다는 것도 알죠. 다만 제가 본 미래라면 오늘 큰 곤란을 겪을 거예요. 이를 피하기 위해선 최대한 신속하게 빠져나가 이 주소를 찾으세요. 여러분의 방문을 반기고 지금의 상황에서 큰 도움이 될 사람을 만날 수 있죠. 물론 그도 무조건 믿어서는 안 되지만 공통의 적을 가진 만큼 힘이 될 거예요."

자신이 미래를 본다고 한다.

'어이 상실.'

기가 막힐 뿐이다.

준비한 메모지를 받은 혁수는 전혀 연관되지 않는 글귀를 보았다.

- 김태진. 고등학생.

초능력이고 엄청난 일이 일어날 거라는 이야기에 뜬금없이 등장한 고딩이다.

"선글라스의 남자를 특히 조심하세요. 그들의 말에 현혹되지 말고 능력자들을 피해야만 합니다. 그리고 이곳에서의 일은 철저하게 통제될 테니 누군가에게 들킨다고 걱정하거나 고민할 필요가 없어요. 오늘 이 공항은 거대한 세트이고 모두가 소품일 뿐이니까."

여기까지 말하던 그녀는 먼 곳을 응시했다.

"그녀의 눈을 피하는 건 여기까지네요. 부디 다음에 또 뵐 수 있기를 바랄게요. 한 가지 팁을 드리자면 지금 들은 이야기로 위기를 멋지게 넘겨 보세요. 그녀의 마음이 당신에게로 조금은 기울지도 모르니까."

떠나가는 그녀.

혁수는 멍하니 있다가 그녀를 불러 세웠다.

"대체 당신은 누구지요?"

귀부인은 빙긋이 웃음을 지었다. 그리고 누가 들을까 주의하는 듯 입을 벙긋거리고는 멀어졌다.

혁수는 입 모양을 보았지만 이름을 유추할 수는 없었다. 그저 고개를 갸웃거리다 전해받은 메모지를 다시 보았을 뿐이다. 뒷면에는 낙서가 있었다.

'이면지 재활용이었나!'

구긴 메모지를 대충 주머니에 쑤셔 넣었다. 벅벅 머리를 긁었다.

"무시하자니 얘기가 심상치 않고…… 아, 진짜!"

그는 머리 좋은 일행에게 털어놓기로 하고 다시금 화원을 보았다.

'소품이라고 했었지?'

눈에 확 띄는 옷차림에도 공기처럼 누구의 관심도 받지 못한 귀부인. 왠지 섬뜩함을 느낀 그는 몇 번을 맴돌다가 불안한 마음에 동생을 찾았다.

단호히 야단쳐서 돌려보냈다. 비록 그 과정 중에 또 돈을 줘야 했지만, 시간이 갈수록 초조해지는 감정이 더욱 신경 쓰였다.

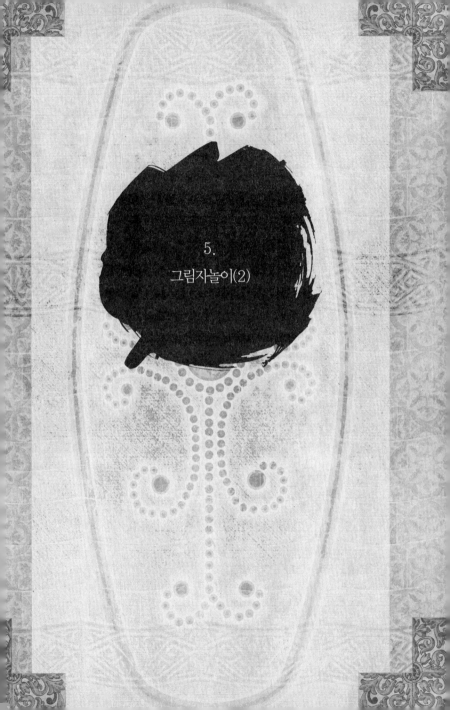

5.
그림자놀이(2)

도심을 발아래로 내려다본 적이 있는가.

빠르게 날아가는 헬기에서 모진 바람을 맞아 가며 본 적은?

나는 없었다. 혹, 그런 일이 있을 것이라고도 생각지 않았었다.

그럼에도 지금 국제공항까지 가고 있는 운송 수단은 헬리콥터였으며, 굉음과 함께 회전하는 프로펠러를 뒤에 둔 채.

'아, 나 이거…….'

처음으로 타는 헬리콥터에서 강하까지 하게 되었다.

대체 멀쩡한 착륙장을 두고 왜 이러는지 싶었지만, 대세가 그러니 어쩌랴.

"도착했습니다!"

조종사가 아래를 가리키자 나는 사다리를 찾았다. 해 본 적은 없지만, 영화를 통해 몇 번 보았으니 저 사다리를 아래로 늘어뜨리고 타고 내려간다는 것쯤은 안 까닭이다.

하지만 이 역시도 나만의 생각일 뿐.

"동생~ 우리 놀러 온 거 아니었어? 즐겨 보자구~!"

강유나가 먼저 일어났다. 짧은 청바지에 하얀 티라는 무난한 조합으로 상큼한 매력을 발산하는 그녀는 내게 윙크를 한 뒤 폴짝 뛰어내렸다.

화악 떨어지는 그녀. 이대로 자살이라도 하려는 걸까 싶었지만, 그녀의 반전은 아름다웠다.

놀랍게도 10m 지점에서 우아하게 팔을 젓고 발로 허공을 탁, 짓자 깃털처럼 바람을 타기 시작한 것이다.

아이스링크를 달리는 피겨 스케이팅처럼 움직이는 강유나였다.

"에어 워크를 각성시켰군."

시간 극점을 달리하며 신진권 사장이 완전 각성시킨 초능력은 72가지였다. 이 중에서 육체를 유지하며 극대화할 수 있는 이능은 오직 하나. 따지고 보면 숨겨 둔 한 수인 셈인데 이를 강유나가 먼저 밝혀 버린 것이었다.

"정말 즐기려나 보네요."

맞다. 놀자는 거다.

"예상 밖이 되는데."

그런 그녀가 새삼스러웠는지 신진권 사장은 쓰게 웃고 있었다.

"그런 면에서 페어플레이를 해야겠습니다."

"후후. 그러도록 하지. 보고 놀라지는 말게."

곧 호방한 웃음으로 승화시키는 그.

정장을 벗어 던지고 찢어진 바지와 팔찌 등의 빈티지 스타일로 탈바꿈한 그는 면도한 턱을 쓰다듬더니 씨익 웃었다. 이윽고 훌쩍 뛰어내리며 한 마디를 남겼다.

"쇼크웨이브."

떨어지는 그의 양손이 일렁였다. 그리고 이지러지는 파동이 임계점에 이르는 순간 그가 쌍장을 땅으로 내뻗었다.

쏴아앙!

착륙점 위의 흙먼지와 바람이 동심원을 그리며 좌악 퍼져가고 2m 지점에서 덜컥 멈추는 그의 몸. 신진권 사장은 반회전하며 착지했다.

먼저 뛰었으나 뒤늦게 도착한 강유나가 웃었다.

"뭐야? 엄청 몰래 고르더니만 동생 거 베낀 거였어?"

"어흠! 아무래도…… 인상적이었으니까."

헛기침하는 그와 까르르 웃는 그녀였다. 나는 손을 흔들었다. 그리고 양손을 좌우로 벌리는 제스처를 보이고 뛰어내렸다.

"각력 강화."

힘을 주자 발끝에서부터 전신을 긴장시키는 쩌릿함이 팽배했다.

내가 선택한 이능은 단순 과격했다.

정직하게 가속하는 몸뚱이가 대책 없이 내리꽂으려 하자 아래에서 당황하는 소리가 들렸다.

"신체 강화 능력인가?"

"까아앗! 피해~!"

쾅!

우아하고 정교했던 이들과 달리 철구처럼 묵직하게 떨어진 나. 떨어져 나간 구두 굽과 발자국 모양대로 파묻힌 다리를 뽑아냈다.

"혹시, 예비용 가진 거 있으십니까?"

"카드 줄 테니 면세점에서 고르게나. 그건 그렇고 정말 의외군. 선택한 이능이 강화 능력이라니."

"동생~ 너무 야만적인 거 아냐? 어머, 이 팔 좀 봐."

분석하는 그와 말끝에 하트라도 날릴 기세의 강유나였다. 그렇게 떠들썩한 가운데 누군가가 상자를 가지고 왔다.

세 사람 모두에게 준 상자. 그 안에 들어 있는 것은 시계였다. 벨트 형식으로 되어 숫자판이 돌아가며 시간을 표기하는 형태였다.

"자, 현재 시각 11시 53분. 폴리아마이드 소재의 시계일세. 방탄 시계이니 어지간해서는 부서지지 않을 게야. 의논했던 바대로 게임 시작은 12시 정각. 무대는 탑승동과 여객터미널까지로 하세. 사람들 따위는 신경 끄도록 하지."

"재밌겠다."

저들의 웃음이 불안해진 나는 재차 말했다.

"승리 조건은 가장 많은 아군을 만드는 것입니다."

하지만 받아들이는 이의 마음은 다른 듯했다.

"걱정하지 말게. 수단과 방법을 총동원할 테니."

"재밌게. 흥겹게~"

그때, 처음부터 계속 들떠 있던 강유나가 손뼉을 쳐 보였다.

"맞다~ 공작이 끝났는지 아닌지를 알 수가 없잖아? 우리, 그건 뭐로 구분하기로 할까?"

그 제안에 신진권 사장은 서로의 옷차림을 보았다. 그리고 빈 상자를 들고 대기 중인 사내들이 가져온 것은 은보라색의 고급 손수건과 벽조목 장식물의 목걸이, 그리고 선글라스였다.

표식으로 쓰자는 의미다.

"지금 우리 상태와 가장 걸맞은 소품들로 준비했네."

"센스 있는데?"

"자연스럽군요."

각자 자신의 소품들을 챙기고 나 역시 선글라스를 썼다.

조금 어두워진 시야로 보이는 절반의 풍경들.

공항과 new century의 펍이 아바타의 자의식과 맞물려 현실을 더욱 비현실적이게 만들어 주었다.

짧게 생긴 공백의 시간.

우리는 준비했다.

기지개를 쫘악 켜며 스트레칭을 하는 강유나.

지팡이 대신 벽조목 장식물을 굴리는 신진권 사장.

옷의 먼지를 툭툭 터는 나.

그렇게 서로 있는 잠시의 여유가 지나고 째깍, 째깍 흘러가는 시간은 어느덧 12시 정각을 알려 왔다.

게임이 시작됐다.

❈   ❈   ❈

구두를 새로 신고 삐뚤어진 중절모를 고쳐 썼다. 익숙하지 않은 선글라스를 벗으며 아바타와 본래의 나의 시야를 정리하는 것으로 준비는 완료.

다음은 세밀한 컨트롤의 점검이다.

전면 거울 앞에서 힘을 꽈악 주자 근육이 불끈 일어났다.

와이셔츠 단추가 터지기 직전에 멈추고 몸을 훑으며 신체 곳곳을 강화시켜 보았다. 역시, 예상대로 운용하기가 쉬웠다.

"혈력과 같군."

신체 강화 능력의 소감이었다.

내가 선택한 이능은 신체를 강화하는 정도가 전부인 초능력이다. 불을 뿜거나 투시를 하지도, 투명화하거나 음파로 공격하지도 못한다.

그러나 내게는 이 선택이 최선이었다.

괜히 놀라워 보이는 초능력을 선택했다가는 다루지도 못할 위험이 있으니까.

창의력, 응용력 등. 나는 모든 부분에서 뒤처진다.

'천재들을 상대로 한다는 걸 잊지 말자.'

그들은 배우지 않고도 창조할 수 있지만 나는 배운 것 이상을 보일 수 없었다. 그러니 내가 가진 것을 최대한 살리기도 했다. 바로 new century의 경험과 기술이 그것이었다.

강화 능력의 장점은 지닌 바 전투 기술에 따라 그 힘을 극대화할 수 있다는 것.

나는 각종 몬스터들과 능력자들이 판을 치는 세계에서 전투 기술을 연마했다. 그러니 승산이 있을 것이다.

"난 한가롭게 게임할 여유가 없어."

호흡을 골랐다. 스킬의 도움이 없는 아바타지만, 있다고 암시하며 아는 바대로, 익숙한 대로 숨을 쉬었다.

점차 북적거리는 공항의 소음이 멀어지며 나의 정신이 오롯이 서는 것을 느꼈다. 그리고 모든 감각이 완벽하게 통제하에 들어오는 순간,

나는 선글라스를 썼다.

"움직여 볼까."

시야를 넓게 두며 빠르게 움직이기 시작했다.

❈　　　❈　　　❈

시각 12시 12분.

한국에서 가장 큰 국제공항이라는 무대.

목표의 수는 여덟.

가장 많은 아군을 만드는 자가 승리하는 게임이다. 그리고 이 게임의 가장 무서운 점은 '이기기 위해 모든 수단과 방법을 가리지 않아도 된다.' 라는 사실이다.

승리욕을 품는 신진권 사장이나 '재밌겠다!'를 연발하는 강유나에게 저들의 안전을 기대하는 것은 지나친 바람일 터. 이 때문에 내 목적은 게임의 승리가 아니게 된다.

최대한 많은 수의 사람들을 살리기 위해서 내가 해야 할 일은 목표를 탈출시키는 것.

'괜히 분탕질 치면 어떻게 되는지 모르니까.'

국제공항은 자체적으로 경찰서를 갖추고 있고, 또 많은 사설업체에게 보안을 맡기고 있었다. 즉, 초능력을 쓰며 일대를 혼란케 한다면 총기가 난사될 우려가 있다. 그러니 신진권 사장과 강유나를 돌려보내기 위해서는 가능한 한 조용히 목표를 바깥으로 이끌어내는 것이 된다.

'빈센트 일행은 쉽지.'

내가 신진권 사장이나 강유나처럼 변장하지 않은 이유가 여기에 있었다. 뛰어난 그들이라면 나의 외모만 보고도 제임스를 떠올릴 것이고 쉽게 다가갈 수 있게 된다. 대화나 하자며 바깥으로 인도하기만 해도 수월하게 일단락되리라.

물론, 이는 잠시 후의 이야기.

'도착 예정 시각은 13시니까.'

우선 다섯의 초능력자들부터 해결하기로 했다. 내게 남아 있는 공포심을 이용한다면 그들 역시도 쉽사리 돌려보낼 수 있으리라 기대해 본다.

우선은 탐색.

여객터미널 4층을 보았다. 혈력을 집중하여 두 눈이 새빨개지도록 혈류를 돌게 하였다. 머리에서 뜨거움이 느껴질 정도로 가속하니 넓게 보는 눈의 정보를 잠시나마 해석할 수 있었다.

하강 전에 강유나가 제공한 인상착의와 같은 인물들은 아직 보이지 않았다. 음식점이나 전시관 등등의 내부에 있다면 모르겠지만 적어도 이 층엔 없다 봐도 좋았다.

볼거리가 많고 들을 거리도 참 많다. 전통공예 전시관에서부터 작은 박물관도 있었다. 그러나 그런 것은 여유가 있을 때 돌아볼 한가로운 풍경일 따름.

'신속하게.'

주문처럼 되뇌며 다시 걸음을 옮겼다.

나는 3층으로 내려가며 사람들을 훑었다. 가능한 한 빨리 찾기를 바라는 마음으로 둘러보던 그때였다.

"너…… 넌!"

3층 안내대에서 들린 경악.

우득.

소리가 날 정도로 목을 꺾어 돌아보자 그곳에는 놀란 직원과 하늘하늘거리며 땅 밑으로 침잠하고 있는 인영이 보였다. 작고 뚱뚱한 그녀는 나와 눈을 마주치자 바로 아래로 시선을 회피했다.

벽을 뚫고 장벽을 관통하는 힘.

투명화 능력이었다. 능력자 중 하나인 손향을 발견한 것이다.

'젠장. 그 생각을 못 했구나.'

공포심을 이용할 생각만 하고 저들이 나를 쉽게 발견할 수 있다는 생각은 왜 하지 않았던 걸까. 하나만 생각하고 그다음을 잊다니, 이는 내 실수가 분명했다.

그러나 일은 이미 저질러진 상황.

빨리 잡아야 했다.

'2층!'

황급히 계단을 찾아 전력으로 쫓았다. 하지만 강화 능력을 배제한 내달리기와 층간을 뚫고 사라지는 그녀의 속도 차는 너무도 심했다. 더군다나 편의시설 중심의 3, 4층과는 달리

1, 2층은 외부와 입국장으로 연결되기에 그녀가 어디에 숨을지 알기란 실로 지난한 일.

결국, 놓치고야 말았다.

실수했다.

'경각심만 심어 줬구나.'

얼른 끝낼 생각, 기습할 생각만 한 나의 실수였다.

달리느라 흐트러진 옷매무새를 정돈하고 1층을 보았다. 잘 꾸며진 생태정원과 선인장 정원 등 다른 테마의 정원들이 쭉 이어져 있었다. 그러며 새삼 드는 생각은 터미널이 참으로 넓다는 것이었다.

"다르게 찾아야 할까."

훑으며 최대한 빠르게 찾는 것. 발품을 파는 것으로는 왠지 한계가 있을 성싶었다. 하지만 이 게임은 강유나 신진권 사장이나 본신의 능력은 제한한 채 지금 이 자리에서 똑같이 시작하는 것이다. 시작점은 동일하다 하겠다.

그리고……?

'가만. 저 다섯 명이 어떻게 여길 오게 됐었지?'

번뜩이는 의문.

무언가 크게 잘못 돌아가고 있음을 자각했다.

빈센트 일행은 내가 불렀다. 반면, 저들을 오늘 부른 이가 누구던가.

신진권 사장이었다. 실험하고 놀아 보자는 심산으로 불렀음을 익히 들었던 상황이다.

그런데 하나를 모른다.

"저들을 '뭐라고' 부른 거지?"

지하철에서 봤다시피 저들은 신진권 사장으로부터 탈출했음을 자축하고 있었다. 그의 손아귀에서 벗어났음을 반기고 있던 것. 그랬던 이들이 신진권 사장의 부름에 다시 이곳으로 온다?

분명히 그건 아닐 것이다. 무언가 다른 이유로 불렀음이 확실했다. 계약의 인은 내가 새겼고 다섯의 능력자들은 신진권 사장과 단절되었으니까.

그렇다면 대체 미끼가 무엇일까?

나나 신진권, 강유나를 쓰러뜨려 봐라?

강아지가 호랑이한테 달려드는 격이다. 말도 안 되는 일.

'그걸 알면 저들의 목표를 알 수 있을 텐데.'

여기에 두 번째 의문이 또 있었다. 내가 지금 떠오르고 있는 이 의문들. 신진권 사장의 농간에 대해서 왜 강유나는 당시에 반발하지 않았을까?

정말 놀고자 하는 마음뿐인 걸까?

아니면 그 수를 간파하고 조롱하는 것일까?

"으음!"

머릿속으로 이어지는 것은 모두 의문 부호였다. 물음표들만이 떠돌았다.

정말 심각하게 애석한 점은 이 모든 물음에 대해 마땅한 답을 얻을 수 없었다는 사실.

'다시 원점이군.'

나는 주먹에 힘을 꽉 쥐었다 풀었다.

"경솔했다."

맞다. 정말 큰 실수였다. 이들의 유희에 많은 사람이 피해를 볼까 우려한 나머지 가장 중요한 것을 잊고 있었던 것이다.

내게 있어 가장 중요한 제1 목표는 바로 '나의 생존' 이라는 사실을.

강유나와 신진권 사장을 대단하다 평하면서도 은근히 '나 자신'을 그들과 같은 급에 두고 있었다. 그러니 남을 구하고 사람들을 돕겠노라 어쩌겠다 했던 것이다.

부풀려진 나의 이미지를 최대한 유지한다.

이건 선택이 아닌 필수였다. 이를 잘 알면서도 망각해 버렸다.

"자세를 낮추자."

마음을 다잡았다. 내게 있어 이건 재밌는 놀이가 아니다.

지금 생존을 걸고 먹고 먹히는 싸움을 해야 하는 바.

움직이고 조직적이며 치밀하게 몰아붙이는 일 따위, 나는 할 수 없었다. 저들과 머리싸움을 한다는 것 자체가 패착이다. 그러니 숨고 낮추어야 했다.

대신 드러나면 가장 치명적으로 물어뜯는 것이다.

초심.

그 단어를 되뇌며 나는 중절모를 살짝 들어 올렸다. 위쪽에서 돌고 있는 감시 카메라들이 유난히 반짝이는 것 같았다.

이를 지그시 보던 나는 '나'에게 도움을 청했다.

새로운 기술이 필요하다.

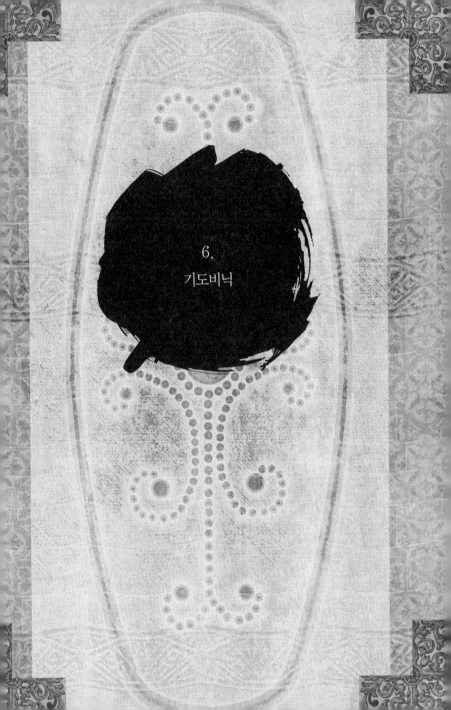

6.
기도비닉

쩔그렁!

묵직한 돈주머니가 텅 빈 주머니를 가득 채웠다. 고작 1주
일도 채 되지 않는 짧은 의뢰였지만 수입은 쏠쏠했다.

무려 5천 펠룬.

하지만 아직 명성을 날리기에는 부족한 활약이었다. 나는
다른 의뢰를 찾았다.

"괜찮은 건수가 별반 없지 않소?"

용병소에서 의뢰와 자격 조건을 비교하며 천천히 보고 있
노라니 익숙한 목소리가 나를 찾았다.

얼마 전 대금을 받고 헤어졌던 마카였다.

"생각보다 보이지 않는군요."

자잘한 것들은 꽤 있었으나 목돈이 되고 이름값을 올릴 만
한 단기 의뢰는 없었다. 장기 의뢰는 보이지만, 그런 것을 하

며 시간을 쏟을 정도로 한가하지는 않을뿐더러 차라리 에일락 반테스의 기억을 살려 그란시아의 유물과 부장품들을 독점하는 것이 기간 대비 효율이 더욱 높았다.

힐끔.

카탈로그를 보던 그가 슬쩍 목소리를 낮추었다.

"이전이었다면 비수거려니 했을 텐데, 아무래도 들어 놓은 게 있어서 그런지 이유가 있어 보이더이다. 그래서 말인데, 내가 꽤 괜찮은 의뢰를 찾았소. 함께해 보려오? 참고로, 우리 셋 모두가 함께하려는 의뢰라오."

실눈으로 그를 보자 마카가 자신 있는 웃음을 보였다.

"이유를 알 수 있을지요?"

"실력자가 함께하면 안전해지니 당연한 거 아니겠소이까."

나는 그와 함께 자리를 옮겼다. 이른 오후, 가게 문을 열며 이제 장사 준비를 하려는 선술집에 들어가 자리를 잡았다.

맥주와 안주들을 사이에 두고 대화를 이어 나갔다.

"보수가 어찌 되는지요?"

"최소 큰 거 하나는 보장이오."

하나면 1만 단위고 큰 거라고 하면 10만 펠룬을 칭한다. 고렘 사냥터를 휩쓸며 아이템을 독점했던 나조차도 쥐어 본 적 없는 액수다.

"돈이 얼마만큼 필요하기에 그러시오? 내 알기로 진리 탐구자들은 물욕이 그다지 없다던데?"

"시험할 것이 있어 몸을 단련하는데, 엑탈렘으로 수련관을 만들면 나을 것 같아서 그럽니다."

"쓸데없이 몸값만 엄청난 그걸 말이오?"

마카가 흰 거품째 맥주를 들이켰다.

사실 마법 금속 엑탈렘은 연금술에서도 실패작으로 분류된다. 이유는 생산 대비 효율이 너무 낮은 까닭이다.

강도는 강철. 자가 복원 능력까지 고루 갖춘 괴(塊)형 금속 엑탈렘. 이만하면 솔깃하고 괜찮다 여겨질 수 있을 것이나, 생산 단가가 최소 10kg의 황금과 갖가지 연금 재료들이라는 점에서 고개가 갸웃거릴 것이다. 그런 주제에 쓸데없이 무게만 무거워서 같은 양의 철보다 10배는 더한 중량을 보이니, 강철만큼 단단하다가 아니라 고작 강철 정도인 셈이다.

그뿐만 아니라 엑탈렘의 문제는 또 있었는데, 처음 성형한 형태 이외에는 더는 변화가 불가능하다는 점이었다. 재활용에도 한계가 있는 것이다. 이러한 이유로 실전보다는 훈련용으로 쓰이고, 매우 돈이 많은 귀족가나 훈련소에서만이 소량 사용하고 있는 금속이었다.

'대모가 말을 꺼낸 것으로 보아 적당한 매물이 나온 것 같긴 한데.'

쓰임 자체가 한정되어 있다 보니 여기나 저기나 매물 자체는 비슷비슷한 형태인 상황.

정가로 1괴당 1만 펠룬의 몸값을 자랑하는 것이지만 중고품은 잘만 사면 1천 펠룬 이하까지도 가능했다. 물론 이를 고려하더라도 지금 가진 돈 톡톡 털어 봐야 4괴. 크기로는 현실의 골드바 4개 정도가 한계지만 말이다.

"훈련소 기물을 수리하는 값이 어지간히 들어야 말이지요."

"거참 특이하구려. 보통은 수료한 뒤 실전으로 다져 가는데."

"그런데 이쯤 되니 궁금해지는군요. 제렌 씨와 타치오 양도 함께하는 의뢰가 무엇입니까?"

"하겠소?"

"현재 나의 진리 탐구를 위한 방법은 단련입니다. 이를 위해 돈이 필요한 것이지요. 단련에 방해되지 않으며 보수만 확실하다면 거절할 이유가 없습니다."

탕!

마카가 잔을 내려놓았다.

"좋소. 장기는 가능한 한 우리가 때우고 단기는 함께 움직이는 걸로 절충합시다."

"만족합니다."

"사실 우리가 좋은 정보를 얻었지 않소. '멜도란 장악을 계획하는 메그론과 이를 막기 위해 애쓰는 정통 계승자'라는 것 말이외다. 제임스 씨도 알다시피 우리 〈방패〉들에게 있어 〈철벽〉은 그야말로 존경이자 동경의 대상이라오."

"오호라."

설마 하며 떠보니 그가 손사래를 쳤다.

"시넬로부터 입막음 비용을 받았고 어디에서 누설할 생각은 물론 없소."

약속을 어기면 바로 매장당하는 것이 불문율.

"하지만."

"군말 없이 저쪽 진영에 참가하는 것은 괜찮지 않을까 생각했다는 거군요. 그에게서 들은 정보를 마치 '스스로 알아 낸' 것처럼 하여 몸값을 올리고?"

설피 맺은 계약 조건을 슬쩍 우회하며 말장난을 부릴 수도 있다는 것.

"당신이 함께하면 우리는 더 크게 한몫 단단히 챙길 수 있을 거요."

나는 두툼한 그의 손을 보며 피식 웃었다. 가히 생긴 건 곰인데 생각하는 것은 너구리가 아닌가. 더군다나 계약이 끝나자마자 바로 줄을 갈아타기도 했고 말이다.

셋이 머리를 맞댄 결과일까?

아무렴 어떠랴. 중요한 건 이들이 참으로 냉정하며 단호한 프리랜서들이라는 것이었다.

'하긴, 용병으로 잔뼈가 굵은 이들이 어설프다는 것도 난센스겠지.'

그쯤 바깥에서 통통 튀는 걸음걸이로 들어오는 이가 있었다.

"다들 여기 있었네요?"

가볍게 맥주 한 잔을 추가하며 털썩 앉는 그녀가 내게 윙크를 보였다. 내 2배는 되는 보수를 받으며 크게 호감을 보이더니만 아직 이어지는 듯하다.

"어찌 됐소?"

"물론 잘됐죠. 참, 어디까지 얘기했나요?"

"다 했소."

"벌써요?"

"시시콜콜 설명할 거 없이 죄다 알아듣소이다. 하하하!"

"하긴~"

작은 입에 큰 맥주잔을 가져가는 그녀였다. 저 작은 몸 어디로 들어가는지 놀라우리만큼 벌컥벌컥 마시는 그녀. 이내 화통하게 내려놓더니만 주위를 쓱 살피며 말했다.

"한 번에 우르르 몰려 가면 좋을 게 없으니까 시넬의 눈도 피할 겸, 서로 번갈아가면서 메그론 님께 다녀온 거예요. 제렌 씨는 두어 시간 뒤에 오려나? 아참. 그런데 메그론 님 말예요. 생각보다 너무 온화하시던데요?"

온화? 학살자와는 썩 어울리지 않는 단어의 조합이다.

"하긴, 나 역시 마주 뵈면서도 믿을 수 없었다오. 고아원을 운영하는 선량한 보누스가 저 유명한 철벽의 학살자라니 말이외다. '힘을 잃은 건 아닐까.' 하는 오만한 마음도 들 정도였으니 할 말 다 했지. 물론, 결과는……."

"결과는요?"

"아직도 건재하시다는 거요."

그는 슬쩍 몸서리를 쳐 보였다.

나는 의자를 살짝 당겨 앉았다.

"조금 더 듣고 싶군요."

타치오가 손뼉을 짝짝 치며 펍의 사람을 불렀다. 아직 이른 오후인지라 주인 혼자 있었던 터라 주인 겸 주방장이 다가왔다.

그녀는 요리를 추가 주문하며 주방장에게 물었다.

"보누스라는 사람에 대해 아세요? 고아원을 운영한다던데?"

"물론입지요. 훌륭하신 분입니다. 부모 없고 갈 곳 없는 아이들을 거두고 기르며 가르치기까지 하시는 데다가, 도둑질하는 아이들은 잡아서 정상적으로 일하고 살 수 있게끔 취직까지 시켜 주곤 하지요. 이 펍을 비롯해서 곳곳에 보누스 님의 뜻에 동참하는 업소들이 여럿 있습니다."

그는 이어서 옛날 동화에서나 있을 법했던 이야기들을 해 주었다. 폭설로 눈 덮인 날, 아픈 고아 소녀를 위해 의사를 찾던 것부터 위급한 환자를 위해 늦은 밤까지 간호하며 손가락을 깨물어 피를 먹인 이야기. 비 오는 날 마차에 깔린 아이를 구하기 위해 흙탕물 속에 들어가 힘겹게 몸으로 마차를 들어 올리다 상처를 입은 이야기. 버림받은 아이들을 모두 모으고 험난한 멜도란에서 살아가는 법과 사람다운 삶에 대해 조목조목 알려 주고 실천하는 등에 대해서였다.

그것도 1년, 2년도 아닌 무려 10년이 넘게 지속하고 있다고 했다.

"10년이라……."

"존경할 만한 분입지요."

다소 포장된 감이 없지 않지만 남의 이야기를 하며 정말 기꺼워하는 주방장을 보노라니 그가 이룬 신망이 어느 정도인지 가늠할 수 있었다. 타치오는 그를 돌려보낸 뒤 말했다.

"들으신 것처럼 제가 본 모습도 마찬가지였어요. 저 역시 보면서도 깜짝깜짝 놀랄 정도로 선해 보이셨으니까. 제임스 씨 생각에는 어때요?"

객관적으로 보건대, 아직 이 사람과 저 사람의 이야기를 들었을 뿐 확실한 것은 모르는 상황이었다. 그렇기에 나는 정확한 것만 답했다.

"마르셀 백작 영애가 까다로운 이와 맞닥뜨렸군요."

매우 힘들 것이다. 과거의 전적은 물론, 자기 스스로를 감출 수 있는 치밀한 이가 적이 되었으니까.

"하하. 고작 까다롭다니, 대단하오."

"그런데 우세보다는 열세인 측에서 더 큰 보상을 주지 않겠습니까?"

"높은 위험에 따른 보상이 큰 거야 물론 알죠. 하지만."

"그것도 살아야 하는 것 아니겠소이까."

이 역시도 옳은 말이었다. 영화 속 주인공이야 드높은 행운과 자질로 극적으로 상황을 반전시키겠지만, 솔직한 말로 그와 같은 일이 현실에서 얼마나 일어나겠는가.

시넬의 실수가 있다면 메그론의 칭호가 용병들 사이에서 어느 정도 무게감을 자랑하는지 알면서도 '실감하지' 못한 것. 너무 쉽게 사실을 밝힌 것이었다.

그때였다.

눈앞의 풍경이 나뉘며 저 끝에서 작게 움직이던 영상이 시야의 절반을 가로막았다. 그것은 국제공항의 대기실 의자에 앉아 있는 아바타의 것.

그가 방관자이던 나에게 부탁을 해 왔다. 자신을 숨기고 몸을 감출 수 있는 기술이 필요하다고.

은신과 관련된 스킬이 필요하다는 것이었다.

'기도비닉이라……'

고민했으나 마땅히 떠오르지는 않았다. 에일락 반테스의 삶은 당당하며 준엄하게 솟은 봉우리였다. 물러섬이 없는 불굴과 역전의 용맹이라면 찾을 수 있으나 은신 스킬에 대해서는 다소 부족했다. 상대의 은신을 간파할 수단에 대해서는 얼마든지 알지만 자기 스스로 암살자나 도둑이 되어 몸을 숨기고 감출 일이 없었던 까닭이다.

'가만.'

마침 좋은 선생이 앞에 있었다.

"좋습니다. 함께하는 것으로 하지요."

"하하. 환영하는 바요."

"마음 놓고 등을 맡길 수 있겠는데요?"

함께 웃었다. 그리고 좋은 분위기와 함께 나는 그녀를 불렀다.

"타치오 양?"

"네?"

"단둘이 대화를 할 수 있을까요? 〈숨죽인〉 타치오 양의 모습을 보고 싶군요."

"켁?!"

순간, 마시던 맥주를 내뱉을 뻔, 하는 그녀와 휘둥그레 눈을 뜨고 보는 마카였다.

"호오. 그런 취향이셨소이까?"

그녀의 위아래를 훑으며 하는 말에 캑캑거리던 타치오의 얼굴빛이 붉어지고 있었다. 나는 재밌는 오해를 풀고자 손을 저었다.

"이런, 이런. 은신에 대해 궁금한 것이 있어서 그럽니다. 출중한 실력을 갖추셨으니만큼 제 의문을 충분히 해갈시켜 주실 것 같아서 말이지요. 물론 보답은 하겠습니다."

"아~"

"에이~"

묘한 억양의 감탄사가 지나갔다.

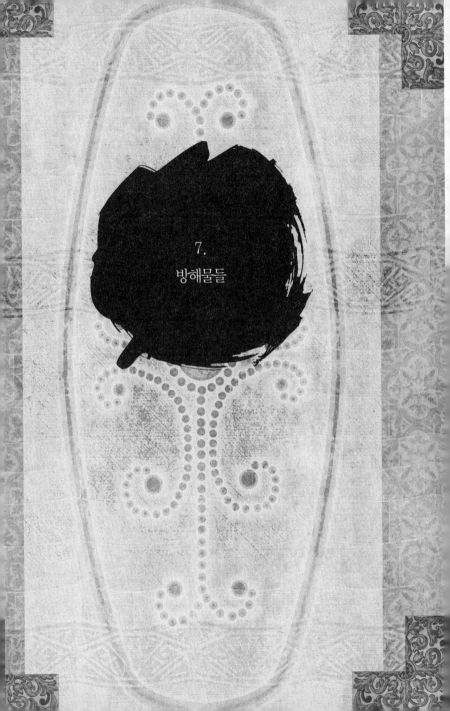

7.
방해물들

　1층 소나무 공원에 앉은 나는 그녀와 제임스의 대화에 귀 기울이며 하나하나 내 몸을 컨트롤했다.

　육체 강화라는 의미로 끌어 올리고 발산하던 기세. 언제고 반응할 수 있도록 눌러 담은 힘을 이완한다. 본신과는 달리 마력을 보지도, 느끼지도 못하는 아바타이기에 이 과정은 철저한 '제임스 흉내 내기'였다.

　5분…… 10분…….

　묵묵한 노력의 시간이다. 분명히 정확하게 행했지만, 전혀 효과가 없는 것.

　조급해졌다. 절박해졌다. 나는 본신에 대고 간절히 염원했다.

　'나는 그의 분신이다…… 그의 분신이다…….'

　최면. 더 나아가 세뇌에 가깝게 육체의 간극을 좁히고자 기도했다. 그러자 제임스의 관심이 일부 나에게 오며 나는 미약한 마력의 끈을 움켜쥘 수 있었다. 그 한 오라기를 꽉 붙들어 본신의 호흡과 나를 일치시켰다.

그리고 마침내 사람들이 가깝게 다니기 시작했다.

저들의 시선이 나를 무심히 스치고 있었다.

'됐다.'

벤치에 앉아 있는 내 무릎 위에 어린아이가 앉았다가 일어섰다. 바로 곁으로 한 여성이 앉기도 했다. 그녀는 휴대폰을 받으며 귀 언저리를 긁다가 작은 욕설까지 내뱉으며 편하게 대화를 나누었다. 그리고 나의 어깨가 팔걸이라도 되는 양 기대었다.

나는 이 상태, 이 호흡, 이 마음가짐을 유지하며 천천히 일어났다. 보이고 확실하게 느껴지는 감각이 아니기에 호흡을 초당 몇 회로 계산하며 이에 따라 천천히, 아주 조금씩 적응해 나갔다.

사람들 사이로 한 걸음씩, 한 걸음씩⋯⋯.

손목시계를 본다.

시간은 어느덧 1시를 조금 넘어가고 있었다.

눈을 들자 '그들'이 보였다.

그리고 그들 중 나를 보는 이들은 아무도 없었다. 보았으되 그 관심은 내게 남아 있지 않았다.

"흐아아아~암."

유리창 너머로 항공기 주기장이 보이는 4층의 전망대에서 늘어지게 기지개를 쭉 켜는 이가 있었다. 마르고 왜소하여 골격이 그대로 보일 정도의 남자. 목젖이 보일 만큼 입을 벌리고 몸을 뒤트는 모습이 마치 자신의 집에 있는 것처럼 자연스러웠다.

'초능력자.'

더운 여름인 탓인지 지하철 때와 마찬가지로 반팔티를 입고 있는 이계원이었다. 그 곁에는 연신 주위를 살피며 나무라는 여학생이 있었다.

"그만 좀 해. 걸리면 어쩌려고 그래?"

"흥. 걸리긴 뭘 걸린다고. 아줌마 겁 되게 먹었네요. 이런 병신들 따위는 짖는 개나 마찬가지라고요."

노래 부르듯 욕설을 뱉어 냈다. 기이한 것은 그 꼴불견에도 주위 사람들이 별다른 반응을 보이지 않는다는 점이었다.

"개가 안 짖으니까 재미가 없네요. 어디 보자~"

이계원은 쩝쩝 입맛을 다시며 건장한 체구의 사내에게 다가갔다. 그리고는 손바닥을 높이 올리더니만 뒤통수를 세차게 때리는 것이 아닌가.

퍽!

맞은 사내는 물론 보는 이들까지 황당할 행동이었다. 게다가 연이어 또 때리기까지 했다. 둔탁한 소리에 시선이 더욱 모이고 보는 이들의 표정에 불쾌함이 똑같이 피어오른다.

당황하여 두 대를 맞은 사내가 계원의 손목을 낚아챘다. 그리고 꽉 쥐며 이를 갈았다.

"뭐, 이런 새끼가 다 있어? 미쳤나? 한 번 죽……."

당연히 맞은 사내가 화를 표출하는 그때,

계원이 장난스럽게 손가락을 빙글 돌렸다. 그러자 사내가 씩씩 화를 내는 표정은 그대로 한 채 자신의 뒤통수를 스스로 때렸다.

"모기가 앉았으면 이렇게 때려잡는 게 맞죠. 아우, 감사합니다. 제길! 망할 모기 같으니!"

머리를 계속 갸웃거리며 짜증을 내는 그와,

"난 또 뭐라고. 잘 때려 줬어, 총각."

"에이, 싸움이라도 난 줄 알았네."

"다음부턴 피 빨리지 않게 조심해요."

주위의 사람들이 모두 엄지를 추켜올리더니만 각자 자신의 볼일을 보는 것이 아닌가. 상황과 전혀 맞지 않는 말들을 내뱉으며 한결같이 고개를 갸웃거렸다. 이윽고 그조차도 자기 갈 길을 가고야 말았다.

"병신들~"

이계원은 어깨가 으쓱거릴 정도로 낄낄거렸다. 그러다 겨울 교복 차림인 손향의 머리에 손을 얹고 쓱쓱 쓰다듬었다.

"봤죠, 아줌마? 그러니까 그만 겁먹고 바깥세상 구경이나 해 보자고요. 하여간 석 형님이나 장 아저씨나 죄다 겁이나 처 잡수시고 말이야. 으이구~ 나이는 어디로 처먹었나 몰라."

"이게!"

빈정빈정거리는 그 밑으로 손향이 주머니에 손을 넣었다가 뺐다.

"윽!"

따르릭! 소리가 나자마자 계원이 화들짝 놀라 손을 뗐다. 간발의 차이로 스쳐 가고 날카롭게 칼날을 드러낸 커터칼이 계원의 피부를 벤다.

"썅. 피 나잖아! 아줌마가 저지른 일 죄다 수습해 준 사람이 누군지 몰라?"

"생채기 난 거 같고 쇼하고 자빠졌네. 너도 남자냐?"

"무슨 소리? 석 형님도 1:1론 나 못 이기는 거 몰라? 내가 최강이라고."

"웃기는 소리 하고 있네. 한 방에 기절한 코찔찔이가 어디서 센 척이야!"

"방심해서 그런 거라니까! 누구라도 나한테 걸리면 그걸로 끝인 거 몰라?"

손향이 팔짱을 끼고 작은 입술을 일그러뜨리며 말했다.

"지랄하네."

"흥. 겁먹고 잠자다 오줌이나 지리는 아줌마보단 백배 낫지. 왜? 중딩 된 김에 아이처럼 으앙~ 하고 울지 그래? 내가 기저귀는 갈아 줄게. 닮은 사람 보고는 도망치다가 일을 망가트릴 뻔한 사람이 누군지 아직도 모르시나 봐~요?"

약을 바짝 올리려는 말을 듣고 손향은 이마에 힘줄이 돋을 정도로 이를 악물었다. 그리고 냉소적인 투로 답했다.

"기저귀는 나보다 네 사이즈인 거 몰라? 자라다 만 것도 아니고 자라지도 않은 네 남성기한테 딱 맞는 거 말이야."

손향의 말에 계원이 딱딱하게 굳었다.

"그 얘긴 하지 마."

"마인드 컨트롤 능력이 있으면 뭐해? 옆에 있다고 다 네 여자냐? 우쭈쭈~"

"……하지 말라고 했어."

"자라지로 못한 싹수 노란 것이 어디서 어른한테 훈계질이야? 어떻게, 그거로 소변은 제대로 나오디?"

"하지 말라고 했잖아!"

발끈한 계원이 손을 쫙 펴자 손향 좌우의 다섯 사람이 갑작스레 그녀의 팔과 다리를 붙들었다. 멍하니 어딘가를 보는 그들에게 꽉 붙들려 입까지 막힌 그녀.

"내 정신 간섭이면 아줌마 능력 막는 것쯤은 식은 죽 먹기라고. 기껏 병신들 기억 조작해 가며 뒷바라지해 줬더니 뭐가 어떻다고요?"

"으읍!"

"흥! 이제 와 후회해도 늦었어요. 그러게 그만두랄 때 그만했어야죠."

그때 그들 뒤쪽에서 나직한 한숨이 길게 내뱉어졌다.

"맞아, 그만둬라. 그리고 누님도 그만 좀 하십쇼."

무더운 여름에도 긴 소매 옷을 입은 거구의 사내였다. 황갈색 코팅이 된 안경을 쓴 대머리 남자. 큼직한 손으로 툭툭 붙어 있는 이들을 떼어 내는 이는 석중배였다. 손향은 '치' 하는 소리를 내더니만 투명화 능력으로 간단히 구속을 풀어 버렸다.

이에, 억울하다는 듯 이계원이 소리쳤다.

"형님도 보셨잖아요. 아줌마가 제 속을 박박 긁는 거요!"

석중배는 손향에게 눈짓하더니 자신의 머리를 가리키며 말했다.

"아줌마가 어려지면서 정신도 퇴행해서 그런 거니까 네가 이해해라."

"하지만……."

"그리고!"

타이르던 석중배의 두 눈에 붉은 불꽃이 일렁였다. 그 이글거림에 계원이 움찔한다.

"이불에 지도 그린 누님만큼 나도 머리 빡빡 밀며 발광했었다."

"……알았다고요. 씨발. 그래도 난 아줌마나 아저씨나 형님이나 원중이나 하여간 죄다 떨고 도망치는 건 아니라고 봅니다. 사실 우리가 힘 합쳐서 못 이길 게 누가 있겠어요? 오늘 일만 해도 그래요. 팀도 둘로 나눠서 누군 감시하고 누군 설득하러 가고, 숨어서 이게 무슨 짓이냐고요!"

말하며 목소리를 점점 키우고 성질을 한껏 부리는 계원이었다. 그러며 주위 모든 사람들을 통제하는 일까지 병행해 나가고 있으니 자부심을 느껴도 될 만큼 뛰어난 능력이다.

석중배가 물었다.

"신진권은?"

"맞짱 뜨면 우리가 이깁니다. 실제로도 몇 놈은 제가 정신

지배도 했었구요.”

　‘계속 나타나서 그렇지.’ 하며 중얼거리는 손향.

　“강유나는?”

　“경계 안에만 안 들어가면 얼마든지!”

　‘손 한 번 잡았다가 쪽쪽 빨려서 저리 되어 놓고는…….’
중얼거리는 손향.

　“이상현은?”

　“제일 쉽죠. 비겁하게 선빵 맞아서 그렇지, 그딴 놈쯤은!”

　‘지랄이 풍년이다…….’ 중얼거리는 손향이었다.

　중간중간 눈짓을 주며 손향에게 주의를 시킨 석중배는 휴
대폰을 꺼내 누군가에게 문자를 보냈다. 그리고 성큼성큼 다
가가 손을 내밀었다.

　“자신 있다, 이거지?”

　이계원은 악수를 하며 코웃음을 쳤다.

　“식은 죽 먹기죠.”

　“좋아. 감시는 우리 둘로 충분하니까 넌 회유조로 가. 반드
시 그녀를 끌어들여야 해. 기회는 오늘뿐. 여기에 우리 생사
가 달려 있으니까 방심하지 말고.”

　“두말하면 잔소리입니다.”

　“끝으로…… 도망쳐도 난 이해한다.”

　“쓸데없는 걱정하지 마요. 하여간 겁은 많아서.”

　석중배와 손향을 보며 척 엄지를 올렸다가 밑으로 내리깔
았다.

　발광하려는 그녀에게 이죽거리며 가운뎃손가락까지 뻗은

채 멀어졌다.

'우와.', '후우!', '우와하!' 심호흡을 크게 해 보이며 간신이 속을 가라앉힌 손향이 석중배의 정강이를 발로 찼다.

"요즘 애들은 왜 저 모양이래? 또 뭐? 정신이 퇴행을?"

"선의의 거짓말이니 이해해 주십시오."

손향이 작은 손을 쥐어 보였다.

"시끄러! 게다가 저 천방지축을 장 씨한테 보내면 어쩌려는 거야? 안 그래도 아슬아슬한데."

"누님도 보셨잖습니까. 저 녀석, 요즘 통제 불능인 거. 우리가 '그'에게 낭패를 겪고 나서는 완전히 위아래가 없어졌습니다. 그래도 아깐 정말 잘 참으셨습니다."

반질반질한 머리를 긁적이며 석중배가 웃었다.

"통하지도 않는 정신 간섭? 너나 나나 옛날의 우리가 아니잖아. 훨씬 세졌다고."

강해졌다는 것임에도 왠지 처연하게 말하는 그녀였다.

"확 내쫓고 싶은데 능력이 아까워서 그러지도 못하고. 아오! 신경질 나. 제일 먼저 기절해서 암것도 못 본 게 자랑이야?"

"우리도 겪기 전에는 저렇게 안하무인이었으니까요. 그나마 형님이나 원중이가 저렇지 않은 것만 해도 천만다행입니다. '그'는 일반인들에 대해 상당히 신경을 썼으니 일을 벌였다가는 당장 제재를 받았을 겁니다."

"하긴, 정말로 내가 본 게 '그'였다면 쫓아올 것 없이 명령을 내렸을 테니까."

"과민반응한 탓도 있으니 계원이가 자꾸 기어오르는 겁니다."

"시끄러! 차라리 이참에 장 씨한테 쓴맛 제대로 보여 주라고 말해야겠어."

"그렇지 않아도 벼르고 있으십니다."

교복 입은 학생이 다 큰 사내를 나무라는 이상한 상황이 계속되고 있었다.

"'그'가 얼마나 무서운지 손톱만큼도 모르는 자식이 말이야. ……으으으! 생각만 해도 추워!"

손은 물론 어깨까지 바르르 떨며 손향이 손톱을 깨물었다. 중배는 보온병에 담긴 뜨거운 차를 따라 그녀에게 건넸다. 냉방중이기는 하지만 무더운 여름철인데 그들은 차를 마시다 못해 뜨거운 커피를 연거푸 주문해 손에 가득 쥐었다.

"이게 말이 돼? 심리적인 쇼크라면 내가 이해를 해. 그런데 봐, 땀도 안 나. 뜨겁지도 않아. 정말로 몸이 차다고! 어, 어? 어! 이건!?"

말하다 눈을 크게 뜨고 당황하는 그들.

"또! 또 왔…… 와, 왔…… 왔습니다! 하필 지금……!"

"빠, 빨리!"

중배의 가방을 뒤져 담요를 꺼내는 그녀였다. 다급히 뜨거운 커피를 들이붓듯이 삼키고는 의자에 앉은 채 작은 몸을 동그랗게 말았다. 옷깃을 여미더니만 애벌레처럼 움츠리고 잦아드는 그녀였다. 담요 속에서 그녀의 몸이 투명해졌다가 선명해졌다가를 반복했다.

반대편에서 중배는 토스트와 햄버거 따위의 음식을 우걱우걱 삼키고 있었다. 곧 붉은 눈 가운데로 파란 한기가 응어리졌다가 다시 붉어지기를 반복.

그러다 숨이 덜컥 멈추었는지 몸부림치다가 탁, 하며 한가득 숨을 내뱉었다.

그들 사이로 묘한 정적이 머물렀다. 놀라운 사실은 그들이 이와 같은 기행을 벌이고 있음에도 이상하게 보는 이가 없다는 사실이었다. 이계원의 정신 조작을 받았던 이들이 대다수였고, 그렇지 않은 소수의 사람은 '대다수'가 당연히 여기자 그 시류에 따라 '당연한 듯'이 보고 있었던 까닭이다.

"여…… 영혼이 어, 얼었다가 풀리는 것 같아…… 흐으으!"

"전 피……와 뼈가 얼어서 부서지는 것…… 으으윽!"

둘은 깊은 동지애를 담고 마주 보았다. 그리고 아직 몸을 떠는 손향보다는 나은 어조로 중배가 말했다.

"한 번 겪을 때마다 더 이상 발전할 수 없을 것 같던 능력이 강화되긴 하지만, 정말…… 정말이지 죽는 것 같습니다. 속박만 당한 동료들과는 달리 누님과 저는 '그'…… 으음! '그분'에게 제대로 낙인이 찍혔으니까요."

"으으. 나 유체이탈했었어. 지금도 저세상이 겹쳐 보이는 거 같아."

"어찌어찌, 단련은 제대로 되고 있습니다."

"목숨 걸고 말이지. 으으!"

똑같이 둘은 고개를 흔들었다.

"어떻게든 주기를 알아내서 온천이라도 찾아야겠습니다.

한여름에도 이러니…… 부디 스칼렛의 방법이 우리에게도 통하면 좋을 텐데."

그때 고개를 흔들던 손향이 멍한 눈으로 침을 꿀꺽 삼키고는 말했다.

"그런데 주, 중배야. 너 저기 왼쪽에…… 보여?"

"뭐가 말입니까?"

"아까 내가 유체이탈했다고 했었지?"

"그랬습니다."

한참 침묵하던 그녀는 물끄러미 나를 보았다. 그리고 그녀와 나의 시선이 교차했다. 정확하게 나를 직시하는 그 눈동자.

나는 그녀에게 다가갔다. 한 걸음. 한 걸음. 가까워질수록 그녀의 낯이 하얗게 질리며 창백해져 간다. 이윽고, 마침내 손을 뻗으면 닿을 정도가 되자.

덜컹!

손향이 발작하듯 일어났다.

"아!"

"왜, 왜 그러십니까?"

경계하며 살피는 중배와 달리 무언가에 크게 안도하는 손향.

"이제 안 보인다, 안 보여!"

그녀는 의문에 찬 중배에게 환희에서 평온으로, 급격한 감정 기복을 보였다. 그리고 기운이 쭉 빠진 나른한 어조로 말했다.

"중배야, 장소 옮기자."

"하긴, 이목을 너무 끌긴 했습니다. 계원이가 없으니 몸을 사려야 하는데 말이지요."

"아니. 못 볼 걸 봐서 그래."

"예?"

"얼른 가자."

그들은 저만치 멀어져 갔다.

❈   ❈   ❈

나는 그들과 아래를 번갈아 보고 있었다. 나에 대해 상당한 공포심을 가진 두 사람. 그들을 회유하는 것은 일견 생각보다 쉽게 보인다. 하지만 그들의 대화가 마음에 걸렸다.

'진짜 나라면 쫓아갈 것 없이 명령을 내렸을 것이다.'

내가 생각하지 못했던 부분이고 맞는 말이었다. 더군다나 저토록 두려워하는 환혼력을 지금은 다루지 못하는 상태이니 만큼 손향이 투명화 능력을 사용하면 나는 그녀를 붙잡을 수 단이 전혀 없는 상태였다.

"어찌할까."

혈력을 이용한 전투 기술은 무생물이건 생물이건 그 대상 이 물리적으로 접촉할 수 있어야 했으니까. 고급 기술로 들어 가면 정신체를 타격하는 방법이 있기는 했지만, 여기에는 new century에서의 혈력 수치가 절대적으로 필요하게 된 다.

현실 구현 불가!

즉, 마땅한 수단이 마련되지 않은 채 함부로 접근했다가는.

'외려 저 공포심마저 내 손으로 씻게 해 준다는 거지. 차라리 설득이나 대화 없이, 은신 상태에서 일격에 살해한다면 더 효과적이겠지만.'

이는 내가 제안한 룰을 스스로 어기게 되어 버린다. 대상의 몰살을 통해 승부를 원점으로 돌리는 방법이 외려 가장 현실적이게 될 줄은 정말로 예상치 못했었다.

물론 살해가 아니더라도 같은 방향의 방책은 또 있다.

기절시켜서 공항 밖으로 던져 버리는 방법.

설득하고 우리 편이라는 징표로 선글라스를 쓰게 만들어야 할 방안 묘책 따위, 내게는 없다. 그러니 아예 판을 갈아엎는 것이다.

하지만 놀자며 참여한 강유나와 신진권이 이런 내 행위를 어떻게 판단하겠는가. 룰 안에서 묘수를 써 댄다면 이는 '놀이의 수단'으로서 정당화된다. 반면, 룰을 어기며 노골적으로 게임의 목적을 흩트린다면 그 두 사람이 어떤 생각과 어떤 의심을 하게 될지…… 나는 짐작조차 할 수 없다.

'허세까지 밝혀질지도 모른다.'

그리고 아직까지 보이지 않는 두 사람은 어디에서 무슨 행동을 하고 있을까.

"어찌할까……."

호흡을 유지했다. 경험을 되새기며 성찰한다. 무수하게 많은 경험과 그 기억들!

그리고 나의 인지가 허락하는 한도 내의 답을 얻었다.

'아직 움직일 때가 아니다.'

근원을 친다. 단순화하는 거다.

나는 누운 풀처럼 낮추고 사슴처럼 몸을 사리기로 했다.

"차라리 포기하자."

예상하고 생각하고 미루어 짐작하는 것 따위 완전히 접는 거다.

분명 모든 움직임은 대상을 중심으로, 대상을 목적으로 이루어질 터. 물밑 작업이 어떨지, 어떤 조력자가 있을지, 수단을 쓸지 고민할 필요가 없다.

그들 곁에서 숨죽이고 있노라면 모든 것은 '적'의 형태로 명료해질 것이니, 그때 그 모든 수단을 들쑤시는 것이다. 그리함으로써 판을 뒤집는 것이 아닌 '뒤집히게' 만든다.

'이제야 확실히 알았다.'

가장 중요한 타깃.

"스칼렛."

그녀를 확보해야 한다.

스칼렛의 도착 예정 시각은 13시.

'현재 시각 13시 15분.'

15분을 초과한 나로서는 서둘러 그녀를 찾아야 하는 상황이다. 능력자들이나 강유나, 신진권이 어떤 수작을 저지르는지 가능한 가까이에서 확인해야 하는 까닭.

허나, 잊지 말자.

'침착하게.'

서두르다가는 만사를 그르치는 법.

마음은 조급할지라도 걸음걸이를 여유롭게 했다. 더딘 걸음을 하는 까닭은 은신을 가능케 하는 호흡과 신체 반응을 꾸준히 유지해야 하기 때문이다.

나는 사냥꾼이다.

쫓기는 자가 아닌 쫓는 자. 내가 숨죽이는 이유는 단숨에 적의 숨통을 끊기 위함이다. 내게 없는 것은 저들의 술책을 간파할 지혜지만.

'내가 쥔 것은 어떤 것이라도 무력화시킬 강력한 '힘'일지니.'

나는 이를 잘 알고 있었다.

탑승동과 여객동을 합치면 80만 제곱미터. 이 끝에서 저 끝조차 헤아리기 어렵고 각종 시설물에다 층층이 다르다.

그러나.

맥 놓고 막연하게 보자면 답이 안 나올 넓이지만 그녀의 항공편과 출입구를 알고 있으니 충분히 찾을 수 있었다. 나는 사람들 사이를 지나며 시야를 넓게 보았다.

그런데 그때 귓가에 닿는 목소리가 있었다.

"이상하네. 귀신인가? 오늘따라 묘한 사람을 세 번째나 보는군. 죄다 똑같은데 달라. 허…… 거참."

힐끗 보자 약국에서 약을 사고 있는 남자가 하는 말이었다. 시각장애인 안내견으로 잘 알려진 골든리트리버와 함께 있는 그는 정돈되지 못한 수염을 어루만졌다.

"예? 귀신이라뇨?"

앞에 있는 여약사가 되묻자 선글라스를 쓴 그는 손을 내저었다.

"아니요. 기가 허해서 그런지 간혹 이상한 걸 보곤 합니다. 그래서, 쿨룩쿨룩, 한여름에 개도 안 걸린다는 감기약이나 지금 사고 있지요."

"아, 네. 여기 1만 3천 원입니다."

중년의 남자는 지갑을 꺼내서는 돈을 건넸다. 봉투를 들고 안내견과 함께 걸어가는 그.

'정신에 문제가 있나 보군.'

나는 잠시 보다가 다시 가던 길을 가고자 했다.

그때, 개 짖는 소리가 들렸다.

"너도 봤다고? 괜찮아, 신경 쓰지 말자꾸나. 괜히 얼음 귀신 불러서 집까지 데려가지 말고. 아무래도 기인들이 즐비한 것이 무슨 사단이 생기려도 단디 생기려나 보다. 어여 가자, 어여 가."

웃으며 여유 있게, 나직하게 읊조리는 목소리에는 강한 확신이 있었다.

나는 걸음을 멈추었다. 헛소리라 여기려 했는데 그의 말이 나름 심상치 않았던 것이다.

세 번째로 보는 기인이라 함은 무슨 뜻이겠는가.

이 게임의 참가 인원과 맞아떨어진다.

더불어 얼음 귀신이라고 지칭하는 것까지.

'나를 볼 수 있단 말인가?'

혹, 내 은신에 약점이 있는 걸까. 아니면 지금 맹인으로 짐작되는 저 남자가 또 다른 성륜, 혹은 겁륜의 주인은 아닐까?

나는 시계를 보다가 이내 결단을 내렸다.

확인하기로.

스칼렛의 확보는 단순한 내기의 승패일 수 있으나 새로이 확인할 수 있는 정보는 곧 내 생존에 직접적인 영향을 줄 수 있다.

"실례지만, 잠시 시간 되십니까?"

그에게 다가가 조용히 묻자 남자는 오한이 온 듯, 한 차례 몸을 부르르 떨더니 심하게 기침을 했다. 이어, 초조한 듯이 귓가를 만지다가 침을 꿀꺽 삼키며 답했다.

"아, 아무렴. 있지요. 있고말고요. 뭐 하실 말씀이라도…… 아, 아니. 엇흠! 죄송합니다. 제가 괜히 쓸데없이 중얼거려서, 하지만 혼잣말하는 버릇이 있어서리……."

약을 사며 보였던 태연함은 온데간데없고 횡설수설하는 그였다. 그는 지팡이를 두드리고 안내견을 재촉하여 빨리 근처 대기 의자에 앉았다. 조금 이상하기는 하지만 은신의 효용을 잘 알고 기가 허하다 했던 말을 들었으니만큼 나름 이해하기로 했다.

'가만, 그런데 지금의 내게 환혼력이 있던가?'

……감기가 걸렸다 하니 추위에 대한 것은 우선 넘어가기로 하자.

"죄송합니다. 사실 지금까지 막상 말을 걸었던 귀신은 없어서 허둥지둥댔군요."

"이해합니다."

"제 혼잣말 때문에 그러십니까? 귀신님."

자발적인 대답에 그렇다 하자 그는 심호흡하며 말을 이었다. 그리고 그 말을 들으며 나는 인상을 험하게 만들 수밖에 없었다.

"왜 눈을 감으면 다른 감각이 예민해지곤 하지 않습니까? 저 역시 마찬가지였습니다. 서른셋에 사고로 눈을 잃은 뒤…… 후우우. 막막함과 두려움을 이겨 내며 듣고 느끼는 데 온 정성을 쏟았지요. 어둠 속에서 들리는 소리에 대해 형상을 만들고 최대한 분별했습니다. 그런데 겁이 많아서 그런지 잡생각이 많아서 그런지 없는 소리도 들리기 시작했지요. 분명히 혼자 있는 방인데도 누군가 같이 있는 거 같고…… 아차, 제 소개가 늦었습니다. 저는 분당에 사는 김창기라는 사람이올시다."

그는 혀로 입술을 축이고는 약봉지에 손을 넣고 무언가를 찾았다.

"그렇게 이상할 때마다 아내한테 물어보면 질겁하는 통에 그냥 착각이려니, 하며 지냈지요. 이 사람, 저 사람들에게 물어봐야 나만 미친놈이 되니 어쩌겠습니까. 그저 귀신이 있어도 못 본 척하며 지냈습지요. 그런데 오늘따라 보통 때보다 훨씬 선명하고 뚜렷하게 느껴지는 귀신들이 있는 겁니다. 하나는 목소리만 들어도…… 정말이지 예쁜 여자 귀신이었고 다른 하나는."

병에 든 우황청심환을 꺼낸 그는 이를 꿀꺽 삼켰다.

나는 옆에 앉아 있던 몸을 일으켜 반대로 가 보았다.

"말에서 위엄이 느껴지는 남자 귀신이었지요. 보지 못하니 목소리로 성격을 분별하는 습관이 생겨서 이 정도쯤은 알게 됩니다. 사실 관상학을 알지는 못하지만 생긴 모습이나 얼굴색으로 팔자니 사주를 읊는 것처럼 제 경우는 목소리에…… 아니, 목소리만 들리다 보니 이 생각 저 생각하게 된 때문이지요. 아무튼, 사람 성격과 목소리가 얼추 맞다는 걸 알게 되면서 제가 부업으로 삼은 게 있는데 바로 꿈해몽입니다. 왜 이빨이 빠지는 꿈을 꾸면 무언가 큰 것을 잃는다거나 스스로 노력하던 무언가가 흐트러진다는 그런 해몽 따위 있지 않습니까? 여기에 단순한 해몽이 아니라 목소리를 통해서 관련된 어조, 기분에 맞춰서 이리저리 말을 듣기 좋게. 하지만 이해되게 하는 일종의 상담으로써 사용하는……."

여기서 나는 손을 뻗었다. 그리고 내가 있었던 방향을 보며 주절주절 떠드는 그의 목울대를 쥐고 조용히 물었다.

경직되는 그.

'역시.'

이 새끼…… 가짜다.

"너, 나 안 보이지?"

"방법론적인 수단인데…… 캑!?"

혼란과 당황이 가득한 모습.

주인이 이상한 행동을 보임에도 그의 안내견은 고개를 갸웃거리며 남자를 볼 따름이었다.

그는 물론 개조차도 나를 인지하지 못하고 있다. 조금 전에

짖은 것 역시 가짜인 것.

"사, 살려……!"

"두 번은 묻지 않는다. 누구지?"

힘을 주자 그가 침이 튈 정도로 힘껏 대답했다.

"여…… 여자가!"

"목적은?"

손에 더 힘을 가하자 그가 간질이라도 걸린 듯 손과 발을
떨었다.

"지시한 말을 하고 답해 주며 어떻게든 시간을 끌라고 해,
했습니다!"

"조건은?"

"앞을 보게 해 준다고……."

"그 말을 믿었나?"

"자, 잠시지만 볼 수 있었습니다."

눈살이 찌푸려졌다. 나는 그를 기절시킨 뒤 일어났다. 갑작
스레 늘어지는 남자에게 시선이 모여드는 지금 시각은 13시
21분.

6분을 지체했다.

'강유나.'

웃음이 절로 나왔다.

"좋아. 아주 좋아."

괜찮다. 넓은 공항이기는 하지만 찾을 수 있으니까. 도보로
가 봐야 얼마나 이동했겠는가. 더군다나 스칼렛의 미모는 신

진권 사장의 컬렉션에 들 만큼 뛰어난 바. 행인들의 반응 역시도 심상치 않을 터.

목표 장소에서 이목이 쏠린 곳을 찾으면 된다.

수하물을 찾았을까? 세관검사? 입국장? 그다음은?

걸음을 재촉하며 생각을 이어 나갔다. 내가 이동하는 속도를 참작할 때 이미 입국장은 지났을 테니…… 그다음은 어디로 가겠는가.

'시각을 달리하면 알 수 있지.'

당사자의 마음으로 파악하는 거다.

맞아 주는 이가 양혁수다. 발군의 전투 감각을 갖고 있으나 new century의 갖가지 정보들을 마구 개방하여 태진이의 원성을 샀던 인물. 그런 인물의 젊을 때 입장에서 미녀를 맞이한다면 어떤 루트로 움직일까.

클라우드보다는 미녀의 마음에 들고자 할 테고, 그러자면 비싸거나 보여 주거나 무언가 있어 보이는 행동을 보이려 할 것이다. 수컷 공작새가 깃털을 펼치듯이 좋은 면모만 보여 주려 할 터.

'대화하기 좋은 장소. 자랑할 만한 장소. 보여 줄 거리가 있는 장소.'

소거법으로 제거해 나갔다. 공항을 벌써 벗어날 리는 없으니 내부의 명소에 있을 것이다. 무대를 벗어나는 것은 신진권이나 강유나가 알아서 잘 막을 테니까. 그들은 이 놀이를 더 즐기고 싶을 것이니 기회 변수를 늘리기 위해 붙들어 둘 터.

'사람이 자연스럽게 교차하기 쉬운 곳…… 음?!'

순간, 갑작스레 무언가 다가오는 감각이 뇌리에 경고를 보냈다.

안내방송과 웅성거리는 소리 사이로 예리하게 날아든 그것은 내 머리를 노리고 있었다.

고개를 꺾어 노려보니 보이는 것은 다름 아닌.

'야구공?'

회전하는 공의 실밥에서부터 어떤 선수의 사인까지 보였다. 나는 이를 잡아채려다가 슬쩍 피했다. 그러자 매섭게 날아간 야구공이 벽에 퉁겨서 어딘가로 날아가 버렸다.

"뭐야, 식겁했네."

"어떤 무개념이 공을 던진 거냐?"

"저기 봐봐. 딱 봐도 쟤네들이지?"

욕설과 함께 보는 곳에는 야구부 학생들이 있었다. 전지훈련이라도 가는지 우르르 있었는데 그들 중 누군가가 던진 듯했다.

"지금 뭐하시는 겁니까!"

때마침 있던 공항 경찰이 무섭게 다가오자 감독으로 보이는 이가 학생의 뒤통수를 때리며 고개 숙였다.

"죄송합니다. 죄송합니다. 단단히 교육하겠습니다. 야! 전부 고개 숙여!"

"죄송합니다!"

"잘못했습니다!"

단체로 우르르 고개 숙이고 누가 봐도 불쌍하리만큼 때려대니 어쩌랴. 놀란 공항 이용객들도 우렁찬 인사에 풀어지는 듯 보였다.

"다행히 다친 사람도 없고 부서진 물건도 없으니 넘어가겠습니다. 대신 조심하십시오. 지금 하는 실수들이 전부 나라 망신으로 이어지는 겁니다."

"아, 예. 예."

서둘러 무마한 그는 경찰이 돌아가자 열심히 맞던 학생에게 다가가 잘했다며 몰래 머리를 쓰다듬었다.

"끝난 거죠?"

"휘유. 잘했다. 하여간 별 이상한 놈들 많다니까. 시간 딱 맞춰서 공을 던지면 이백만 원이나 준다니. 근데 뭔가를 맞추면 백만 원 더 준다던데 뭐가 맞긴 맞디?"

"벽 맞췄으니까 된 거 아닌가요?"

"그래? 그럼 그 젊은 놈 찾아라. 오래간만에 고기 좀 뜯게. 하하하."

그 말에 시계를 보았다.

걸음을 멈추고 멍하니 본 시간은 3분이었다.

'13시 29분.'

야금야금 시간이 뜯겨 나가고 있다. 헛웃음이 절로 나왔다. 나는 선글라스를 고쳐 쓴 뒤 걸음을 이어 나갔다.

당했다?

'아니다.'

외려 저런 행동들이 내게 확신을 심어 주었다. 저들이 생각하는 나. 이상현이라는 놈의 이미지와 위치를 확인시켜 준 것이다.

다시금 때맞춰 지나는 누군가를 무시하며 시야를 멀리 두었다. 넓게 보며 천천히, 천천히 걷는다.

'쫄고 있는 건 내 쪽이 아니니까.'

부단한 것은 준비하는 쪽이다. 아울러 여유가 생길수록 저들은 각자의 목적을 위해 움직일 터. 이해하고 머리 쓸 필요 없다.

그저 우직하게 밀어붙이면 된다.

그리고 방해들을 지나며 여유 있게 걸은 지 30여 분이 지난 그때, 나는 한국문화 박물관에서 드디어 무대의 등장인물들을 볼 수 있었다.

철썩! 누군가에게 소리 나게 뺨을 맞고 있는 이계원까지도.

"뭐야, 이년은! 너 왜 안 걸려!"

"참아. 참으라고."

"혁수 씨, 한국이 안전한 곳이 맞나요?"

"그게 이 녀석이 조금 똘끼가 있어서 그러니 우리 대화를……"

"어라? 아저씨, 손놀림이 이상한데?"

"야, 애 입 막아라."

중구난방 떠드는 말들이 난해하기까지 했다.

대체 무슨 일이 어떻게 진행된 걸까.

나도 가서 구경해야겠다.

한국의 소리와 유교, 불교문화를 대표하는 문화재들이 몇 있는 작은 박물관에서는 다섯의 인물들이 서로 옥신각신 중이었다. 중심에서 도도하게 서 있는 미녀가 시선을 확 잡아끌었다.

이블린은 예상했던 대로 브라운관에서 나온 듯 비현실적인 흰 머리칼과 피부였다. 여기에 170cm를 훌쩍 넘는 우월한 키가 앞에 있는 이계원을 작아 보이게 만들었다.

"뭐야, 지배까지는 안 돼도 간섭쯤은 걸려야 하는데? 너, 뭐야!"

뺨에 손자국이 그대로 난 채로 손을 까딱까딱거리는 그를 무감정하게 보는 그녀.

붉은 눈동자에서 비치는 당당함이 처음 new century에서 보았던 때를 연상케 했다. 청바지에 흰 티라는 수수한 조합이 그 미모를 증폭시키는 것을 보노라면, 역시 강유나나 그녀나 패션의 완성이 어디에 있는지를 공감하게 한다.

실로 누더기를 입을지라도 빛이 날 외모였다. 그런 이블린이 무어라 말했지만, 나는 알아듣지 못했다. 거리가 먼 탓이다.

조금 더 가까이 가 보았다.

⊠   ⊠   ⊠

"아저씨, 자꾸 손 이상하게 움직일 겁니까? 그쪽이 이상한 술수를 쓴다는 거 알고 있으니까 적당히 그만두시지요?"

이블린에게 말하다 장환의 손을 보며 지적하는 양혁수.

척 보기에도 한껏 멋을 부린 그를 보면 딱 드는 생각이 '단단하다.' 였다. 우락부락하고 덩치가 크지는 않았다. 하지만 평범하게 선 그 자체도 무게중심이 제대로 잡혀 있었다. 유사시 힘을 제대로 쓸 수 있는 상태.

그의 날 선 물음에 장환은 애매한 웃음을 지었다.

"이건 무조건 오해야. 나도 저놈이 저리 막 나갈 줄은 미처 몰랐단 말일세. 게다가, 양 군. 내가 힘이 있다면 또 어디 있겠나? 자자, 우리 지성인답게 조금만 더 침착하게 대화로 푸세."

"아까 입 막으라고 삿대질하지 않았습니까?"

"무, 무슨! 저기 지나가는 엄마가 아이한테 한 거겠지. 내 어딜 봐서 그런 말을 할 것 같은가?"

손부채질을 하며 고개를 설레설레 흔드는 염동력자, 장환은 여전히 생활고에 지쳐 보였다. 표정 하나하나에서부터 겨드랑이 부분이 흥건하게 젖은 빛바랜 낡은 와이셔츠까지. 저 모습이 설정일지 실제 모습일지는 모르지만 참으로 일관된 자세였다. 상대의 방심을 유도하기에는 아주 제격이지 않은가.

"거참, 이상하네. 아까 그 여자 때문에 내가 너무 과민반응 하는 건가?"

영어로 대화하랴 장환을 견제하랴 바쁘기 그지없던 양혁수의 중얼거림.

잠자코 수첩에 쓰고 있던 송원중이 고개를 들었다.

"여자요?"

음파 능력자인 송원중의 목소리는 한 글자 한 글자가 또렷하게 머리에 각인되는 듯했다. 간단하고 명료한 단어가 머리에 꾹꾹 인을 새기니 실로 교묘한 목소리다. 그러나 양혁수에게는 아무런 영향도 끼치지 못한 듯, 그는 태연히 어깨를 으쓱거렸다.

"그냥 오늘은 예감이 안 좋아서 그래. 어휴. 첫 만남부터 꼬여도 된통 꼬이는구나. 대체 쟨 뭐야."

일갈하고는 이계원의 멱살을 그대로 움켜쥐는 그. 둘 사이에 욕설과 협박이 오갔다. 178cm는 됨직한 그가 번쩍 들어 올리자 버둥거리며 계원이 끌려 올라갔다.

"캑! 쌍! 둘 다 안 걸려! 이럴 리 없는데!"

손가락을 그의 관자놀이에 노리며 마구 휘젓다가 경악했다.

"아까부터 뭔 헛짓거리냐?"

"말도 안 돼. 저년은 몰라도 이 새끼는 분명히 저능아라고. 아이큐 120 이하인데 이딴 머저리한테 왜 튕기는 거야!"

순간, 양혁수의 관자놀이에 굵은 힘줄이 튀어나왔다.

"우리 선녀 같은 이블린 양이 왜 때렸는지 잘 알겠다."

제대로 멱살을 틀어쥐며 숨도 못 쉬게 압박한 그가 가차 없이 때렸다.

"데이트를 망쳐도! 정도가! 있지! 시작부터! 지금까지! 이게! 뭐냐고!"

한 마디 끝나고 퍽! 또 하고 퍽!

일곱 대를 홧김에 제대로 휘갈긴 양혁수는 이계원의 두 볼이 통통 붓고 코피를 줄줄 흘리는 모습에 뒤늦게 정신을 차렸다. 하지만 '아차' 하는 표정으로 이블린을 보다가 그녀의 표정이 생각 외로 밝음을 보고는 머리를 긁적이며 웃었다.

"우, 우리도 괜찮아."

장환과 원중 역시도 콩트처럼 손사래를 동시에 쳐 보인 뒤 소곤소곤 얘기를 나누었다. 확 바뀐 표정으로 원중이 손을 움직이자 장환이 답했다.

　"글쎄다. 세상 넓은 거 알려면 더 맞아야 할 거 같은데. 저 자식이 겁나게 때려야 하는데 아프게 때렸잖아. 거 새끼하고는 기왕 때릴 거, 죽일 듯이 패지. 안 그러면 또 기어오르는데."

　또 손을 움직이는 원중. 그의 말이 명확하게 각인되던 것을 보면 그에게는 말을 함부로 할 수 없다는 제약이라도 있는가 싶다. 이번 대화 역시도 수화를 알지 못하기에 반쪽만 들을 수밖에 없었다.

　"그래, '그' 처럼. 뼛속 깊이 울리도록 때려야지."

　답하며 잠시 몸을 떨었던 장환과 원중. 그들은 양혁수와 이블린에게 '우린 신경 쓰지 말고 마저들 때리라' 며 실실 웃어 보였다. 그리곤 고개를 돌림과 동시에 냉소적으로 이죽거렸다.

　"하여간 덜떨어진 원숭이 같은 자식이 여자한테 잘 보이려고 말이야…… 가만. 원중아, 이거 뭔가 이상하다. 계원이 능력이 아예 안 먹혔지?"

　원중이 고개를 끄덕였다.

　"네가 보기엔 혁수라는 놈. 똑똑해 보이디?"

　원중이 고개를 흔들었다.

　"근데 왜 안 통했지?"

　둘은 바닥에 널브러져서는 씩씩거리는 이계원에게 조금도

관심을 보이지 않고 있었다.

"신진권, 그 자식도 몇 놈은 통제했었는데, 훨씬 못한 일반인이 계원이를 무시한다? 그러려면 적어도……."

손가락 두 개를 펼쳐 보이는 원중.

"그래. 정신력이 계원이의 2배는 돼야 하는데 그 정도면 일반인이 아니지. 나조차도 안 되는데 말이야. 이거, 이거. 냄새가 난다. 향이가 '그'를 봤다고 했을 때 진작 낌새를 알아챘어야 했는데."

이에, 원중이 수화하고 장환은 고개를 젓다가 끄덕였다.

"그래. 계획은 취소다. 오늘은 안면만 익혀 두고 다음 기회를 보자."

이후 둘은 수첩을 든 착한 소년과 생활고에 지친 중년인이 되어 웃었다. 그러며 이블린을 포함하여 양혁수에게 허리를 직각으로 꺾어 인사했다.

❖　　　❖　　　❖

'벌써 끝내면 곤란하지.'

나는 은신 능력 사이로 강화 능력을 끌어 올렸다.

평온한 공항. 지나는 이들은 계속하여 무관심할 뿐.

한 바퀴 빙 둘러보니 핏자국 가득한 이계원의 얼굴을 닦아 주는 그녀의 은보라색 손수건이 선명하게 눈에 들어온다. 상처를 다정하게 닦아 준 뒤 저들의 손목에 묶어 주었다. 이블린인 척하는 그녀는 변장한 강유나였던 것.

'그렇단 말이지.'

저마다 생각을 하는 이들.

그리고 강유나.

그녀가 내게 묘한 미소를 띠었다.

언제 양혁수를 포섭했는가? 어떻게 이블린을 따돌렸나? 진짜 이블린과 클라우드는 어디에 있을까? 지금 눈앞에 있는 양혁수는 진짜일까? 저들이 무슨 대화를 하며 모략을 짠 것은 아닐까?

스쳐 가는 모든 의문을 깡그리 밀어 버렸다.

'미안합니다.'

나는 두 손 모아 기도하며 주위 모든 사람에게 고개 숙여 묵념했다.

'하지만 우선 나부터 살아야겠습니다.'

신은 있을 것이다. 그러나 나는 신을 믿지 않는다.

그렇기에 모순된 마음으로 부질없는 자위를 끝냈다.

"끝입니까?"

장환과 원중은 선물로 주는 손수건을 삼가다가 받아 매었다. 나름 화목하게 헤어지려는 그때 내가 나섰다.

뚜벅뚜벅.

소리 내어 걸었다. 구두 굽 소리가 규칙적으로 들리게 다가가서는 송원중의 뒷덜미를 쥐어 번쩍 들었다.

"뭐, 뭐야? 아무것도 없는데?"

"누구냐!"

"투명화 능력인가?"

그리고 목소리를 내리깔았다. 최대한 음산하게 말했다.

"미적지근하군요."

"뒤!"

순간, 장환이 소리쳤다.

"뒤를 공격해!"

기다렸다는 듯 양혁수의 발이 회전.

팡!

파공성과 함께 돌려차기가 작렬했다. 완력 강화를 한 팔임에도 욱신거릴 정도의 타격. 호흡을 반쯤 놓치는 바람에 내은신이 일부 풀려 버렸다.

이는 예상 못 한 호재로 작용했다. 양손에 염동력을 모으던 장환과 강유나 등 동시다발적으로 움직이려던 저들이 불쑥 나타난 나를 보고 멈칫한 까닭이다.

"넌!"

"당신이 여긴 왜……?"

그 모든 의문에 나는 치아를 드러내며 웃었다.

"이런 모호함. 매우 마음에 들지 않습니다."

말하며 원중의 목을 꽉 움켜쥐었다. 손아귀에 들어온 어린 육체가 소리 없는 비명을 질렀다. 사색이 되어 가고 삽시간에 뼈마디까지 자국 날 만큼 힘을 주었다가 슬쩍 풀었다.

3초 남짓한 극한의 고통!

숨통이 조였다가 풀리는 아득함일 것이다. 고마움 모르고 마시던 공기의 소중함을 한껏 느낀 어린 영혼이 이제 어찌하겠는가.

"한 템포, 빠르게 갑시다."

다시금 손에 힘을 주자 눈물 가득한 소년이 입을 벌렸다.

"끼-아-아-악!"

고주파가 박물관을 휩쓸었다. 강화유리에 금이 쩍쩍 가고 멀쩡히 걷던 시민들이 귀를 막으며 쓰러졌다. 그뿐만 아니라 근거리에 전시되어 있던 고려 동종이 소리를 증폭시키며 묵직한 종소리까지 토해 냈다.

"크으윽!"

"뭐, 뭐야! 으악!"

중심에서 직격타를 맞은 나 역시 이중으로 깊숙이 밀고 오는 종소리에 절로 몸이 떨렸다. 이명과 통증에 정신이 아찔하여 완전히 은신의 호흡을 놓쳐 버리고 말았다.

예쁘게 미간만 찡그리고 있던 강유나조차 휘청거린다.

"상현이…… 너!"

입술을 꽉 무는 그녀. 나는 지을 수 있는 가장 의미심장한 미소를 지어 답례했다.

반면, 시야가 가물거리며 상이 여럿으로 보이는 그때, 유일하게 멀쩡한 이가 있었다. 음파를 막아 내는 무색의 막으로 싸인 양혁수.

"역시 선글라스. 네가 원흉이구나!"

'선글라스?'

그가 불그스름한 빛이 감도는 몸으로 내게 달려들었다.

그러나 인간을 대상으로 한 깔끔한 기술과 몬스터를 상대로 하는 실전 전투술은 시발점이 애초 다르다.

쿵!

걷어 내며 일보를 성큼 내딛었다. 제로로 압축되는 간격.

박차는 추진력을 오롯이 실어 들이받자 묵직한 충격과 함께 훌훌 날아가는 양혁수였다.

나는 저릿한 손을 털어 내며 오연히 외쳤다.

"다음!"

※   ※   ※

비산하는 유리와 파편들. 음파로 찰과상을 입고 코와 귀로 피를 흘리는 이들이 곳곳에 속출했다. 삽시간에 일어난 사태에 모두가 어찌 행동할지 갈팡질팡하고 있는 것이다.

그 가운데서 매우 만족스러운 웃음을 연기했다.

이성을 잠재우는 것은 모름지기 본능이며 본능을 끄집어내는 최적의 수단은 공포이지 않던가.

"무엇이 그토록 두려우십니까."

오만하게 내려 보는 시선.

나는 모든 상황과 사건이 내 지배하에 있다는 듯 저들을 하등하게 깔아 보았다. 실제로 강렬한 음파의 후유증으로 저들은 고개를 들고 있지 못하는 바.

"대체 당신이 왜 여기에 있는 겁니까!?"

경악에 가득 찬 장환.

그 비명 같은 물음에 나는 혀를 차 보였다.

"무의미한 물음이군요. 이미 적(敵)과 아(我)가 가려진 상황입니다. 그럼에도 계속하여 미지근하게 서 있을 요량입니까?"

선글라스를 고쳐 썼다.

"무모한 용기나마 보인 이는 하나뿐이니, 다시 말씀드리지요."

인위적인 웃음을 짓는다.

"한 템포, 빠르게 갑니다. 박자를 놓치면 어찌 될지…… 상상에 맡기겠습니다."

들숨과 날숨을 조절하여 내뱉는 숨을 줄여 갔다. 되뇌며 세뇌하고 각인했다.

'나는 제임스다. 나는 그의 일부다. 그의 힘이 곧 나를 통해 재현되리라!'

마시는 숨을 늘려 간다. 이제 살풀이를 해야 하기에 점점 몸을 달구는 것이다.

나직한 웃음은 점차 성대를 긁어내리는 숨과도 같아지고.

우드득. 우득!

기괴한 소리를 내며 끌어 올리는 힘.

그것은 전투 시작의 메시지.

"스읍!"

날카로운 호흡. 응집되는 능력. 혼용하는 은신의 숨까지.

"그게 대체 무슨 말입…… 헉!"

"이럴 수가…… 저자는 '그'가 아니야."

"뭐, 뭐야 저건! 투명해졌다가 커졌다가…… 씨발, 괴물이잖아!"

장환과 계원의 말 사이로 목을 졸랐던 때문일까, 숨조차 제대로 쉬지 못하는 원중이 손으로 다급히 말했다. 이를 본 장환은 떨리는 손으로 손수건을 꺼내 땀을 닦았다.

"맞다. 빌어먹을 그때, 우리는 '그'에게 종속됐었지. 그렇다면 저건 가짜라는 건데 왜 상태가…… 아아!"

장환의 절망. 전철에서의 일을 말하던 그들이 탄식의 숨을 내뱉었다. 무릎까지 휘청거린다.

"미친 아메바가 복제할 게 따로 있지…… '그'를 만들려고 했어. 그럼 저게 프로토타입이란 건가!?"

"어쩐지 시작부터 이상하다 싶더니만 상황 참 더럽게 꼬였구나."

그렇게 결정을 내리려는 때에 계원이 비웃음을 보였다.

"또 튀려고? 아저씨, 저거 짝퉁이라면서요? 근데도 쫄았어요?"

"아직 모르나 본데 '그'는 신진권 그 개새끼조차도 어쩔 수 없단 말이다."

"그건 선빵 맞아서 그런 거고! 하여간 저 새낀 그때나 지금이나 죄다 기습이야."

"뭐?"

어처구니가 없다는 투의 말에도 계원은 코를 팽! 하니 풀었다. 피딱지가 나오자 욕설을 또 내뱉었다.

"아, 따가……. 씨바. 아저씨, 저거 다운그레이드 판인데도 감당 못 하면 나중엔 어쩌려고 그래요? 계속 이렇게 평생

토끼면서 살 순 없잖아! 저거라도 한 방 먹여야 뭐라도 견적
이 나오지! 안 그래?"

"우리 몰골을 보면서도 그딴 소리가 나오냐?"

장환이 셔츠의 단추를 풀며 표정을 굳혔다. 의외로 노곤하
기만 한 표정을 굳히자 그는 누구보다도 이질적으로 냉정하게
변모했다.

움찔한 계원이 고개를 젓고는 침을 뱉었다.

"씨펄. 기습이라 그렇잖아! 맞짱 뜨면 저딴 고깃덩이는 끝
이라고 끝!"

"뭐라고?"

"봐! 저 새끼 귓구멍으로 피 나는 거 안 보여? 내가 원판
은 몰라도 저 짝퉁은 실패작이란 거 딱 알겠더라니까? 내가
간섭하고 딴 새끼들로 잡고 아저씨가 때리고! 원중이가 골통
을 흔들어 버려! 그럼 누가 버티겠어? 그리고 재 봐 봐."

잠시 멈칫했던 장환의 눈이 내게 머물렀다. 그뿐만 아니라
내 뒤편에서 튕겨 나갔던 양혁수가 잡동사니 사이에서 몸을
일으키고 있었다.

"공격력이 좀 후달려 보이지? 어때, 이래도 그냥 튀려고?"

"으음!"

그 가운데 화보처럼 아름다운 모습으로 강유나가 함께했다.
그녀를 이블린으로 여기는 탓에 한국말로 진행되던 대화가 다
시 영어로 바뀌었고 나는 알아들을 수가 없었다. 그러나 어떤
결과에 도달했는지는 확실하게 알았다.

단호하게 바뀐 저들의 표정이 말한 까닭이다.

투지(鬪志).

'좋다.'

바라던 바다.

⊗　　　⊗　　　⊗

이계원은 코웃음을 쳤다.

"머저리들 같으니라고."

마음대로 조종 가능한 육체 인형들은 물론, 동료라고 생각했던 이들조차 다 바보들이었다.

"병신들~!"

다들 멍청이다. 뭘 그리도 떨고 있단 말인가? 나이 좀 먹었다고 대접해 줬더니 주제도 모르고 계속 움츠리고만 있는 모양새가 실로 가관이었다.

뭐, 아무렴 어떠랴.

잘됐지 않나.

"어이~ 덩치! 너 하나로 싹 바꿔 버리겠어!"

팀 내에서의 이미지를 바꿀 생각이었다. 더 나아가 마음껏 지배하리라.

"뭘 기다리고 있냐?"

계원은 한 걸음 나서며 모두에게 소리쳤다.

손끝으로 뻗어 나가는 그만의 실. 송곳과도 같이 뇌리에 박혀 타인을 조종하는 간섭 능력이 힘을 발휘했다. 인형사와도 같이 손을 올리매 쓰러진 행인들이 기괴하게 몸을 일으켰다.

고통으로 일그러진 얼굴임에도 맹목적으로 달려든다. 아울러 그의 머릿속으로 두텁게, 더욱 예리하게 가다듬은 실을 박아 넣었다. 공포를 부상시키며 나직하게 읊조리면 열에 아홉은 무너진다.

"가라, 꼭두각시들아!"

이것이 하등한 평민들이지 않던가.

―복종해라.

스멀스멀 목소리가 피어오르기 시작했다. 제대로 작동하는 정신 간섭에 계원의 조소가 더욱 짙어졌다. 그런 계원의 귀로 여전히 주저주저하는 장환의 목소리가 들렸다.

"가능성이 없지는 않지만, 분명히 나는 무모한 일이라고 말렸었다."

"하여간 짜증나게 말이야."

계원의 인상이 확 찌푸려졌다.

잘못되면 다 자신의 책임이라는 말 아니겠는가.

"아, 거참 말 많네. 실패하면 깍듯이 모셔 줄게, 아저씨. 그러니까 지금은 좀 움직여 봐."

"……!"

그러자 머리를 쓸어 넘기며 장환은 표정을 완전하게 바꾸었다. 지금까지 본 바 없는 표정. 노곤함이 싹 가신 굳은 낯으로 그는 손을 감아쥐었다. 일순간 소매 단추가 뜯기며 미친 듯 옷깃이 나부꼈다.

왜소한 주먹으로 투명한 공기가 일렁인다. 본능적으로 느껴지는 힘!

역시, 한 수가 있다. 이래서 속으론 '병신, 병신' 해 대면서도 막 무시할 수가 없는 거다.

휘르르르-

거센 바람이 살아 움직였다. 부실한 그의 몸이 휘청거리며 휘둘리는 것도 잠시, 더는 견뎌 내지 못한 그가 두 걸음 물러서더니만 이내 나자빠지며 파동을 쏘아 보냈다.

"야! 너도 해!"

계원의 윽박지름에 원중이 입을 왁! 벌렸다.

"으ㅡ아ㅡ아ㅡ아!"

귀가 쩌릿쩌릿하게 울려 퍼지는 음파의 파도.

장환의 일격과 더해져서 공격력이 배가 되었다.

"다음은 너!"

센스는 있어 보이더니만 아니나 다를까, 정교하게 훌쩍 몸을 날리는 양혁수까지.

타이밍이 딱 들어맞았다. 나름 멋이라도 부리려는지 720도 발차기를 날린다.

조종당하는 인간들, 쇼크웨이브, 음파 공격, 양혁수의 육탄전까지 도합 넷이다. 이에 대한 대처는 단 하나면 해결된다.

"한심하군. 전의(戰意)는커녕 저열한 살의(殺意)조차 없구나."

숨을 한껏 마셨다. 가슴이 크게 부풀었다. 그 모습에 이계원이 주춤하는 사이.

후읍ㅡ!

숨을 크게 들이마신 나는.

흡!

이를 꽉 눌러 담았다가 단숨에 토해 냈다.

—!!!

묵직하게 강타하는 강렬함!

인간의 성대로 낼 수 없는 맹수의 울부짖음[咆哮].

호랑이를 마주한 토끼가 이러할까. 머리 거죽이 훌렁 벗겨진 듯했다. 뇌리를 관통하여 끄집어 올리는 원초적인 공포감!

원중의 음파가 찌그러지고 장환의 공격이 빈 땅을 때렸다.

이계원 역시 뇌가 울렸다.

"으윽!"

덜덜 몸이 떨린다. 오만함은 단 일격에 싹 가셨다.

꼭두각시들의 정신 지배가 모조리 풀리더니만 이계원의 모든 구멍에서 피가 솟구쳤다.

그때였다.

"몇 명을 죽이는 거냐, 이 괴물아!"

무색의 막을 두르고 불그스름한 빛을 보이는 양혁수. 발이 작렬하는 순간 압축된 공기가 터져 나가는 꽹음과 동시에 내 몸이 덜컥 멈추었다.

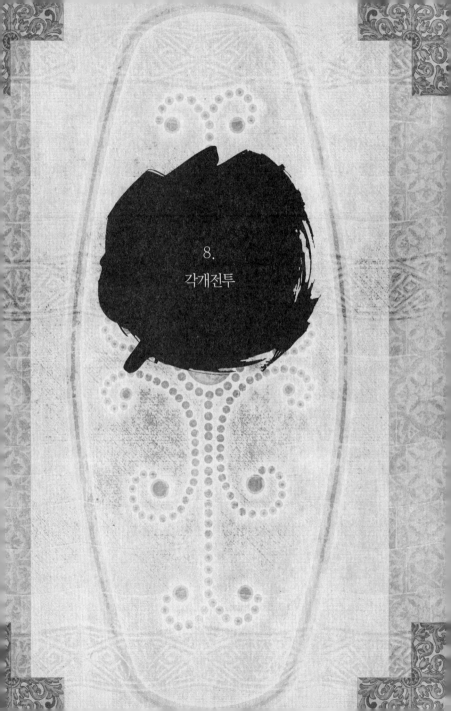

8.
각개전투

자신감은 괴물의 포효 한 번에 송두리째 날아갔다. 이계원은 장환과 손향을 비롯한 이들이 왜 그리도 두려워 떨었는지 뼈저리게 실감하고 있었다.

그렇기에 더욱 울분이 치솟았다. 돌아가면 너 역시 별수 없었구나, 라는 눈초리를 받을 것이 뻔했으니까.

'젠장!'

똑같은 취급을 당한다는 것이 미치도록 신경질 났다. 두려움의 크기만큼 치솟는 그 감정은 굴욕이었다.

그때였다. 천지사방 날뛰는 양혁수라는 녀석이 괴물에게 한 방 먹인 것은.

쫘악!

팔로 막았음에도 괴물의 등 어림이 터져 나갔다. 이에 백스핀 블로우로 답하는 '그'.

'어?'

물 흐르는 듯한 공방에 양혁수가 제대로 맞고야 만다. 괴물이 한 수 위였다.

그러나 예의 무색의 막이 이를 견뎌 내며 그를 보호했다. 고무공처럼 충격량에 떠밀린 양혁수가 재차 움직였다. 펄펄 날아다니는 그지만 수준의 차이인지 한 수, 한 수가 부족했다.

"으라랍!"

얼떨결에 가까이서 보게 된 계원은 목격할 수 있었다. 타격과 동시에 이어지는 흔들림이 양혁수의 안주머니로부터 시작된다는 것을. 그의 생존은 어떤 물건의 힘이었다.

그랬다. 양혁수의 분투는 저 무언가의 힘이었던 것이다.

'저것, 저것만 있으면……!'

모자란 원숭이조차 물건의 힘으로 저리 분투를 하지 않던가. 만약 자신이 갖고 있다면 더욱 큰 힘을 발휘할 것이 분명했다.

포효의 영향으로 공포에 질려 가던 계원이 주춤주춤 움직였다.

양혁수는 눈을 부릅떴다. 기계와도 같은 괴물의 공격.

막는다…… 피한다…….

그리고,

'젠장!'

맞는다!

쾅!

"퀵!"

수직 공격을 간신히 피하고 수평적인 공격만 허용하다 보니 몸뚱이가 공깃돌처럼 날아다녔다. 연이은 공격을 간신히 스칼렛이 끊어 주는 사이 혁수는 몸을 추슬렀다.

'크…… 으윽!'

벌써 몇 번째일까. 단단한 벽면에 만화처럼 몸 자국이 날 지경이었다.

실소가 절로 나왔다. 지금 이게 무슨 상황인가? 이게 한국 땅에서, 공항에서 일어날 법한 일이란 말인가. 장풍을 쏘던 중년부터 음파를 퍼뜨리던 소년. 그리고 만나기로 했던 여자는 빙판을 질주하듯이 평지를 쾌속으로 미끄러지며 자신을 돕고 있었다.

'하긴, 그 덕분에 내가 이러고 있지.'

이 비현실적인 상황이 현실을 new century의 연장선상처럼 여기게 해 주어 이렇게 영웅적인 모습을 가능케 한 것이다.

이 얼마나 멋진 한 편의 액션 영화랴.

'난 영웅이다!'

호기롭게 달려든 혁수.

그러나,

쾅!

"으악!"

몇 수 피하지 못하고 단방에 허공을 날아다녔다.

영화는 개뿔!

이쯤 되니 이젠 신경질이 버럭 난다.

"대체 경찰은 왜 안 오는 거야!?"

죽을 둥 살 둥 하며 달려드는 이유는 저 괴물을 묶어 두기 위함이었다. 그래서 박물관이 폭삭 무너지기 직전일 정도로 버텼다.

하지만 이제는 도저히 안 되겠다.

자칭 미래를 본다는 여자가 위기를 멋지게 극복하라곤 했지만.

'뭐가 이렇게 쎄!'

타고난 자신의 감각을 기반으로 십 년 넘게 무술도 단련했다. 그런데 저 괴물한텐 항복이다. 그나마도 여자가 준 이면지 부적만 아니었다면 벌써 끝났을 것이다.

이상한 보호막!

new century의 스킬처럼 자신을 지켜 주는 힘 말이다.

물론 그 힘도 잦은 방어로 점차 힘을 다해 가고 있었지만, 여자 앞에서만큼은 멋있고 싶은 것이 사내 아니던가.

"괜찮아요?"

스칼렛의 달콤한 숨결이 느껴지자 혁수가 목소리를 가다듬었다.

"역시 진작 피할 걸 그랬나 봅니다."

우뚝 서 있는 괴물을 경계하며 스칼렛에게 말했다. 그녀는 가쁘게 숨을 쉬며 고개를 저었다.

"그랬다면 피해가 더 커졌겠죠. 우린 잘못하지 않았어요.

단지…… 한국 경찰들이 헐리웃 영화 같다는 걸 몰랐던 것뿐이죠."

그녀의 뼈 담긴 농담에 혁수가 애매하게 웃었다.

"다 끝나고 출동하는 거 말이군요."

그때 중절모와 선글라스.

시대 뒤떨어진 패션의 괴물이 다가오기 시작했다.

역시 승산이 보이지 않는다.

그렇다면 생존자나마 구하는 것이 옳다.

둘의 시선이 빠르게 움직였다.

"저거 보이시죠? 얼마면 될까요?"

균열이 가고 파손된 곳곳을 가리킨 그가 쓰러진 사람들을 가리키자 스칼렛이 검지를 올렸다.

손가락 하나의 의미. 사람들을 옮기기까지 1분이면 된다는 뜻이다.

"버텨 보겠습니다."

혁수는 다리를 굽혀 달려 나갈 준비를 했다. 영화 같으면 여주인공의 키스라도 받으며 힘을 내겠지만, 실제에서 그럴 짬이 어디 있으랴.

키스 시도하다 한 대 맞으면 그냥 황천행이니.

"진짜 1:1이다. 덤벼, 짜샤!"

관심을 있는 대로 끌며 양혁수가 땅을 박찼다. 마지막 지원으로 스칼렛이 툭툭 걷어찬 파편들은 쏘아 보낸 화살처럼 괴물에게 날카롭게 날아들었다.

이를 괴물이 찢어진 상의로 쳐 내는 사이.

"흐압!"

표범처럼 달려드는 양혁수!

붉게 달아오른 피가 혈관을 타고 근육을 팽창시켰다. 수축
과 이완이 탄력적인 움직임 끝에 맹렬한 파괴력을 피워 냈다.
옆면의 기둥을 밟고 회전하여 뒤축으로 후려치는 발길질!

슬쩍.

상체를 젖혀 간발의 차로 피한 괴물이 손을 뻗었다.

'잡힐쏘냐!'

붙들려는 발목을 접어서 피했다.

이에, 괴물의 몸이 빙글 회전했다. 경쾌한 선을 그리며 쾌
속으로 돌려 찬 것.

속으로 욕을 한 바가지 퍼붓는다.

'강하면 느리기라도 하던가!'

마치 갖고 논다는 양, 이제 감을 잡아 간다는 양 시간이 갈
수록 더욱 빠르고 날카로워지고 있었다. 이 모든 공방은 모두
1초도 안 되는 체공 상태에서의 일들.

이번엔 피할 수도, 막을 수도 없었다.

몸에 힘을 주고 보호막에 기도할 뿐!

쾅! 하며 관통하는 거력.

"크윽!"

처음과 달리 통증이 느껴지고 있었다. 무색의 막이 점점 힘
을 잃어 가고 있다는 반증이리라. 피부로 와 닿는 통증에 머
리칼이 곤두선다. 자칫하다간 죽는다는 위기감이 엄습했다.

허나! 고통도 두려움도 모두 즐기면 그만이다.

약한 것이 신경질 나긴 하지만.

'난 살아 있어.'

무섭다고 좌절한다는 소리 따위는 그의 인생에 없었다.

'1분도 못 버티냐, 양혁수!'

낙법을 하며 힐끗 보는 스칼렛.

톡…… 톡…….

그녀가 쓰러진 이들을 발로 밀쳤다.

당구 큐로 공을 친 것처럼 쭉 미끄러지는 이들이 바깥까지 안전하게 밀려 나갔다. 정교한 능력 덕이었다.

'믿고 버티면 돼.'

안심한 양혁수는 다시없는 집중력으로 괴물을 상대하기 시작했다.

자신을 보호하는 무색의 막에 대해서 이미 괴물도 잘 알고 있었다. 그래서 타격이 아닌 관절기 위주로 공격해 오지 않았던가. 적절한 타이밍마다 스칼렛이 끊어 주었기에 망정이지 아니었다면 진작 쓰러졌을 것이다.

하지만 그 보호막이 약해져 가고 있었다. 당분간은 도움조차도 없었다.

정말로 혼자 버텨야 했다.

공(攻).

방(防).

오고 가는 힘의 흐름.

저릿저릿한 파공성이 뇌리를 가득 메웠다.

'후욱. 후우…….'

주위 사물이 멀어져만 갔다.

내뻗는 주먹. 감아 치는 수도. 차고 회수하며 버티는 다리. 심장의 고동만큼 맥박 치며 고조되는 열기까지. 타고난 그의 재능이 아련한 선들을 보기 시작했다. 괴물의 호흡과 동조하고 그 공격들을 눈보다 앞선 감각이 읽어 냈다.

'그래, 이런 거였어!'

더 나아가 괴물의 몸짓을 흉내 내기 시작하자 한 발짝 늦던 그가 반 발짝 늦는 정도로 진보하게 되었다.

일방적으로 맞고 날아가던 그가,

팡! 터팅!

점차 공격을 걷어내기 시작했다. 힘의 임계점을 교묘히 피해 견뎌 내기 시작한 것. 물론, 무색의 막을 통한 비껴 내기였지 실제로 대등한 경지에 올랐다는 것은 아니었다.

그러나 일전에 10으로 막던 힘을 2로 견뎌 낸다는 차이는 분명한 여유를 가져왔다.

싸우며 강해진다는 고열감이 그를 더욱 몰입하게 하였다.

그때, 무언가가 데굴데굴 굴러 왔다.

'사람!'

황급히 보자 헛손질을 한 것인지 저편에서 스칼렛이 당황하고 있었고 굴러온 학생은 괴물에게 맞을 위기에 처했다.

저대로 두었다간 죽는다!

양혁수는 부지불식간에 움직여 학생을 감싸고 공격을 대신 맞았다.

쾅!

육중한 울림.

그러나 아직은 견딜 만했다. 여자가 준 이면지 부적이 효과를 잃지 않은 까닭이다. 신음을 삼키며 스칼렛에게 돌려보내자 그녀가 안전하게 학생을 내보냈다.

"허억. 헉……."

혁수는 앞구르기를 하고는 주위를 보았다.

쓰러진 사람들이 없다.

의도했던 대로 모두 구할 동안 버텨 낸 것이었다. 이제 남은 것은 자신의 탈출뿐.

"다 됐어요. 괜찮아요?"

"걱정 말고 먼저 나가 있으세요. 뒤따라 갈 테니."

안부를 묻는 그녀에게 여유 있는 대답을 했다. 그리고 양혁수는 침착하게 기다렸다.

한 번. 딱 한 번의 공방이면 된다.

'한 번만 비껴 막고 탄력으로 튀어 나가면 끝이야.'

그는 모든 감각을 괴물에게 집중하여 공격을 기다렸다.

그리고 괴물의 손을 간발의 차이로 피하는 순간,

"꺼흑!"

의식을 잃고 박물관 밖으로 나가떨어졌다.

톡톡……

혼절한 혁수의 뺨을 발끝으로 쳐 보는 강유나.

"에효오~ 오래 버티나 했는데~"

그녀는 슬쩍 발꿈치를 돌려 아래에서부터 시원한 바람을

일으켰다. 바람에 몸을 맡기고 땀을 말리며 찰랑거리는 머리를 흔들더니만 앞을 보았다.

"우와~"

양혁수와의 접전으로 훤히 드러난 상현의 상체를.

밀도 있는 근육을 쓰다듬었다. 붉은 혀로 살짝 핥기까지 한 그녀가 이내 빙긋이 웃었다.

"동생은 참~ 몸이 좋아. 남 보기 아까울 정도로~"

그리고는 어느 틈에 구했는지 멀쩡한 정장을 가져와 입혀 주었다.

"근데 진짜 신기하다~ 몸이 불쑥불쑥 커진 건 신체 강화 능력 때문이지? 근데 이건 어떻게 한 거야? 잠깐씩 사라지는 거. 렌즈엔 찍히고 만져지는데 인식이 안 된단 말이야~ 게다가 아까 '와잇!' 하고 소리 지를 땐……."

셔츠 단추를 꼭꼭 채워 주는 강유나의 손길이 상현의 근육을 따라 훑어 내려갔다. 반백의 머리칼로 젊음과 노년의 원숙함이 공존하는 묘한 매력까지 보여 준다.

'역시 멋져~!'

맞다, 이 향기다. 이 강인함이 그녀를 흥분케 한다. 생각을 깨부수는 파격과 일탈이야말로 가장 큰 흥분제이자 활력소이지 않던가. 신진권의 수백, 수천 개의 편육(片肉) 따위와는 차별된 특별함. 흠뻑 향취를 만끽하노라니 흥분이 절로 되었다.

갖고 싶었다.

하지만 절제한다. 맛있는 건 아껴 둬야 더 달콤해지니까.

강유나는 환하게 웃으며 상현의 목을 휘감아 입을 맞췄다.

오가는 설육. 치아의 질감까지 매끈하게 숫자를 알려 오는 속에서 품은 온기를 내뿜었다.

입과 입을 통해 넘어가는 타액.

꿀꺽.

말캉하며 부드러운 향기 뒤로 목젖을 타고 흐르는 액체가 있었다. 침과 섞인 아카시아 향을 내는 액체를 마신 뒤 상현은 피를 왈칵 토해 냈다. 몰아쉬는 그의 호흡에 어느덧 쇳소리는 가셔 있었다.

"어때, 이제 말이 좀 나와?"

기침하고 숨을 가다듬은 그가 이내 답했다.

"한결 편해졌습니다. 이거 효과가 정말 좋군요."

"당연하지. 내가 만들었는걸~ 어때, 짜릿하지?"

"그런데 적을 이렇게 도와줘도 되는 겁니까?"

"물론."

'난 내 거 망가진 건 못 두고 보거든.'

내심 답한 강유나는 맑게 웃으며 상현의 팔짱을 자연스럽게 꼈다.

사박사박, 걸음을 옮긴다.

참으로 듬직한 남자지 않은가. 강하고 현명하다. 그리고 소름 끼치게 무섭다!

'짜릿해!'

전해지는 온기 뒤로 아메바에 대한 욕설이 절로 치밀었다.

'하울링 하나 감당 못 하는 몸뚱이면서, 뭐? 아바타? 흥!'

실상 신체 강화 능력을 최대한 발현시킨 아바타조차도 견디지 못한 상현의 능력이 초인적임을 인지하면서도 타깃은 여전히 신진권이었다.

'내 남자는 나만 욕할 수 있으니까~'

몸을 기대며 그녀가 새초롬하게 웃었다.

"에이~ 동생도 저쪽 가서 휘저어 주면 되지, 뭘 그래? 그런데 이럴 줄 알았으면 룰을 정할 때 제대로 할 걸 그랬어. 이렇게 난입해서 묶어 놓은 손수건을 다 찢어 버리면 어떻게 해?"

"섭섭하신가 보군요."

당연히 아니었다. 그저 작게 부려 보는 투정에 불과했으니까.

"어차피 나중 가면 편 갈라서 서로 찢기 놀이했을 텐데. 근데~ 동생도 몸조심해. 아바타가 부실해서 제대로는 한 번밖에 힘을 못 쓰는 거 맞지?"

"역시 누나네요."

상현의 움직임을 모조리 기억한 그녀의 분석. 강유나는 인체가 구현 가능한 기술에 대해 한계폭을 늘릴 수 있었다.

"그런데 우리가 이렇게 같이 나가도 괜찮은 건가요?"

슬쩍 보이는 바깥 풍경은 이질적으로 평화로웠다. 태연하게 파편이 튀고 망가진 곳곳을 청소하는 인원들과 그 사이사이를 피해 가는 행인 탓이었다.

"애들은 아까 멀리 차 버렸고 아메바 일행은 위쪽 테라스에서 오붓하게 데이트 중이야. 게다가 대중은 무관심하니까 괜찮지."

사랑스러운 눈빛으로 상현을 올려 보는 그녀.

"어때, 우리도 커피 한 잔 할까? 동생이랑 치즈 케이크가 먹고 싶어졌어."

하지만 뭇 사내의 애간장을 녹일 애교임에도 그는 태연자약했다.

"무관심한 대중이라……."

그 과묵함마저도 마음에 쏙 드는 그녀다.

"알다시피 관심 두지 않는 것은 무시하게끔 암시하는 저주파를 전체에 쏘고 있거든. 정신 간섭쯤이야 옛날에 밝혀냈으니까 이 정도는 쉽지. 게다가 원래 자기 아픈 거 말고는 남 일에 초연한 게 대중이잖아? 봐. 사람이 죽었는데도 '우와~' 하고 폰카로 찍고 있어. 요즘 소품들은 참 그럴듯해서 좋단 말이야."

여기에 적당한 핑곗거리로 '영화 촬영이 있을 예정'이라는 문구와 카메라를 든 스태프를 배치하는 것이면 간단히 해결되는 일이었다. 암시를 통한 간섭은 지극히 간단한 수로 대중을 휘두를 수 있었다. 게으르고 나태한 대중이기에 주어진 상황에 따른 합리화를 잘하는 이유다. 날아다니는 사람쯤은 와이어 액션, 피 흘리는 행인은 분장한 엑스트라다.

게임의 참가자들 주위로는 더욱 강한 암시가 작용하는 덕분이기도 했다.

'신나는 놀이.'

더 하고 싶었다. 그녀는 더 재미있게 놀고 싶었다.

하지만 그는 달랐나 보다.

"그런데 어쩌지요?"

상현이 걸음을 멈추었다.

"응? 왜, 동생?"

"오늘 제가 잡은 콘셉트가 무법자, 난봉꾼이라서 말입니다."

"……에이. 설마 또 날뛰려고?"

"강화 능력자가 몸이나 써야지 별수 있나요."

강유나는 어색하게 웃었다.

"바보 온달은 평강공주 말을 잘 들으면 된대."

"하늘 선녀 멍하니 보는 나무꾼으로 들리는 건 왜일는지요."

선글라스를 고쳐 쓰는 그의 팔짱을 슬며시 푸는 강유나였
다. 그녀는 갓 부임한 여교생처럼 따끔하게 야단쳤다.

"동생! 공평해야지. 왜 나한테만 그래? 이번엔 저기~ 저~
쪽 가서 해야 하는 거야."

상현은 불량학생처럼 고개를 흔들었다.

"너무 멀어요."

"치. 별로 안 먼데…… 동생은 진짜진짜 너무해."

억울하다며 울상을 지었다. 초롱초롱한 눈망울에 반짝이는
이슬이 가득 담긴다.

"그 목…… 내가 고쳐 줬다는 거…… 잊은 거야?"

입가를 혀로 훔치며 훌쩍이자 상현이 흔들리는 것 같았다.
곧 그녀는 양손을 가지런히 모아서는 기도하듯이 손가락 하나
를 들어 보였다.

딱 한 번만 봐줘…… 하듯.

간절함을 가득 담은 그녀의 진심이 통한 것일까. 그가 타협안을 받아들였다.

"좋습니다. 1분 뒤에 쫓아갈게요."

강유나는 도리도리 고개를 흔들었다. 그 뜻이 아니라는 거다.

"아니, 그거 말구."

"그럼 어떤 걸?"

"한 대."

"네?"

"딱 한 대만 맞아 줘. 응?"

"……."

대답 없는 그. 강유나는 비음 섞인 애교로 말했다.

"한 대만~ 응? 동생. 나 믿지? 안 죽일게. 진짜 안 아프게 따악 한 대만~ 응응?"

혀를 쏙 내밀자 상현이 어처구니없어했다.

"제가 생각하는 그게 맞는 건가요?"

"아마도?"

"누나, 이러지 마세요. 제가 화나면 무섭다는 거 아직……!"

순간, 눈을 번뜩인 그녀.

'지금이야!'

빠르게 몸을 뒤집으며 물구나무서듯 양발을 힘차게 내뻗었다. 유려한 곡선이 그려지고…… 팡! 하는 소리와 함께 튕겨 나간 상현이 솟구쳐서는 단숨에 상층으로 나가떨어졌다.

에어 워크의 응용!

"안 멀다고 내가 했잖아."

홈런을 친 타자와도 같이 자축하는 강유나.

그녀는 빙긋 웃더니만 재빨리 저만치 누워 있는 양혁수에게 다가갔다. 그리고 재차 손수건으로 묶은 뒤, 창으로 걷어차 버렸다.

"쓸모없기는."

수십 미터 바깥으로 튕겨져 나가건, 창과 부딪치며 몸이 박살 나건 알 바 아녔다. 중요한 것은 게임에 필요한 점수를 딴다는 것. 그뿐이었으니까.

RPG 게임을 하듯 역할을 나누고 팀도 구성하며 예쁘게 놀아 보려고 했지만 그런 생각은 접어 두기로 했다.

'동생이 과격하게 나온 마당에 스토리까지 구성할 시간은 없어.'

연구할 것이 늘어나지 않았던가.

이상현의 능력 구현 기술 말이다.

머리칼이 하얘진 걸 보면 한도 이상으로 다룬 육체의 진력이 빠져 급격한 노화현상이 온 것이라는 추측이 들었다. 과연 어떤 식으로 몸을 써야 그만한 위력에 저런 현상을 일으킬 수 있을지 알고 싶어진다.

'게다가.'

그런 상현의 힘을 몇 번이나마 막았던 무색의 막까지.

잠시 양혁수를 떠올리는 그녀다. 상현과 접전을 벌이던 그의 힘.

'불그스름한 그것은 new century의 아이템 효과로서 몸을 활성화시킨 게 분명한데, 그건 모르겠어.'

굽 나간 구두를 벗어 던지며 그녀가 건너편을 보았다. 알아봐야 할 성싶다.

"이계원, 그 새끼가 가져간 물건이 궁금해졌단 말이지~"

그녀는 보았다. 자신이 걷어찬 양혁수에게 우연인 척 이계원이 다가간 것을. 그리고 속주머니에서 무언가를 **빼** 갔음을 말이다. 상현이 있기에 잠시 놓아두었지만 놓칠 수 없다.

붉은 혀로 입술을 촉촉이 적신 그녀가 미끄러지듯 몸을 움직였다. 허공을 질주하여 마음껏 가로지르려는 것.

하지만 그녀의 평화는 거기까지였다.

-!

묵직한 울림!

콰창!

와장창 부서지는 격전의 소음이 울려 퍼졌다. 위층에서 아주 난리가 났다.

날벼락 같은 등장에 당황할 신진권을 떠올리며 잠시 애도.

"고생 좀 하겠는데~"

자신 역시도 그랬으니까.

하지만 예상보다 소란은 더욱 커져만 갔다. 그러다 종국에는 굉음까지 동반하는 것이 아닌가. 어떻게 움직이는 건지 공항이 들썩일 정도였다.

그리고 마침내.

"으아아악!"

"뭐, 뭐야!"

폭발음이 위쪽 테라스에서 일어났다. 불길이 치솟고 산산이 깨져 나간 유리와 자재들이 비처럼 떨어져 내린다. 매캐한 연기가 어둠처럼 깔리는 상황에서 암시 따위의 저주파가 무슨 소용이랴.

위이이이이이-!

경보음이 울렸다. 소란이 극대화되며 사람들이 들썩였다.

"아빠! 저건 뭐야?"

"부, 불이야!"

"테러인가!?"

"오오. 세상에! 맙소사!"

순식간에 아수라장이 되더니만 난간에서 뛰려던 그녀에게도 시선이 몰린다.

'동생이 화가 좀 났나 보네.'

강유나는 한숨을 폭 내쉬고는 무시한 채 몸을 움직이려 했다. 그 순간.

"위험합니다!"

엄청난 파공성을 내며 날아드는 물건에 그녀가 놀라 몸을 멈추었다. 달려가던 보안요원이 황급히 잡아당기는 바람에 피할 수 있었던 괴물체는 20kg의 가스통.

찌그러지고 굴러 가는 통의 밸브가 망가져 있었다. 치이이이-! 소리를 내며 뿜어져 나오는 가스에 사람들이 패닉 상태에 이르렀다.

"도…… 도망쳐!"

"씨발. 이게 뭐야! 터, 터진다!"

"야! 가스 새는 거 안 보여? 담뱃불 꺼! 으아아아!"

상황이 미쳐 돌아가고 있었다. 강유나 역시도 잠시나마 멍하게 우두커니 있을 정도의 급변이었다.

"헐~"

그녀의 입이 절로 벌어졌다.

'동생……!'

난봉꾼이니 무법자니 하더니만 이렇게까지 일을 벌일 줄이야. 상황 전체를 분석하고 눈에 담아 두지만, 목표였던 이 계원은 소란에 놀라 어디론가 열심히 움직이고 있었다.

그뿐만 아니라 채 아직 포섭하지 못했던 이들까지 제각각으로 움직인다. 생존을 향한 몸짓에 규칙성은 보이지가 않았다.

"모두 대피하시오!"

"이게 대체 무슨 일이야!"

"웬 미친놈들이 날뛰고 있다. 보면 무조건 총기를 써!"

공항 내부라는 특성상 자전거를 타고 신속하게 이동하던 한 경찰이 무전기를 집어 던졌다.

"뭐? 이게 돌았나!"

"초능력자라고? 좀비? 장난하지 말고 제대로 상황을…… 헉!"

"이봐…… 저게 뭐지?"

짐을 내던지고 황급히 움직이는 군중 속에서 강유나는 무언가 부유하는 물체를 볼 수 있었다. 그림자를 만들며 고무공처럼 벽면을 퉁기고 퉁기는 인영. 출동하던 경찰과 보안요원들까지 걸음을 멈추게 하는 괴이한 사람이었다.

텅! 파팡! 텅! 파팡!

북 치는 것 같은 울림. 허공을 새처럼 날아다니는 모습에 혼란 가득한 사람들이 모두 멀뚱히 서고야 말았다. 모두의 시선을 받으며 떨어져 내리는 그는 힘찬 기합을 내지르며 쌍장을 내뻗었다.

부서질 것이 자명하기에 보는 이들이 절로 눈을 질끈 감으려는 그 순간,

투파앙!

놀랍게도 내리박히려던 몸이 덜컥 멈추며 바닥의 잡동사니들을 동심원을 그리며 날려 보내는 것이 아닌가. 빙글 회전한 그가 착지하기 무섭게 털썩 한쪽 무릎을 꿇으며 죽을 듯이 숨을 토해 냈다.

봉두난발을 하고 짐승에게라도 할퀸 양 옆구리에서 피를 철철 흘리는 그.

강유나가 속으로 킥킥 웃었다.

'고생 꽤 했나 보네~ 요호!'

반면, 신진권은 영화처럼 우드득 소리를 내며 몸을 일으키고는 으르렁거렸다.

"갖은 수를 다 써서 우군으로 만들었었다. 너처럼 이블린을 연기하지 않고 제3자로서 다가가 함께하고자 했었지. 징표도 나누고 확실하게 팀원으로 만들었단 말이다. 그런데……이 무슨 날벼락이냐! 게다가 고작 한 마디만 듣고 바로 날 배신하다니!"

홧김에 내지르는 주먹에 일진광풍이 일었다. 주변의 시선따위는 아랑곳하지 않았다.

"강화 능력자가 허공을 날아서 내게 왔다. 어떻게 그랬을 까? 어떻게 가능했을까?"

방백하듯 되뇌고 말하던 그.

옆구리를 움켜쥐더니만 강유나를 무섭게 노려보았다.

"너지."

깜짝 놀란 그녀.

바람이 불 정도로 고개를 흔들었다.

"응? 아, 아냐!"

"그래?"

"어? 어!"

신진권이 다시 물었다.

"혹, 용전분투라는 말에 대해 아는 바가 있나?"

"……."

잠시의 침묵이 흐르고, 이내 그는 관자놀이를 지압하더니 만 어금니를 꽉 물었다.

"이 내가…… 제대로 우롱당했군. 좋아. 이쯤 되면 막 가 자는 거겠지."

그는 멍청하게 서서 찍고 있는 이의 휴대폰을 빼앗아서는 어딘가로 전화했다. 그리고는 간단히 말했다.

"애들 전부 불러!"

판이 점점 더 커진다.

5권에서 계속

도서출판 뿔미디어 홈페이지 OPEN!!

안녕하세요.
지금껏 저희 뿔미디어를 응원해 주신
독자님들의 성원에 힘입어
이번에 새롭게 홈페이지를 오픈하였습니다.

저희 뿔미디어는 홈페이지에서 독자님들께서
보다 빠른 출간 소식과 미리보기 등
알찬 내용을 제공하기 위해 많은 노력을 기울였습니다.
또한 독자님들에게 도서 할인, 이벤트 등
다양한 혜택을 제공하고자 합니다.

저희 뿔미디어 홈페이지 오픈을 계기로
한층 더 독자님들과 가까워질 수 있는 기회가 되었으면 합니다.

보다 많은 관심과 사랑 부탁드리며,
앞으로도 더 좋은 컨텐츠 제공에 힘쓰도록 하겠습니다.

감사합니다.

-도서출판 뿔미디어 올림-

 www.bbulmedia.com